The WRONG BOX

Robert Louis Stevenson &
Lloyd Osbourne

ミステリーの本棚

箱ちがい

ロバート・ルイス・スティーヴンスン&
ロイド・オズボーン

千葉康樹訳

国書刊行会

The Wrong Box
by
Robert Louis Stevenson
and Lloyd Osbourne
1889

箱ちがい　目次

箱ちがい

前書き

「思慮深き無分別に勝るものなし」――本書の登場人物マイケル・フィンズベリーはこう述べておりますが、読者諸賢に供せられます以下の物語に関しても、全く同じ言葉が当てはまるかと思われます。われら合作者の思いは右の寸言に尽きているのでありますが、さらに一言だけ申し添えますと、作者のひとりは既に身の恥を知る分別盛り、そして今ひとりは未だ知慮に至らぬ青二才という次第にございます。

R・L・S
L・O

第一章　モリス怪しむ

自宅でくつろぎながらページを繰っている愛書家諸氏——彼らは、一冊の本を著すために作家が味わう艱難辛苦について、何とまあ無理解なことだろう！——にこにこしながら作品の表面だけを読み飛ばしていく愛書家諸氏は、作家の、長時間に及ぶ刻苦勉励、各方面における様々な情報収集、オックスフォード大学ボドリアン・ライブラリーでの調査、ドイツの学識者から寄せられた判読困難な私信の解読——などといった数々の苦労に対して、いかに無頓着、無関心であることか！　要するに、作家が苦心の末に組み立てた巨大な足場も、一時間ばかりの列車の旅の時間潰《つぶ》しになった後は、きれいさっぱり取り払われる運命というわけだ！

そういうわけで、以下の物語の作者である吾輩は、冒頭、ロレンツォ・トンティ氏の詳細な伝記的記録を提供することも、あるいは可能なのである。トンティ氏の生誕地、家柄、母親譲りと思われる才能、その早熟ぶりを示す格好のエピソード、等々——。それだけではない。トンティ氏の名前を後世に残すことになった件《くだん》のシステムに関する、完璧な論文を添えることだってできる。必要な資料ならば全てここ、書類入れの中にちゃんと揃っているのである。とはいうものの、吾輩、知識をひけらかす自惚《うぬぼ》れと思われるのだけは、何としても御免蒙《ごめんこうむ》りたい。それに、トンティ氏も今は点鬼簿の中、しかも、そのトンティ氏に対して形式だけでも哀悼の意を表そうという御仁《ごじん》には、ひとりもお目にかかっていないのが実際のところ。そうであれば是非もない、「トンチン年金」についての説明は、ほんの一言申し上げれば、以下の飾りのない物語には十分かと思われる。

　まとまった人数の元気のいい子供たち（数が多いほど、話は面白くなる）が、めいめい一定の金額を醵出《きょしゅつ》し、集まった金の受託者がそれを管理する。やがて、百年も過ぎようかという頃になって、最後まで生き残った組合員の目の前に、元金も含めた全額がいきなり降ってくるという仕組み——これが「トンチン年金」である。だが、実際には、札束がはためくのも一瞬のこと。この最後の組合員、既に耳が遠くなっていて、勝利の知らせを聞き取れないばかりか、お迎えがすぐそこまで来ていることは確実であり、もはや勝とうが負けようが同じであるという次第。こう申し上げれば、「トンチン年金」に具《そな》わっている一種独特の詩情《ポエジー》、あるいはユーモアといったものがお分かりいただけるのではなかろうか。つまり「トンチン年金」は、参加者の誰ひとりとして得することのない制度なのだ。ところが、どうしてどうして、この制度のスポーツマン精神にも似たあっぱれな性質は、われわれの祖父母世代の心を虜《とりこ》にしたのであった。

　ジョゼフ・フィンズベリーと兄のマスターマンが、白フリルつきのズボンを履《は》いていた頃のことである。チープサイドの裕福な商人だった二人の父親は、構成員三十七人と小規模ながら、資金豊富なトンチン年金に息子たちを加入させた。入会金は一千ポンド。今でもジョゼフ・フィンズベリーは、弁護士事務所に出かけたあの日のことをよく覚えている。一堂に会したトンチン組合員が(といっても、ジョゼフと同い年くらいの子供ばかりだ)、順繰りに大きな事務用椅子に座らされて、眼鏡にウェリントンブーツという出で立ちの親切な老紳士の手を借りながら、書類にサインをしていくのである。その後、裏庭の芝生の上で、子供同士で遊んだことも思い出せる。そのとき、ひとりの子供がジョゼフの向こう脛《ずね》を蹴ったのがきっかけで、取っ組み合いの喧嘩になったのだった。弁護士はちょうど、お茶とケーキで父兄たちをもてなしている最中だったが、外の騒ぎを聞きつけて飛び出してくると、もつれ合っている二人を引き離し、「わしも坊やぐらいの時分は、ちょうどこんなだったぞ」と言って、大きい子に立ち向かっていったジョゼフの勇気を誉めてくれた。「このおじさん、その頃から、ウェリントンブーツを履いて、ハゲ頭だったの?」とジョゼフは不思議に思った。そして夜ベッドの中、海戦の一人物語に飽きてしまったジョゼフは、昼間の〝おじさん〟と同じ格好をした自分が、男の子や女の子にケーキとワインをふるまう様《さま》を空想してみるのだった。

一八四〇年、組合員は三十七人全員が存命だった。一八五〇年になると、六人が減った。一八五六年と五七年には、クリミア戦争とセポイの反乱が大量九名の命を奪い、トンチン年金には激動の年となった。一八七〇年、メンバーは五人となり、この物語の時点での生存者は、フィンズベリー兄弟を含む三人だけになっていた。

現在、兄のマスターマンは七十三歳。早くから寄る年波を嘆いていただけに、さっさと現役を退いてしまうと、著名な事務弁護士《ソリシター》である息子マイケルのもと、完全な隠居暮らしの身となっていた。

一方のジョゼフは壮健そのもの、精力的にあちらこちらを動き回っては、お気に入りの場所に相も変わらず出没し、あまり立派とはいいがたいその姿を世間に晒《さら》し続けていたのである。兄マスターマンが、完璧なまでに模範的な英国流人生を送ってきただけに、ジョゼフのこうした生きざまは、余計に嘆かわしく思われた。勤勉、規律ある生活態度、紳士らしい立ち居振る舞い、中庸の精神――以上は、充実した老年期のためのいわば基礎であると考えられる。マスターマンの人生にはこれら全てが見事なまでに揃っていたのであり、そのおかげで、活動の時期を過ぎた今、穏やかな晩年を迎えられているというわけだ。ところが、二つ違いの弟ジョゼフの方は、怠け癖と一風変わった性格のおかげで、不名誉な烙印続きの人生行路をたどることになった。まず、若くして皮革製品販売業に乗り出したものの、すぐ商売に嫌気《いやけ》がさしてしまった。もっとも、ジョゼフに商才があるなどとは誰ひとり思っていなかったのであるが――。すると今度は突然、ジョゼフは百科全書的な知識欲に取り憑かれたのだった。応急処置を怠ったのが災いしたのか、またたくまに人格に障害が出始めた。精神の虚弱を引き起こすことにかけては、この知識欲というやつほど恐ろしいものはないといわれるが、《演説の虫》の合併症が現れた場合は話が別らしい。幸いなことに、ジョゼフにはこの合併症が見られたのである。《演説の虫》の急性症状が現れると、患者ジョゼフは報酬なしで嬉しそうに講演して歩くようになり、数年のうちには、三十マイル離れた小学校に出向くほど症状は亢進《こうしん》した。

ジョゼフは元来、学問とは無縁の徒である。読書といえば初学者向けの教科書と新聞だけだったし、どんなに背伸びをしても百科事典にすら手が届かなかった。「わしにとっては人生そのものが書物なのじゃ」――これがジョゼフの常套句であり、「わしは大学教授に聞かせるために講演しておるのではない」というのがお得意の持論であった。つまりは、《民衆の大いなる心》に語りかけているということらしい。事実、ジョゼフ苦心の大論文がなかなかの好評を博したところを見ると、《民衆の大いなる心》はそのオツムよりは確実にまともだったと思われる。論文「年収四十ポンドで明るく暮らす法」は、失業者の間に一大センセーションを巻き起こし、「教育――その狙いと意図、目的および必要性」は軽薄な連中からの尊敬を見事に勝ち取った。なかでも、代表的論文「大衆との関連における生命保険の考察」がアイルオブドッグズの労働者相互改善協会で朗読されたときなどは、文字通り割れんばかりの拍手喝采が男女を問わず無知蒙昧の聴衆からわき上がったものである。この大成功のおかげで、翌年ジョゼフは協会の名誉総裁に選出された。総裁といっても、就任時に差し出した寄付金を引いてしまうと報酬はゼロ以下だったのだが、ジョゼフの自尊心は大いに潤《うるお》ったのである。

かくして、ジョゼフは揺るぎない名声を教養ある無教養層の間に着々と築きつつあったのだが、私生活の方では、突然出現した孤児たちのために、てんやわんやの目に遭うことになった。まず、弟のジェイコブが急逝し、残された二人の男の子、モリスとジョンを引き取らなくてはならなくなった。同年、さらにもうひとり、女の子が家族に加わった。ジョン・ヘンリー・ヘイゼルタインという、僅《わず》かばかりの財産を持ち、さらに僅かばかりの友人を持つとある紳士の娘である。というのも、ジョゼフはこの紳士に、ホロウェイの講演会で一度お目にかかっただけなのである。だが、このたった一度の邂逅《かいこう》が、ヘイゼルタイン氏には決定的だった。家に帰り着くやいなや、ヘイゼルタイン氏は遺言状を書き直し、自分の娘を、娘名義の財産と一緒に、講演家ジョゼフに託してしまったのである。ジョゼフは生来、親切な男であった。しかし、もうひとり荷厄介を引きうけて、乳母を雇ったり、中古の乳母車を買い入れたりするのは、正直あまり気が進まなかった。もちろん、モリスとジョンは別の話で、こちらは大歓迎だったのだ。とはいっても、血縁だからというのではない。本業の皮革業が原因不明の低迷を続けていたところだったので、ジョゼフとしてはモリスとジョンの持参金三千ポンドを一刻も早く事業に投入したかったのである。これを機に、若年ながら有能なスコットランド人を雇い入れ、新たに番頭格に据《す》えてしまうと、ジョゼフの頭は商売からきれいさっぱり離れてしまった。そして三人のお荷物も〝有能なるスコットランド人〟に委ねてしまい(好都合なことに、この男にはちゃんと妻がいた)、ヨーロッパ大陸から小アジアに至る大旅行へと旅立っていったのだ。

右手に多言語対訳聖書《ポリグロット》、左手に旅行者用慣用句集——こんな出で立ちで旅行者ジョゼフは、十一ヶ国を股にかけ、ありとあらゆる人間の間を掻《か》き進んでいった。多言語対訳聖書は、ジョゼフのごとき哲学的旅行者の目的には適わなかったし、慣用句集にしても、観光客には便利であっても、人生の達人ジョゼフ向きとはいえなかった。それでも、通訳を何とか調達し(もちろん無報酬に限るのである)、ジョゼフの手帳はどうにかこうにか調査記録でぎっしり埋まることになったのである。

こうした旅暮しを数年続けた後に、ジョゼフは故国へ帰ってきた。すっかり大きくなった子供たちの後見人として、これ以上義務を怠るわけにいかなくなったのである。二人の男の子は、上等だが金のかからない学校に入れられて、商業教育をみっちり受けていた。しかし、よくよく考えると、これも不思議な話であった。というのも、今や、ジョゼフの皮革業は、まともな商取引を行えるような状態ではなかったのである。事実、後見人の看板を下ろすための準備段階として会計簿をチェックしてみると、ジョゼフは弟ジェイコブの遺《のこ》した財産がこの間一ポンドも殖《ふ》えていないのを発見し、仰天してしまったのだ。仮に、ジョゼフの手持ちの財産を一ペニー残らず注ぎ込んだとしても、なお七千八百ポンド足りないのである。弁護士の立ち会いのもと、ジョゼフがこの事実を兄弟に明かすと、モリスは伯父を告訴すると言い張り、ありとあらゆる法の恐怖を並べ立てて脅迫した。その凄まじいこと、最悪の事態に至らなかったのは、ひとえに弁護士の適切このうえないアドバイスのおかげといえよう。

「石をいくら搾ったところで、一滴の血も出ませんな――」

弁護士はそう言ったのだった。

モリスは事態の勘所《かんどころ》をとっさに理解すると、次の条件で、伯父との和解に応じることにした。すなわち、ジョゼフは全財産の所有権を放棄し、さらにトンチン年金にからむ不確定財産権（既にだいぶ割のよい投資になっていた）もモリスに譲渡する。そしてその代わりモリスは、ジョゼフとへイゼルタイン嬢（ジョゼフ同様一文無しだ）を扶養し、二人に毎月一ポンドずつの小遣いを与えるというものである。老人の小遣いとしては、まあこれで十分だろうと思われる。だが、へイゼルタイン嬢がこれぽっちの金子《きんす》でどうして身ぎれいにしていられたかは大きな謎である。しかし、ともかくにも、彼女は与えられた予算内で立派にやりくりし、不平ひとつこぼさなかった。それどころか、無能な後見人である老ジョゼフを心から慕《した》ってもいたのである。ジョゼフは常変わらず親切であったし、高齢であることも有利に働いた。さらに、ジョゼフの知の探求にかける情熱と、聴衆のささやかな尊敬の眼差《まなざ》しに接したときの純粋な喜びようには、ヘイゼルタイン嬢を感動させるものがあった。結果、「あなたはあの男の犠牲者なのですよ」という弁護士の警告にも馬耳東風、ヘイゼルタイン嬢は、ジョゼフおじさんの心労の種を増やすようなことは決してすまいと、堅く心に誓ったのだ。

こうして、ブルームズベリー地区ジョン街のだだっ広く陰気な家で、四人の共同生活が始まった。傍目《はため》にはいっぱしの家族に映ったが、実際には金で結ばれた共同体にすぎなかった。ジョゼフとジュリアは、当然のごとく奴隷格。モリスの弟ジョン（バンジョーとミュージック・ホール、ゲイエティ劇場のバー、そしてスポーツ誌をこよなく愛するジョン）は、どこにいてもナンバーツーが定位置の男。帝国の労苦と歓喜は全てモリスひとりに帰せられることになった。「労苦と歓喜とはいわば硬貨の表と裏である」――口当たりのいい評論家は、うだつが上がらない無能な輩《やから》を慰めるときに決まってこう言うものである。だがモリスの場合、労苦が歓喜を大きく上回っていたと断言できよう。もっとも、自ら労を厭《いと》わない代わり、モリスは他人にも容赦なかったのであるが。朝、召使を呼びつけて、食糧品を直接手渡すのがモリス流であった。シェリー酒やビスケットの残量確認にしても、自分でやらねば気がすまない。毎週請求書が届くたびに見るに耐えない光景が繰り広げられ、料理人が小言を食うのも毎日のこと。奥の部屋では、僅か三ファージングを値切ろうと、出入りの商人を相手に激しい言い争いが展開された。洞察力に乏しい人間は、モリスをただの守銭奴と見ただろう。しかし、モリスにしてみれば、自分はあくまでも騙《だま》された男なのである。世間はモリスに対して七千八百ポンドの負債があるのであって、それを支払ってもらいたいと主張しているだけなのだった。

だが、モリスの人間性がより明確に現れていたのは、伯父ジョゼフに対する扱い方だった。モリスにとって伯父ジョゼフは、いってみれば、巨額を注ぎ込んだ（いちかばちかの）投機株なのであった。ゆえに、この証券の運用にあたっては、どんな労苦も惜しまなかった。体調の良し悪しに関係なく毎月規則的に医者の診療が行われ、ジョゼフが欲するものは、食べ物であれ、着る物であれ、ブライトンやボーンマスへの遠出であれ、赤子にとってのおしゃぶりのごとく、何でも即座に与えられたのである。天気の悪い日は外出を禁じられ、天気のよい日は九時半までに準備を整え玄関先に立っているよう命じられた。モリスがジョゼフの手袋と靴のチェックを済ませると、二人は〝手に手を取って〟仕事場へと出かけていく。だが、道中、うわべだけでも友情めいた感情が二人の間に行き交うことは皆無であって、それは実に陰気な道行きだった。モリスは、後見人ジョゼフの背任行為に対する非難を蒸し返し、ヘイゼルタイン嬢がどんなにお荷物であるか不満をこぼすのだった。相手がこう出るのであれば仕方ない、穏健なジョゼフも、モリスに対して憎しみめいた感情を抱くようになる。だが、仕事場からの帰路に比べれば、朝の道のりはどれほどのものでもない。というのも、個々の業務に首を突っ込むまでもなく、商会の建物をひとめ見るだけで、フィンズベリー家の人間は生きているのが厭《いや》になってしまうのである。

商会の入口には今なおジョゼフの名前が掲げられていて、小切手の署名はジョゼフの権限とされていた。だがこれらは全て、トンチン年金のほかのメンバーの士気を挫《くじ》いてやろうというモリスの戦略であり、事業の実権は完全にモリスの手中にあった。しかしそれも、モリスにしてみれば不幸の種を相続したも同然だった。商会を売りに出そうとしたところで、返ってくるのはお話にならない条件ばかり。事業拡大を図れば負債拡大に貢献するばかり。規模縮小を目指しては利益縮小を生むばかり。結局のところ、この商売で金を作れたのは、例の〝有能なるスコットランド人〟だけだったわけだが、最終的には解雇になったこの男、その後、在職中に貯め込んだ金でバンフ近郊に大邸宅をおっ建てて、悠悠自適の隠居生活を送っていたのである。商会の個室で郵便物の封を切りながら、この性悪な〝スコッチ野郎〟を思い出しては、ひとくさり悪罵を飛ばすのがモリスの日課になっていた。そしてその間、となりのジョゼフは、むっつり顔で次の指示を待っているか、内容も分からぬ書類にがむしゃらに署名をしているのだった。ある日のこと、スコットランドから、聖職者アレグザンダー・マックローの長女ダヴィーダと再婚した旨《むね》の通知が商会に届けられた。〝スコッチ野郎〟の嫌味《いやみ》ここにきわまれりというわけで、怒り心頭に発したモリスは卒倒しかねないありさまだった。

フィンズベリー皮革商会の営業時間も大幅に短縮されていた。モリスの強い義務感をもってしても、倒産の影のもと、商会の壁に囲まれて長い一日を無為に過ごすのは耐えられなかったのである。やがて、支配人・店員の区別なく大きなため息がもれ、一同、また徒《いたずら》に過ぎていく一日をじっと受け入れるのである。「『下手な早道』は『遅れ』の異父姉妹」と謳《うた》ったのはテニスン卿であるが（テニスンの詩「汝の郷土を愛すべし」の一節）、フィンズベリー商会の「仕事の習慣」も「遅れ」の伯父あたりになることは間違いないだろう。そうこうするうちに、モリスは、〈生ける投資物件〉のジョゼフを、まるで犬っころでも扱うようにジョン街の屋敷へと連れ帰り、玄関口に放り込むやいなや、唯一の生きがいであるシグネットリング漁《あさ》りに、さっさと出かけていくのである。

だが、ジョゼフは何といっても講演家である。その自尊心の強さは常人の比ではない。――なるほど、わしは確かに過ちは犯した、それは認めよう。だが、正確を期すならば、わしは断じて加害者などではない。あの〝有能なるスコットランド人〟の被害者なのだ。それにだ。たとえ人様を殺《あや》めたって、こんなひどい仕打ちを受けるだろうか？　あんな青二才にあっちこっち引っ張り回され、自分の店にいながら囚人さながらの扱いを受け、かけられる言葉といえば、わしの人生を侮辱するものばかり。服装は点検される、襟《えり》は立てられる、ミトンをはめているか点検される、挙句の果てに、捕虜よろしく連れ出され、連れ戻される。はっ！　わしは、乳母付きの赤ん坊というわけか！

――こう思うとジョゼフの心中には憎しみがふつふつとわいてくる。外套、帽子、さらに忌々《いまいま》しきミトンを大急ぎで外套掛けにかけると、二階へ上がってしまう。そこに行けば山のようなノート類に囲まれて、ジュリアと二人きりになれるのだ。二階の居間だけはモリスも手を出せない聖域、ジョゼフとジュリアの二人だけの空間だった。ここで、ジュリアは針仕事に精を出し、片やジョゼフは脈絡ない雑多な記録類に目を走らせつつ、意味のない統計計算を繰り返し、眼鏡の縁をインクで黒く汚すのだった。

トンチン年金との因縁をジョゼフがしょっちゅう嘆いたのもこの居間だった。「トンチン年金さえなければ！」ある日の午後、ジョゼフは大声をあげた。「トンチン年金がなければ、あいつはわしをここに置いておきはすまい。そうすれば、わしは自由の身だぞ、ジュリア。そうなったら講演をしながら暮らしていけばよい。造作《ぞうさ》もないことじゃ」

「おっしゃる通りですわ」とジュリアは応じた。「おじ様の楽しみを取り上げてしまうなんて、あんまりひどい仕打ちですわ。アイルオブキャッツ（確かキャッツでしたわよね？）の人たちが、あんなに熱心におじ様のお話を聞きたがっていらっしゃるのに……アイルオブキャッツに行くくらい、許してくださってもよさそうなものですわ」

「だいたい、あいつは物事が分かっておらんのじゃ！」ジョゼフは叫んだ。「ここでわしと一緒に暮らすということは、人生の興趣尽きない数々の光景に囲まれて生活するのも同様ではないか。なのに、あいつはその恩恵に何ひとつ浴《よく》しようとしない。それでは、棺桶の中で一生を送るのと同じじゃろう。自分がどんな境遇で暮らしているかよく考えてみるといい！　普通の青年じゃったら、胸の底から込み上げてくる興奮を抑えられないはずじゃ。わしの話にちょっと耳を傾けてみるがいい。膨大な知識量に言葉も出なくなること請け合いじゃ。なあ、ジュリア！」

「でもおじ様、あまり興奮なさってはいけませんわ」ジュリアは言った。「お身体に少しでも障《さわ》りがあると、またすぐ、お医者様が来てしまいます」

「そうだ、その通りじゃ」老人はしおらしい返事をした。「さあ、落ち着いて勉強を続けるとしよう」そう言うとジョゼフは、ずらりと並んだノートのあちこちを開いてみるのだった。

「どうじゃろう、ジュリア――」ジョゼフが切り出した。「見たところ手がふさがっているようだが、ここにひとつ面白い話があってな……どうじゃな、もし邪魔でなかったら……」

「邪魔だなんてとんでもありません！」ジュリアは叫んだ。「素敵なお話を聞かせてください。どうぞお願いします、おじ様」

ジョゼフはノートをいったん置くと、ジュリアに前言撤回の時間を与えまいとするかのように、急いで眼鏡を鼻にかけなおした。

「今日読んで聞かせる話はな」ページをぱらぱらとやりながらジョゼフは言った。「あるオランダ密使とのきわめて貴重な会談の記録じゃ。密使の名前はダヴィト・アバス。アバスはラテン語で僧院という意味じゃな。貴重な資料を得た代わり、出費もかなりのものだった。アバスは最初、何ともいらいらしている様子じゃったので、仕方ない、落ち着かせるために一献差し上げることになったのだ。記録は全部で二十五ページくらいのものじゃ。さて、始めようかな」ジョゼフはひとつ咳払いをすると、読み始めた。

ジョゼフの記録に拠《よ》る限り、会談の九十九パーセントはジョゼフの発言で占められていた。別の見方をすると、ジョゼフはアバスからほとんど何も聞き出していないのだった。ジュリアは退屈した。それに、そもそも自分からねだった話でもない。ジョゼフの相手をさせられたオランダ人密使には、さぞやおぞましい悪夢だったと想像される。アバス氏は、そんな自分を慰めるために頻繁《ひんぱん》にボトルに手を伸ばしていたと思われるし、会談が進むにつれて、ジョゼフのケチな寛大さに頼るのを断念し、自分の金でフラゴンを注文し始めていたとも推察される。というのも、残された記録を読む限り、ほろ酔いの効果が明確に見られたのである。途中からアバス氏は、にわかに饒舌な証人へと変貌し、進んで秘密情報を語り出したのであった。このときばかりは、ジュリアも縫い物の手を止めて、にっこり微笑《ほほえ》むような顔をジョゼフに向けた。そのときである。伯父の名前を叫びながら家の中に駆け込んでくるモリスの声が聞こえてきた。次の瞬間、モリスは部屋へと突入し、手にした夕刊をバタバタと振ってみせた。

それは一大ニュースだった。夕刊には、陸軍中将（印度星勲爵士、ならびに聖マイケル聖ジョージ上級勲爵士）グラスゴー・ビガー卿の逝去が報じられていたのである。こうして、トンチン年金の権利者はフィンズベリー兄弟二人だけとなった。ついにモリスにもチャンスが回ってきたのである。

ところでこの兄弟、実をいうと、これまで一度だって仲のよかったことはない。ジョゼフが小アジアを旅行しているという情報を耳にしたときも、マスターマンは「何て見苦しいざまだ。見ててみろ、次はきっと北極に行くぞ」と怒りを露わにし、しかも、この辛辣《しんらつ》なコメントは、イギリスに戻ったジョゼフの耳にちゃんと届くことになったのである。さらに悪いことに、マスターマンはジョゼフの講演「教育――その狙いと意図、目的および必要性」に招待されたときも（しかも壇上に立ってくれるよう要請されていたのに）、すっぱりと断ってしまった。そしてそれ以来、兄弟は一度も顔を合わせていない。とはいえ、表立った交戦状態にあるわけではない。年少者であるジョゼフの方では、トンチン年金における自分の優位を放棄する心の準備は整っていたし（実はモリスが裏で指図していたのだが）、一方のマスターマンも、強欲や不誠実とは生涯無縁の男であった。そうしてみると、取引に必要な条件は全て揃っているといえた。失った七千八百ポンドを取り戻して、明日も分からぬ皮革《かわ》商売ともおさらばだ……。モリスの視界に突如、新しい未来が浮かび上がった。

善は急げ。翌朝、さっそくモリスは従兄弟《いとこ》マイケルの事務所を訪れた。

マイケルは、それなりに名の通った弁護士であった。法律の道を志したが、しかるべき後ろ盾が得られず、後ろ暗い依頼を専門に生きていくことになった男である。勝ち目のない係争に手を出す男、それがマイケルの評判だった。その気になれば、石ころに証言させることだって、金鉱に利子を生ませることだってやってのけるという噂だった。当然の結果、マイケルの事務所にはあらゆる種類・階層の人間がひきもきらず訪れた。かろうじて残っている最後のメンツを何とか手放すまいとしている者、できれば付き合いたくない方面と関係を持ってしまった者、うっかり置き忘れた手紙のせいでスキャンダルの危機にある者、自分の執事から脅迫されている者、などなど。

私生活でのマイケルは享楽の人であった。しかし、仕事であれだけの悲惨を目にしてしまうと、享楽を前にしてももはや酔いしれることはできまい、というのが世間の見方であった。また投資に関しても、華やかな勝負よりも手堅い道を選ぶ男とされていた。そして、モリスには好都合なことに、トンチン年金など馬鹿らしいといつも鼻先で笑い飛ばしていたのである。

それゆえ、この朝マイケルの前に現れたモリスは、交渉の結果について何の不安も抱いていなかった。モリスはすぐに自分のアイディアに熱弁を振るい始めた。ほぼ十五分間、マイケルは一言も口を挟まずに、モリスが自説の明々白々なる卓越性を説き続けるのを聞いていたが、話が終わると椅子から立ち上がり、ベルを鳴らして事務員を呼ぶとこう言った。

「お断りするよ、モリス君」

モリスがどんなに説得しても無駄だった。マイケルの事務所に日参し、なおも説得を続けたが効果はなかった。千ポンドの上乗せが提示された。二千ポンド、三千ポンド、それでもマイケルは動かない。モリスはついに、ジョゼフの承諾を取ったうえで、一対二の分配案まで持ち出した。だが、マイケルの返事は変わらなかった。〝お断り〟の一点張りである。

「断る理由を聞かせてもらおうじゃないか！」モリスはとうとう堪え切れなくなった。「君は僕の提案にちゃんと返事をしていないじゃないか。一言だって答えていない。悪意があってそうしているとしか思えない」

マイケルはやさしく微笑むと、「ひとつだけ断言しておくよ」と言った。「君のその好奇心を満たすことだけは決してしないってことさ。今日はいつも以上によくしゃべっているようだが、まあ、われわれがこの件で会うのも、これで最後だからな」

「これで最後だ？」モリスは叫んだ。

「さあ、別れの杯にしよう」とマイケルは返答した。「これ以上、業務時間を削るわけにはいかないのでね。君にしたって仕事があるだろう？　どうだい、商売の方は変わりないかい？」

「やっぱり悪意なんだな」モリスは頑固に繰り返した。「君は小さいときから僕を嫌って、小馬鹿にしていたからな」

「そんなことはない。嫌ってなんかいないさ――」マイケルは宥《なだ》めるように答えた。「どちらかといえば、君のことは気に入っていたよ。君には、びっくりさせられっぱなしさ。知ってるかい？　ちょっと遠くから見ると、君はなかなか渋くて魅力的に見えるんだ。分かってたかい？　自分がロマンチックな男だってことを？　そうそう、過去の翳《かげ》りを持つ男ってやつだ。聞いた話だと、皮革《かわ》商売ってのも、翳《かげ》だらけだそうじゃないか？」

「よく分かった」マイケルのおしゃべりを無視してモリスは言った。「ここにいても埒《らち》があかない。君のお父さんに会わせてもらおう」

「おいおい、そいつはだめだ」マイケルは言った。「誰も親父《おやじ》には会えない」

「その理由を聞かせていただこうじゃないか！」

「別に秘密にしているわけじゃない」マイケルは答えた。「実はかなり具合が悪いんだ」

「そんなに具合が悪いのなら！――」モリスはなお叫ぶ。「なおさら僕の申し出を受け入れるべきだろう。何としても会わせてもらうからな！」

「ああ、そう――」マイケルは立ち上がった。そしてベルを鳴らすと、事務員を呼んだ。


さて、医事雑誌の片隅でよく見かける名前に、サー・ファラデー・ボンド准男爵という医者がいた。ちょうどこの時期、金の卵を産む予定の哀れなガチョウ、ジョゼフ・フィンズベリーは、ボンド先生の指示に従い、清涼な空気を求め、ボーンマスに転地することになっていた。家族全員がブルームズベリーの塵《ちり》を払い落として、道もあやかなほど草深い別荘地へ出立《しゅったつ》しようというのである。ジュリアは喜んでいた。ボーンマスに行くと、新しい友達を作ることができるのである。ジョンは面白くない。やはり彼は根っからの都会人なのだ。ジョゼフはペンと新聞さえあればどこで暮らそうとお構いなしだったが、商会に閉じ込められて殉教者を演じているよりは、ボーンマスの方がましだろう。モリスはどうか？　おそらくモリスも、ロンドン市中を駆け回る生活を中断して、静かなどころでゆっくり計画を練るのは悪くないと思っていたはずだ。どんな犠牲も厭《いと》わないぞ――モリスの腹は決まっていた。自分の金を取り返して、商売とはきっぱり縁を切る、それだけがモリスの願いだった。自分の要求が慎ましいものであること、そして、トンチン年金の総額が今や十万六千ポンドに達していること、そうした事実を総合すると、マイケルが頑《がん》として妥協に応じないのがいかにも奇妙に思われた。「あの態度の理由《わけ》さえ分かれば……」モリスは同じ疑問を反芻《はんすう》した。昼はブランクサムの森を歩きながら、夜はベッドで輾転《てんてん》としながら、食卓では食事を摂《と》るのも忘れ、移動更衣室では身体を拭《ふ》くのも忘れ、ひとつの難問を考え続けた。「なぜ、マイケルは断ったのだ？」

　ある夜のこと、ついに謎解きの瞬間がやってきた。モリスは弟の寝室に駆け込むと、ジョンを揺り起こした。「いったいどうしたっていうんだい？」ジョンはびっくりして尋ねた。

「明日ジュリアを発《た》たせるぞ」モリスは答えた。「一足先にロンドンに戻って、家の準備をしてもらう。召使の手配もだ。俺たちも三日後に発つぞ」

「ああ、そいつはありがたいや！」ジョンは叫んだ。「でも、どうしてなんだい？」

「ついに分かったんだよ」モリスの声は穏やかだった。

「分かったたって、何が？」

「マイケルが折れない理由さ」モリスは答えた。「あいつは妥協したくてもできないんだ。なぜだと思う？　マスターマン伯父は死んでいるからさ。あいつはそれを秘密にしているんだ」

「ふぇー！」何事につけ感動しやすいジョンは叫んだ。「だけど秘密になんかして何になるんだい？　どうしてそんなことを……」

「俺たちを出し抜いて、トンチン年金をひとり占めしようっていうのさ」

「そんなの無理だろう。医者の証明書がなくちゃだめじゃないか」

「金でどうにでもなる医者がいるだろう。聞いたことないか？」モリスは言った。「野イチゴみたいにその辺にいくらでもころがってるぞ。三ポンド半も出してみろ。よりどりみどり、好きなのが摘める」

「おいらだったら、五十ポンドはちょうだいするがなあ！」

「つまり、マイケルの野郎は――」モリスは構わず話を続ける。「目下、やばい橋を渡っている最中ってわけだ。だいたい、あいつを頼ってくる依頼人は皆ひどい目に遭《あ》ってるっていうじゃないか。まったく、腐った卵みたいな商売さ。そうさ、こんなことを本気でやれるのは、マイケルしかいない。間違いない。あいつは綿密に計画を立てたんだ。きっとご立派な計画だよ。何だかんだいっても頭の回転は速いからな。こんちくしょうめ！　頭の回転なら、俺だって負けるものか！　いいか、おまけにこっちは死に物狂いなんだ！　まだ学校通いの孤児のうちに、七千八百ポンド盗《と》られたんだからな！」

「おいおい、その話はうんざりだよ――」ジョンが口を挟む。「損を取り返そうとして、もうそれ以上損しているじゃないか！」

第二章　モリス動く

さて、G・P・R・ジェイムズ（イギリスの歴史小説家。一七九九―一八六〇）流に書くならば、それから数日後、この陰鬱な一家の三人の男たちは、計画通りボーンマス東駅から出発したのであった。

その日は寒寒として変わりやすい天気だったので、ジョゼフはサー・ファラデー・ボンド先生の規則通りの服装をさせられることになった。読者諸賢もご承知のように、ボンド先生は服装と食事に関してはことに厳格なお方である。先生の几帳面な指示に素直に従って長生きしない患者など存在しないといってよかったし、いやでも長生きしてしまうのだった。

「奥様、お茶はお控えなさることですな」ご存じボンド先生の名調子である。「お茶はお控えなさることですな。それと、焼いたレバーと、酒石酸の入ったシェリー酒、それからパン屋が焼いたパンもお控えなさるとよろしい。夜は十時四十五分にはお休みになることですな。身につけられるのは、できたら全て清潔なフランネルがよろしい。一番上に羽織るのは、テンの毛皮がよろしいでしょう。それから、ドール・アンド・クランビー商店で健康ブーツをお求めになることです」そして、診察料を受け取った後でも、ボンド先生は患者を再度呼び戻し、大きな声で注意を付け加える。

「ひとつ申し忘れておりました。チョウザメの燻製もお控えなさることです。悪魔同様にお避けになるのですぞ」

かくして、哀れジョゼフは、ボタンひとつに至るまで、ボンド先生流の出で立ちにさせられてしまったのである。足元には健康ブーツ、服は上下とも高通気性の布地を使い、シャツは衛生フランネル（上等の生地とはとてもいえないけれど）。仕上げは当然、膝まですっぽりテン皮の厚手のオーバーと相成った。どこから見ても一目瞭然の〝ボンド一族〟である。ボーンマス駅の赤帽でさえ、（この駅をボンド先生がよく利用するということもあるが）ジョゼフの素姓をたちどころに見抜けたと思われる。ただ唯一、面頬付きの歩兵帽だけはジョゼフ自身の意志でかぶっていた。かつて、小アジアのエペソス平原で瀕死のジャッカルに追われたときも、アドリア海を吹くボーラ（アドリア海北岸に吹く北または北東の乾燥した季節風）に苦しめられたときも、ジョゼフは常にこの帽子と一緒だっただけに、今となっては、こいつを頭から引き離すことはどうにも不可能なのであった。

フィンズベリー家の三人は、コンパートメントに腰を落ち着けるやいなや口論を開始した。列車の中で言い争いなど、それ自体見苦しい振る舞いであるが、この場合さらに、モリスにとっては実に不運な成り行きだった。というのも、モリスがもう少し窓の外に目をやっていたならば、この物語が書かれることは、そもそもなかったのである。つまり、ここで喧嘩さえ始めなければ、モリスは（駅の赤帽同様に）、〝ボンド一族〟の格好をした男がもうひとり、列車に乗り込むところを目撃したはずなのである。だがモリスには、目の前の口論の方が重要だった。まさに神のみぞ知る判断ミスだったのだ。

「そんな話は聞いたことがない！」朝から続いている議論を蒸し返して、モリスは声を張りあげた。

「あの手形はおじさんのものではなくて、僕のものですよ！」

「いや、支払先はわしの名前じゃからな」ジョゼフは不機嫌丸出しの強情ぶりである。「わしの好きにしてよいはずじゃ」

話題になっている手形は、額面八百ポンド。今朝方、モリスがジョゼフに裏書を頼んだところ、ジョゼフは自分のポケットにねじ込んでしまったのであった。

「ジョン、聞いたか。この言い草だ！」モリスは叫んだ。「『わしの好きに』と来たぜ。その服は誰の金で買ったか分かってるのか？」

「もう放っておけよ」とジョンは言った。「あんたたちには、うんざりだ」

「それが伯父に対する口のきき方か！」ジョゼフも声を張りあげた。「お前たちの無礼は許すわけにはいかんぞ。何とまあ、揃いも揃って生意気で、ずうずうしい物知らずなんじゃ。全くあきれたものだ。この話はもう終《しま》いじゃ。よいな」

「やあ、メチャクチャだあ」ジョンは優雅に言い放った。

だがモリスは、ジョンのように悠然とはしていられなかった。時ならぬ伯父の不服従に面食らっただけでなく、このような反抗的な言葉を耳にすると不吉な胸騒ぎを抑えられない。モリスは不安な面持ちでジョゼフを見つめた。もう何年も前のこと、ジョゼフの講演会で聴衆がいっせいに反乱を起こしたことがあった。〝この芸人は退屈な野郎だ〟と悟った聴衆が、てんで勝手に楽しみ出してしまい、とうとう講演者ジョゼフを（ジョゼフのボディーガード役を務めていた公立小学校校長、バプテスト派の牧師、労働組合出身の選挙候補者と一緒に）会場から追い出してしまったのであった。モリスは現場に居合わせていなかったのだが、もしそこにいたなら、今目の前にいるジョゼフの挑むような目の輝き、何やらものをゆっくり噛むような口の動きに、見覚えがあったに違いない。だが、そういう意味では〝素人〟であるモリスでも、今日のジョゼフの様子には何やら不穏な空気を感じるのだった。

「はい、はい、分かりましたよ」モリスは言った。「ロンドンに着くまで、この話はやめにしておきましょう」

ジョゼフは返事をしないどころか、モリスに視線を向けもしなかった。震える手で『ブリティッシュ・メカニック』を取り出すと、これ見よがしに顔を埋《うず》めて読み耽るのだった。

「何だって、こんなに不機嫌なんだ？――どうも気に食わないな」モリスは疑い深そうに鼻をかいた。

いつものように名もない旅人達を積み込んだ列車は、広い世界の只中へと突き進んでいった。新聞に没頭するふりをする老ジョゼフ、『ピンク・アン』のコラムを読みながら居眠りを始めたジョン、頭の中に一ダースもの悪意、疑念、不安が渦巻いているモリス、彼らもまた同じ列車の積載物だった。海に臨んだ保養地クライストチャーチを過ぎ、松林に囲まれたハーンを過ぎ、曲がりくねった川のあるリングウッドを過ぎ、定刻より多少遅れて（といっても、サウス＝ウエスタン鉄道にしたら大した遅れではなかったが）、列車はニューフォレスト国立公園の中の、とある駅に到着した。(鉄道会社が作者を告訴するといけないので、ここではブラウンディーン駅として、実名は伏せることにしよう。)

　乗客の多くは窓に顔をくっつけて外の景色を眺めたりしていたのであるが、ここで作者は、乗客のひとりである老紳士について紹介の筆を進めたいと思う。というのも、この機会を逃してしまうと、先々、この紳士に言及するチャンスは永久に訪れないと危惧されるのと同時に、かくも品位あふれる人物は、この物語に二度と登場しないだろうと予想されるのである。老紳士の名前は、その出で立ちほどには重要でないので、割愛させていただこう。この老紳士、もともとは、ツイードのスーツに身を包み、長年ヨーロッパ大陸を渡り歩いた男であった。ところが『ガリニャーニズ・メッセンジャー』(パリで発行されていた英字新聞)を読み続けたせいだろうか、視力の低下が気になり始め、「ダマスコの河は云々」という旧約聖書の文句(列王記下、五・一二。病に苦しむシリア人隊長ナアマンの言葉「ダマスコの河、アマナ川やパルパル川は、イスラエルの全ての河に優るのではないか」)と共に故郷ロンドンを思い出すと、海峡を渡って眼科医のもとを訪ねたのだった。眼科医から歯科医へ、歯科医から内科医へ。これは一種お決まりのコースである。そこからほどなくしてサー・ファラデーの診るところとなり、高通気性の服に着替えさせられると、ボーンマスに送られたというわけだ。そしてちょうどこの日、故国での唯一の知己でもある専制的准男爵、サー・ファラデー・ボンドのもとに経過報告に赴くところであった。この種の、ツイードのスーツをトレードマークとする大陸放浪者は、なかなかユニークな臨床例を提供してくれる。取り澄ました憂鬱顔をこしらえて、インドにしばらくいたものの成功できず帰ってきたという気配を漂わせている男達の姿を、読者諸賢も、ギリシャのスペッツェ島や、オーストリアのグラーツや、ヴェニスなど、方々のレストランで目撃したことがあるに違いない。彼らの顔と名前は、ヨーロッパ中の数百ものホテルで記憶されている。ところが、この〈大陸放浪歩兵隊〉が一夜にしてそっくりこの世から消え去ったとしても、その事実に気づくものは誰もいないのである。ましてや、そのうちのたったひとり（例えば高通気性の服を着た男）が消滅したとして、それがどれほどの事件であろう。ボーンマスでの勘定は全て精算済み。この世の財産は手荷物車に預けた二つの旅行かばんの中身だけ。そしてこの旅行かばんにしたところで、持ち主不明のまま、どこかのユダヤ人に売られていくのが関の山。なるほど、サー・フアラデー・ボンドの執事のふところは、一年後、半クラウンほどお寒くなっているかも知れないし、ヨーロッパでも同じ頃、ホテルの支配人達が、小額ながら明らかな収入減を嘆いているかも知れぬ。だが、掛け値なしに、それで全てなのである。ひょっとしたらこの瞬間、この老紳士の胸中にも同様の思いが去来していたのかも知れない。薄くなった灰色の頭を再びコンパートメントに落ち着けた彼の表情は、それほど憂《うれ》いに満ちていたのである。

さて、列車は煙を吐きながら橋をくぐり、次第に速度を増しながら、ニューフォレストのヒース原野と木立の中を進んでいった。ブラウンディーン駅を発って数百ヤードも進んだだろうか、突然ブレーキ音がけたたましく響き、列車は急停車した。周囲の混乱と悲鳴に反応して、モリスは窓に駆け寄った。ご婦人方が叫び声をあげ、殿方は窓から線路へと降り始めていた。座席から離れないように、と車掌がしきりに呼びかけた。すると、列車はゆっくり、今度はブラウンディーン方面へ後戻りを始めた。そして次の瞬間、車中を満たす騒ぎの声は、急接近する下り急行列車の黙示録的警笛音と、車輪の轟音に飲み込まれたのである。

モリスは、実際の衝突音を記憶していない。たぶん、衝突の瞬間に気を失ってしまったのだろう。〝く〟の字になった客車がおとぎ芝居（特にクリスマスの時期に行われた見世物で、歌、踊り、芝居が楽しめた。一八八〇年頃より、ミュージック・ホールのスターたちも出演するようになる）の仕掛けみたいに空から降ってきて粉々に砕け散ってしまうおぞましい夢を見ていたが、意識が戻ると、青空の下、大の字になってのびているのに気がついた。ひどく頭が痛むので額に手をやると、案の定、手のひらには血糊が付いた。耳にするのも耐えがたい、がんがん響くような音が頭のまわりに満ちていた。はっきりと意識が戻ればこの音は消えてなくなるだろう、そうモリスは考えた。だが、意識がはっきりすればするほど、逆に、ひどい耳鳴りのような音はどんどん大きくなって、モリスの耳を残酷なまでに痛めつけるのであった。まるで怒れる雷鳴、工場でボイラーの鋼板にリベットを打っているような音だった。

いったい何が起こったんだ？　今度は好奇心が頭をもたげ、モリスは立ち上がるとまわりを見渡した。樹木の生い茂った丘を迂回するように、線路が急カーブしている場所だった。丘の中腹には、ボーンマス発の列車の残骸がうずたかく積まれ、一方、急行列車の車輌は木々の間に埋もれて、ほとんど見ることができなかった。線路がカーブにかかるあたりから蒸気が盛んに立ちのぼっていたが、真っ赤に焼けた石炭が散らばっている中、二つの蒸気機関車が折り重なって無残な姿を曝《さら》していた。ヒースの生える線路わきを大勢の人が叫びながら行ったり来たり走り回り、その足元、夥《おびただ》しい数の人間が、眠っている浮浪者のように、ぴくりともせず倒れていた。

「列車事故だ！」モリスはとっさに事態を悟り、同時に自分の判断のすばやさに内心得意になった。次の瞬間、モリスはジョンを発見した。ジョンはすぐ横で、紙みたいな白い顔でのびていた。「ジヨニー、しっかりしろ。死ぬんじゃない！」――小さい頃の冒険遊びのセリフが、忘れられていた宝箱から飛び出してきた。モリスは弟の手を握ると、子供がするようにやさしく撫《な》ぜた。この愛撫が効いたのだろうか、ジョンは目を開くと、むっくりと起き上がった。しばらく口をもごもごさせていたかと思うと、「何だ、この騒ぎは？」と呟いた。まるで幽霊の声だった。

悪魔の鍛冶屋のような轟音は、依然続いていた。

「ともかく、ここを離れよう」破壊された機関車から引きも切らず立ちのぼる蒸気を指さして、モリスは大声で言った。お互いに手を貸しながら立ち上がると、身震いし、よたよたとよろめいた。二人は、まわりの死の光景をしばらくの間、見つめていた。

そのとき、有志によるにわかづくりの救助隊の一団が、二人の方に近づいてきた。

「けがはありませんか？」額を汗に濡らした、青ざめた顔の青年が大きな声をかけた。ほかのメンバーとのやり取りから察するに、青年は医師らしい。

モリスが首を横に振ると、青年は厳しい顔のまま頷《うなず》いて、酒の入ったボトルを手渡した。

「これを飲んでください」と青年は言った。「特に、お連れの方に飲ませてあげてください。われわれには、動ける人がひとりでも多く必要なのです」青年はさらに続けた。「確かにつらい作業になると思います。しかし、何もしないわけにはいきません。担架を運ぶだけでもいいですから手を貸してください」

そう言いながら青年医師は、モリスの前を通り過ぎていった。そのときである。〝気付け薬〟が早くも効いたのだろうか、モリスの意識が一気に戻った。

「おおい！　大変だ！」モリスは叫んだ。「ジョゼフおじさんだ！」

「あああ、そうだ！」ジョンも叫んだ。「いったいどこへ行っちまったんだ。そんな遠くのはずはないよなあ……。南無三、ご老体よ、無事でいてくれよ！」

「来い！　捜すんだ！」モリスはぴしゃりと言い放った。普段の振る舞いからはとても想像できない、獰猛と呼べるほどの厳しい態度だった。そして一瞬、「もし伯父が死にでもしたら……」と吐き出すと、天に向かって拳を振り上げた。

負傷者の顔を覗《のぞ》き込み、うつぶせの死体をひっくり返し、兄弟はあちらこちらを懸命に歩き回った。もう三、四十人は検分したに違いない。だがジョゼフは見つからなかった。二人の捜査範囲は、いつの間にか衝突地点の近くに移っていた。耳をつんざくほどの大音響で、機関車がなおも大量の蒸気を吹き出しており、救助隊の手もここまでは及んでいなかった。ちょうど森が始まるあたりの地面は起伏が多く、窪地があったり、一面にハリエニシダの生える勾配があったりで、まだ発見されていない死傷者がたくさんいると思われた。二人はさっそく、獲物を追うポインター犬よろしく、藪をずんずんかき分けていった。先を歩いていたモリスが、突然立ち止まり、悲劇の登場人物がするように人差し指を立てた。ジョンはその指の先に視線を走らせた。

砂地になっている窪みの底の方に、人間の身体のようなものがあった。顔は損傷がひどく、誰とも見分けがつかなかった。が、顔で見分けるまでもない。雪のような白髪、テン皮のコート、高通気性の上下、衛生フランネルのシャツ、足元にはダール・アンド・クランビー商店の健康ブーツ、あらゆるものがジョゼフ伯父を名乗っていた。ただひとつ、事故の衝撃で愛用の歩兵帽だけはどこかに行ってしまったらしく、死体の頭には何も載っていなかった。

「おじさん……ああ、かわいそうに！」とジョンが叫んだ。多少は本気で、伯父の死を悲しんでいるようであった。「こんなことなら、列車の中であんな意地悪はしなかったのに！」

だが、死骸をじっと見つめるモリスの顔には、感傷のかけらすら浮かばない。皮膚に爪が食い込むほど拳をきつく握りしめ、心の内側を凝視するような目をしたまま、黙って立ち尽くしている。表情には、悲劇的な憤怒と悲劇的な抑制の両方が、はっきりと読み取れた。ついに最後の不公平がモリスに下されたのである。まだ学校通いの孤児時代に財産を盗まれ、落ち目いっぽうの皮革業に縛りつけられ、荷厄介のヘイゼルタイン嬢を背負い込まされ、さらには、従兄弟からトンチン年金で騙され続け、それでもなお、モリスは毅然とした態度で（といってよいだろう）運命の不公平に耐えたのである。だが、〈不公平〉は、ついにジョゼフ伯父を殺してしまったのだ。

「おい！」突然モリスは叫んだ。「足の方を持て！　茂みの中まで運ぶぞ。誰にも見られないように隠すんだ」

「おいおい、何言ってるんだい？」とジョン。「そんなことしてどうするんだ？」

「いいから、言われた通りにしろ」死体の肩に手をかけて、モリスはジョンを促した。「——俺ひとりで運べっていうのか？」

二人のいる場所はちょうど森の入口だったので、ほんの十歩も進めば、完全に人目から隠れることができた。さらに少し奥まで進み、木々のない砂地まで来ると、二人は死体を下に置き、見たくもない亡骸を見下ろした。

「いったい、どうしようっていうんだい？」ジョンが小声で訊いた。

「決まってる、埋めるんだ！」言うが早いか、モリスはポケットナイフを取り出して、猛烈な勢いで地面を掘り出した。

「そんなことをしたって、何にもならないじゃないか」ジョンは抗議した。

「この臆病者め！　どうしても手伝わないつもりか！」モリスは金切り声をあげた。「貴様なんぞ、悪魔にでも食われちまえ！」

「子供じみた穴掘りなんかまっぴらだけど、臆病者って呼ばれるのは、もっとまっぴらだ」ジョンはそう言うと、いやいやながら兄の作業に加わった。


　土は砂が多くて軽かったけれど、樅《もみ》の木の根っこが作業を阻み、ハリエニシダが手を傷つけた。墓穴から掬《すく》い出される土にも、時折血が混じるようになった。モリスは一瞬も手を休めることなく掘り続け、ジョンはダラダラと手を貸して、やがて一時間が経った。それでも穴の深さは、ようやく九インチくらいだった。二人は試しに、遺骸を乱暴に投げ入れて、砂で覆ってみた。死体を完全に埋めるには、まだ足りなかった。さらに多量の砂が掘り出され、ハリエニシダが刈られた。それでも、みすぼらしい墳墓の端からは、両足がにょきっと突き出し、特許靴のつま先は太陽の光を受けてピカピカ輝いている始末である。だが、二人の余力はとうに尽きていた。さすがのモリスも、この仕事は堪《こた》えたらしい。兄弟は、まるで罪人が身を隠すように、近くの茂みにこっそりと滑り込み、疲れた身体を休めるのだった。

「もうこれ以上は無理だ」腰を下ろすとモリスが言った。

「なあ――」ジョンが口を開いた。「もう教えてくれてもいいだろう。これはどういうことなんだい？」

「まったく、お前ってやつは……！」モリスは叫んだ。「まだ分からないのか？――話す気もなくなってくるぜ」

「い、いや、もちろん、トンチン年金に関係があるってことは分かるさ」ジョンは答えた。「だけど、そうだとしたら、こんなのは馬鹿みたいじゃないか。トンチン年金は完全におじゃん、すべてお終いだろう？」

「いいか、よく聞け。マスターマン伯父は死んでるんだ。俺には分かる。俺のカンに間違いない」

「うん、でも、ジョゼフおじさんだって死んじまったんだ」

「いや、死んじゃいない。俺が死んだと言わない限りは生きているんだ」

「いや、そうは言うけどさ、あんたの考え通りマスターマンおじさんがとうに死んでいるのなら、そのことをみんなに知らせて、マイケルの悪だくみをばらせばいいじゃないか」

「どうやらお前は、マイケルのことを見くびっているようだな」モリスはあざ笑うように言った。

「分からないか？　やつはもう何年も前から、この計画の準備を進めているんだ！　抜かりなんかあるものか！　看護婦、医者、葬儀屋、全て金でカタはついてるんだ。死亡診断書だって揃ってる。後は日付を入れるだけだ！　どういうことか分かるか？　マイケルがジョゼフ伯父のことを知ったとする。するとマスターマン伯父もきっかり二日後に死亡して、一週間後に葬られるって寸法だ。だがな、ジョン、よく聞け。マイケルにやれることなら、俺にだってやれる。あいつがはったりをかけておいしい思いをするのなら、俺だってやってみせる。あいつの父親が永久に生き続けるのなら、俺の伯父にも不死身になってもらう！」

「だけど、それは法律違反じゃないのかい」

「人間、ときに、反道徳的勇気を必要とするものさ」厳粛な調子でモリスは答えた。

「それに、もしあんたのカンが外れていたらどうするんだい？　もしマスターマンおじさんが元気で生きていたら？」

「もしそうだとしても、今より悪くはならない」モリスは策略家ぶりを見せる。「いや、それどころか、こっちに有利なだけだ。いいか、マスターマン伯父だって、いつかは必ず死ぬんだぞ。ジョゼフ伯父だって生きている限りは、いつポックリいくか分かったもんじゃなかったんだからな。ところが、こっちは、もうその心配はない。つまり、このゲーム、俺たちだけは無限に続けられるってわけさ。最後の審判の日までだって続けられるんだ！」

「お説は分かったけどさ、具体的にどうするのか聞かせてもらわないとなあ」ため息まじりにジョンが言った。「何せ、モリス君はすぐにヘマをするから」

「いつ俺がヘマをした！」モリスは叫んだ。「いいか、俺のシグネットリングのコレクションは、ロンドンでもピカイチなんだぞ！」

「それじゃ、商売の方はどうなんだい？　あっちはメチャクチャじゃないか」

　モリスはぐっと怺《こら》えて、ジョンの言葉をやり過ごした。瞠目すべき自制心である。

「本題に戻るとだな――」モリスは言った。「とにかく、こいつを無事にブルームズベリーまで運んでしまえば、後は何も問題ない。こいつの埋葬にうってつけの地下室もあることだしな。そこまでやれたら、後は〝医者〟を探し当てればいい」

「おじさんをここに置いておくんじゃだめなのかい？」

「こんな見ず知らずの土地はだめだ。この森だって、いつ逢い引きに使われるか分かったもんじゃない。そんなことより、もっと現実的な問題を考えろ。どうやって遺体をブルームズベリーまで運ぶかだ」

　様々なアイディアが浮かんでは却下された。世間の好奇の視線と噂の中心地であるブラウンディーン駅を使うのは、もちろん問題外である。誰にも怪しまれずにそこから死体を発送するなどできるはずもない。ビール樽に死体を詰めれば、ビールだと言って送れるんじゃないか、とジョンが自信なさそうに発案したが、モリスは、あまりの馬鹿馬鹿しさに返事すらできなかった。大きな荷箱を買い求めるという意見も出たが、これも危険が多すぎた。だいたい、手荷物すら持っていない二人の紳士に、どうして大きな荷箱が必要なのだ？　どう見たって、新しい服を買う方が先決だろう。

「だめだ、考え方を変えよう」モリスは大声で言った。「もっと慎重なやり方でいくんだ。例えばだな……」モリスの口調はうわずり、何やらうわごとを口走っているようだった。考えがそのまま言葉になって流れ出しているようなしゃべり方になった。「例えばだ。一ヶ月契約で部屋を借りる。借家人だったら、大きな荷箱のひとつも買うだろう。そこで、しっかり人払いをして、今夜中に荷造りを済ませる。明日、馬車か荷馬車を呼んで――なあに、いざとなったら、自分たちで手綱を取ったって構わないさ――その荷箱を、リングウッドなりリンドハーストなりへ運んでいく。荷物には《標本》と書いておく。これでどうだ？　ジョニー、どうだ、やっと正解にたどり着いたようだな」

「うん、それはよさそうだな」ジョンも賛同した。

「もちろん、われわれは偽名を使う」モリスは続けた。「本名のままじゃ危険すぎる。どうだい、この際だからマスターマンにしないか？　なかなか落ち着いていて、威厳ある響きじゃないか？」

「おいらは、マスターマンなんてごめんだね」弟は答えた。「兄さんは、そうしたけりゃ好きにすればいいさ。おいらは、そうさな、ヴァンスがいいや。そうだそうだ、大《グレート》ヴァンス（アルフレッド・ヴァンス。一八三九―一八八八。当時のミュージック・ホールの花形スター。通称「グレート・ヴァンス」）でいこう。『お願い、最後の六夜だけは――』大《グレート》ヴァンスと名乗らせて、ってね――うん、いい名前だぞ」

「ヴァンスだと！」モリスは叫んだ。「おとぎ芝居でもおっ始めるつもりか？　ヴァンスだなんて、まるでミュージック・ホールの歌手じゃないか」

「いや、そこがミソなんだなあ」ジョンは答える。「この名前には、何ていうか、風格があるんだな。フォーティスキューなんて名前じゃ誰も感心しないけど、ヴァンスって名乗ると、いかにも高貴な感じがするんだな」

「だが、役者じみた名前なら、ほかにいくらでもあるだろう。レイボーンとかアーヴィングとかグラフとかトゥールとか」

「そんな名前じゃだめなんだよ！」とジョンは答えた。「おいらにだって、少しくらい楽しませておくれ」

「分かった、好きにしろ」モリスは、ジョンがどうにも折れないと見て取った。「それじゃ、俺の名前はロバート・ヴァンスにさせてもらおう」

「それなら、おいらは、ジョージ・ヴァンスだ！　われこそは、唯一無二の元祖ジョージ・ヴァンスであるぞ！　元祖ジョージ・ヴァンス万歳！」


さて、二人はできるだけ身なりを整えると、大きく迂回路を取りながら、ブラウンディーンに向けて歩き出した。道々、昼飯と、（願わくば）手頃な小屋にありつこうという腹づもりである。しかし、こんな人里離れた場所で、しかも不案内の土地ときては、家具付きの貸家などそうそう見つかるものではない。だが、われらが冒険家は幸運だった。ほどなく、ひとりの耳の遠い大工に出くわしたのだが、これが二人にうってつけの貸家を何軒も所有する男だった。そればかりか、二つ返事で賃貸を請け合ってくれたのである。二番目に案内された小屋は、隣家まではるか一・五マイルという好立地であった。二人は高まる期待感から、思わず目配せをした。ところが、実際に物件を見てみると、がっかりする点がいくつもあった。

第一に立地だった。ヒース野原の窪地に建っているため、あたり一帯、沼地のようにジメジメしていた。それに、建物のまわりには高い木立があって、それがすっかり窓を塞いでいた。屋根板を支える垂木《たるき》は見るからに腐っていたし、壁には一面、薄気味悪い青緑の斑点が這《は》っていた。部屋は狭く、天井は低く、備えつけの家具といっても申し訳程度。変にひんやりする台所に入ってみると、湿っぽい悪臭が立ち込めていた。おまけに寝室にはベッドがひとつしかない。

モリスは最後の点に不満を言った。首尾よく家賃を値切ろうという魂胆である。

「お前さん、そう言うかね」と大工は言った。「ベッドひとつで足りないんなら、上等な別荘を借りることだな」

「それだけじゃないぞ――」モリスも負けじと畳みかける。「水だってないじゃないか。どこで水を汲んだらいいんだ？」

「泉さ行って、水汲んで、あれに溜めておくんだ」大工は入口の近くにある天水桶を指さした。

「泉はそんな遠くじゃねえし、それもバケツで運ぶんだからわけもねえ。ほれ、バケツはそこだ」

大工の言う天水桶を検分したモリスは、肘《ひじ》でそっとジョンをつついた。おそろしく頑丈な天水桶。しかも新品。家にはいくつも不満があったが、この、い、か、に、も、おあつらえ向きの天水桶は、あらゆる不足を補ってあまりあるものだった。商談は成立した。即金で一ヶ月分の家賃を払うと、およそ一時間後、二人はうらぶれた新居へと再び戻ってきた。二人の手には、借家権の象徴である鍵のほかに、二人分のポークパイ、極安のハンプシャー産ウィスキーが一クオート、さらにはアルコールランプ（愚かにも、これで料理ができると思っているのだ！）が握られていた。兄弟はそれ以外にも、大事な仕事を済ませてきていた。風景画を描きに来ているという口実のもと、翌朝一番で、軽量ながら丈夫な荷馬車を手配したのである。こうして、すっかり別人格になりすまして新居を手に入れてしまうと、計画の大半は片づいたような気分になった。

新居に着くと、ジョンはすぐにお茶の準備に取りかかった。モリスは家の中をあちこち物色していたが、ほどなく台所の棚に天水桶の蓋を発見して、歓声をあげた。さあこれで入れ物の方は揃ったわけである。万一、詰め物にする藁《わら》が手に入らなかったとしても、毛布などで代用すればいい(そもそも、本来の目的のために毛布を使う気など、これっぽっちもなかったのである)。行く手を阻む障害物がきれいに除かれたのを見て取ったモリスは、喜びに我を忘れて立ち上がった。だが、まだもうひとつ、未解決の問題があった。そして、計画の成否は、この一点にかかっているといっていい。

——この小屋にひとりで残るように、ジョンを説得できるだろうか？

モリスはこの話題をなかなか切り出せずにいたのである。

とびぬけて上機嫌な二人は、樅材の食卓に向き合うと、ポークパイにむしゃぶりついた。天水桶の蓋を発見したとモリスが報告すると、〝大《グレート》ヴァンス〟は大はしゃぎでテーブルをフォークで叩いて喝采した。あくまでミュージック・ホール流でいきたいらしい。

「そうそう、そいつが肝心なんだなあ！」ジョンは叫んだ。「いつもおいらが言ってるように、この手の仕事には、上蓋が何より肝心なんだなあ！」

「ところで——」モリスは、弟を説得する絶好のタイミングと見て取った。「もちろん、俺が次の指示を出すまでここにいてもらえるだろうな。俺はロンドンに戻って、伯父はニューフォレストで静養中だと触れ回らなくてはならない。だから、俺たち二人がロンドンにいるのはまずいんだ。そんなことをしたら、伯父が死んだことがばれてしまう」

ジョンはびっくりして口をぽかんと開けていた。

「ちょっと待ってくれよ。兄さんがこの〝穴ぐら〟に残ればいいじゃないか！　おいらはこんなところ、まっぴらだ！」

今度はモリスの顔色が変わった。——ここで引いたらお終いだぞ。モリスは自分に言い聞かせた。

「ジョニー、いいか、よく思い出してくれ」モリスは言った。「トンチン年金はいくらあった？　万事うまくいったら、俺たちの銀行預金にはそれぞれ五千ポンド転がり込むんだぞ。いや、六千ポンド近くだ」

「だけど、ヘマをやっちまったらどうなるんだい？」ジョンが切り返す。「万事うまくいかなかったら、おいらの貯金はどうなっちまうんだい？」

「出費は俺が全部持つ。お前には迷惑かけない」モリスはやっとの思いでこう言った。

「そうか、そうかい——」ジョンはほくそ笑んだ。「費用は兄さん。もうけは半分こ。そんなら、おいら、二日くらい我慢してもいいなあ」

「たった二日か！」モリスの怒りは膨《ふく》れる一方。そろそろ限界に近かった。「競馬で五ポンド稼ぐためだって、お前はもう少し努力するだろうが！」

「うん、たぶんそうだ」大《グレート》ヴァンスは答えた。「まあ、それが芸術家の芸術家たるところなんだなあ」

「いい加減にしろ！」モリスは爆発した。「リスクは全部俺がかぶって、費用も全て俺が出して、おまけに儲《もう》けは山分け、なのにお前は、これくらいの協力もいやだって言うのか？　それがまっとうなやり方か？　それがお前の誠実さか？　それがお前の思いやりか？」

ジョンはモリスの剣幕に少なからず圧倒されたが、ようやく反論を試みた。

「しかしだなあ、もしマスターマンおじさんが生きていたとしてだなあ、まだこれから十年も生きたらどうするんだい？　おいらはずっとここに居るのかい？」

「もちろん、そんなことはないさ」モリスは宥《なだ》めるような口調になった。「伯父の消息を追いかけるのはせいぜい一ヶ月だ。一ヶ月過ぎてもまだ生きているようだったら、お前には海外に行ってもらう」

「海外！」ジョンは色めき立った。「そんなら今すぐ行った方がいいんじゃないのかい？　ジョゼフおじさんとおいらとは、パリで観光してるって言えばいいじゃないか」

「馬鹿言うのもほどほどにしろ！」

「だって、見てくれよ。この家だぜ。まるで豚小屋にいるみたいだ！　陰気だし、ジメジメだし。さっき、兄さんだってジメジメだって言ったじゃないか」

「あれは大工に言っただけだ。家賃を下げさせるための方便だろうが。それに、こうして落ち着いてみると、それほど悪くないじゃないか」

「けど、おいら、こんな家でどうやって暮らしたらいいんだい？　友達を呼ぼうにも、こんな家じゃなあ……」

「いいかジョニー、トンチン年金のために苦労するなんて馬鹿らしいと本気で思うのなら、そう言ってくれ。もしそうなら、俺はこの計画をすっぱり諦めるからな」

「さっき兄さんが言ったあの金額、間違いなくあの通りなんだよな？」とジョンは確認した。

「――そうかい、それなら……」ジョンは大きく息をついた。「『ピンク・アン』とだなあ、新聞の漫画欄を全部、定期的に送ってくれよ。それだったら、おいら、我慢してここにいるよ」

夕方が近づくにつれて、小屋が吐き出す沼地の名残の悪臭は、いよいよ強くなってきた。部屋にはいつの間にか、寒々とした空気が立ち込めている。火はいやにくすぶり、ドーヴァー海峡からの風に乗ってやってきたにわか雨が、横なぐりに窓ガラスを叩いた。その間、心中の憂いが絶望感へと近づくたびに、モリスはウィスキーのびんを引っ張り出していた。ジョンは最初、絶好の憂さ晴らしと歓迎ムードだったが、それも長続きはしなかった。そもそもウィスキーに関する限り、ハンプシャーほど悪評高い土地はない。この土地にそれなりに精通しない限り、この〈絶品〉の味はなかなか楽しめないのである。とうとう、われらが大《グレート》ヴァンスも、口からグラスを離してしまった(結局、大《グレート》ヴァンスも通人というわけにはいかなかったのだ)。接近する宵闇に対抗するのは、一本の細いろうそくの明かりだけであり、これが、二人の状況に、僅かながらさらに悲劇性を付け加えた。さっきから手持ちぶさたのジョンは、ずっと指笛の練習を繰り返していたが、急にそれをやめると、先般の譲歩について激しく不満を訴え出した。

「やっぱりおいら、こんなところに、ひと月もいられやしない!」ジョンは叫んだ。「おいらだけじゃない。誰だってこんなところにゃ、いられやしないぞ。こんな馬鹿な計画はやめにしよう。バスチーユ監獄の囚人だって、こんなところに閉じ込められたら、きっと暴れ出すぞ!」

モリスは驚くべき冷静さを装って、ジョンの抗議に対処した。いきなり、〝コイン投げ〟をやらないかと誘ったのだ。実際、現役の外交官といえども、これだけのカードが切れただろうか! コイン投げ！――それはジョンの一番お気に入りの遊びだった。それどころか、ジョンが楽しめるたったひとつのゲームだった。（ほかのどのゲームも、頭を使いすぎてジョンには無理なのだ。）さて、ジョンは持ち前の技量と強運をいかんなく発揮したが、モリスには胸が悪くなるような結果となった。投げ方も拙《つたな》く、運もすっかりそっぽを向いた。さらに悪いことに、モリスは人一倍の負けず嫌いだった。しかし、ジョンの機嫌を取るためには仕方ない。これくらいの犠牲はやむを得ないのである。

午後七時前、モリスの負けは既に一クラウンに達していた。モリスには耐えがたい苦痛であった。トンチン年金、トンチン年金――それが目の前にあればこそ、この屈辱に何とか耐えたのである。「この借りはいつかきっとかえすからな」――モリスは捨て台詞を吐くと、グログ酒を飲みながら軽く食べておこうと提案した。

元気を回復すると、もう〝仕事〟に取りかかる時間だった。当座必要となる水をバケツに汲み出したうえで、天水桶を空にし、ゴロゴロとかまどの前まで転がした。樽の中を乾かしておこうという算段である。そうして二人の兄弟は、星ひとつない夜空の下、冒険へと出発していった。

第三章　ジョゼフ自由となる

人間は本当に幸福を求める生き物であるか？

これは容易に答えの出ない難問といわねばならない。両親に溺愛される息子が、突然故郷を捨てて海原へ飛び出していく。妻から大事にされている亭主が、家政婦と逐電してテキサスあたりまで流れていく。牧師が教区から逃亡し、弁護士が突然引退する。われわれはこの手の出来事に、毎月いくつも出くわしている。してみると、ジョゼフ・フィンズベリーが逃亡の欲望を密かに抱いたとしても、さばけた常識の持ち主には、別段驚くことでもないのだろう。実際、ジョゼフの境遇は決して恵まれたものではなかったのだ。筆者の友人モリス・フィンズベリー氏は（実をいうと、筆者とモリス氏とは、週に二、三回、スネアズブルック公園で落ち合って散策を共に愉しむ仲なのだ）、確かに立派な紳士であり、吾輩も大いに尊敬している。だが残念ながら、甥としては、模範的とはいいがたい。一方のジョンはどうか？　こちらも、なかなか立派な人物だが、世にいう〝鎹《かすがい》〟がジョンひとりだけとなると、われわれはやはり〝逃亡〟に一票を投じざるを得ない。もっともジョゼフの場合、ジョンが唯一の鎹というわけではなく（そもそもジョンが鎹になっていたかどうかも怪しいが……）、もっと強い絆が、彼を長いことブルームズベリーの家につなぎとめていた。〝強い絆〟といっても、それはジュリア・ヘイゼルタインではなくて（もちろんジョゼフはジュリアを愛していた）、例の山のようなノート類のことであり、ここに、ジョゼフの人生の全てがあったのだ。そうであれば、ジョゼフがノート類と別れて、自分の記憶だけを頼りに生きていこうと決意したことは、ずいぶんと痛ましい事態であり、同時に、二人の甥の常識からは到底信じがたいことだった。

ジョゼフは既に数ヶ月前から、この計画を（「計画」とまでいえないならば「誘惑」を）心に抱いていた。そして、ジョゼフ自身が支払先になっている八百ポンドの手形が手元に降ってきた瞬間、計画はにわかに現実味を帯びたのである。ジョゼフは手形を大切にしまい込んだ。ジョゼフのごとき倹約家にとって、これだけの金額は一財産だった。ウォータールー駅に着いたら人混みに紛れて姿をくらましてしまおう、そう密かに決心した。もしそれが無理なら、夜中、家からこっそり抜け出して、数百万ロンドン市民の中に夢のように溶け込んでしまうまでだ——。ところが、神の摂理の気まぐれとでもいおうか、鉄道会社の不始末のおかげで、ジョゼフはそこまで待たずにすんだのである。

惨事に巻き込まれた乗客の中で、真っ先に意識を回復したのはジョゼフだった。よろよろと立ち上がって、モリスとジョンが気を失ってのびているのに気づくと、絶好のチャンスとばかりに逃げ出した。だが、七十歳を過ぎた老体で、列車事故に遭遇した直後、おまけにサー・ファラデー・ボンド氏のフル・ユニフォームを着せられて身動きもままならぬとなると、遠くまで逃げるのはおよそ不可能と思われた。ところが、すぐ目の前から森になっていて、短時間にせよ逃亡者が身を隠すにはもってこいだった。ジョゼフは森の中に大急ぎで駆け込んだ。いささか息も切れ、事故のショックも残っていたので、手頃な茂みを見つけて横になると、あっという間に眠りに落ちた。

人間の皮肉な運命を傍観者の立場で眺めることは、しばしば極上の娯《たの》しみを与えてくれるものであるが、今われわれが目にしている光景も、そうした一こまといえるだろう。モリスとジョンが赤の他人の死体を隠すために必死で砂を掘っている。その数百ヤード先では、本物のジョゼフが、夢ひとつ見ることなく深い眠りをむさぼっていたのである。

ジョゼフは、近くの街道から聞こえてくる陽気な警笛の音で目が覚めた。季節遅れの観光客を乗せた大型馬車《シャラバン》が通り過ぎていくところだった。警笛の響きに老ジョゼフの心は活気づいた。音の方角に向かって歩いていくと、ほどなくして街道に出た。歩兵帽の面頬越しに、東、西と頭をめぐらせて、さてどうしたものかと思案にくれていると、遠くから規則正しい車輪の響きが聞こえてきた。まもなく、どっさり荷物を積んだ荷馬車がこちらに近づいてくるのが目に入ってきた。二人掛けの馭者席で手綱を繰るのは、見るからに人のよさそうな男だった。馬車にくくりつけた木の板には《J・チャンドラー　運送業》と屋号めいた文字が書かれていた。

ジョゼフが科学的・合理的精神の持ち主であることは夙《つと》に有名な事実であるが、そんな心にもいくばくかの詩的感情はずっと絶えることなく息づいていて、今もってジョゼフの行動に少なからぬ影響を及ぼしていた。かつて不惑に達したジョゼフをして、腰の据わらぬ若者が企てるような小アジア踏破に駆り立てたのも、ほかならぬこの〈詩的感情〉という代物だった。そして、晴れて自由を手に入れた今このとき、内なる〈詩的感情〉は、チャンドラーの荷馬車に乗って逃避行を続けるようにと、ジョゼフの心を唆《そそのか》すのだった。なるほど、荷馬車の旅なら安上がりだし、交渉次第ではただで乗せてくれるかも知れない。そして何よりも、長いことミトンと衛生フランネルで窮屈な思いをしてきただけに、戸外の空気を存分に吸えることが嬉しくて仕方ないのである。

だがチャンドラーにしてみれば、おかしな身なりの年寄りがこんな田舎道でヒッチハイクに及ぶとは、いささか面妖な事態であった。しかし、チャンドラーはもともと親切な男であって、人助けとなれば躊躇はしなかった。ジョゼフの申し出は快諾された。しかも、チャンドラーは礼節をわきまえた御仁なのだろう、ジョゼフ個人に関する詮議立ては一切しなかった。実際、二人黙って旅を続ける方が、性に合っていたのである。しかし、荷馬車が再び動き出すが早いか、チャンドラーはまるっきり一方通行の会話に巻き込まれてしまったのだ。

「なるほど、なるほど――」ジョゼフは切り出した。「包みだの箱だのが、こう一緒くたに積まれておって、しかも、それぞれに差出人なり受取人なり名前を書いた札が貼ってある。そして、そなたが手綱を取っておいでになるのは、上等なフランダース産の雌馬じゃ。してみると、そなたの生業《なりわい》は大英帝国の輸送機構の一翼を担うところの運送業というわけじゃ。まさに、帝国の誇れる職業といってよかろう（もちろん、それなりの欠点もあるにはあるがな）」

「おっしゃる通りで……」チャンドラーはどう返答してよいか分からず、何となく言葉を濁した。

「この郵便小包ってやつは、何とも厄介なもんでして」

「わしは世の偏見というやつとは無縁の者でな」お構いなしにジョゼフは続けた。「若い頃は、方々を旅したものじゃ。どんな些細なこともみんなわしには勉強じゃった。海に出れば航海術を学ぶ。船乗り専用の難しい結び目の作り方を習い、海事用語を暗記したものだ。ナポリではマカロニのこしらえ方を、ニースでは砂糖漬けの果物菓子の作り方を教わった。オペラに出かけるときは、前もって必ず楽譜を買って、主旋律だけはちゃんと予習しておくのじゃ。こうやって、一本指で実際にピアノを弾いてみてな」

「旦那、ずいぶん見聞を広くしたんですなあ」馬に軽く鞭をやりながら男は言った。「旦那みたいな人生だったらどんなにいいでしょう」

「旧約聖書に鞭が何回出てくるかご存知かな？」ジョゼフはやはりお構いなしだ。「わしの記憶に間違いがなければ、百四十七回出てくる」

「へえ、本当ですかい。そんなこと、考えたこともない」

「聖書には、三百五十万一千二百四十九の文字が書かれておるが、そのうち韻文は一万八千字を越える。ひとくちに聖書といっても歴史上いろいろな版があってな。我が国にはじめて聖書をもたらしたのはウィクリフ、千三百年頃のことじゃ。いわゆる『パラグラフ聖書』も有名な聖書じゃな。パラグラフごとに分かれているからこう呼ばれておる。それから『ブリーチズ聖書』というのも有名じゃ。名前の由来については、印刷屋の名がブリーチズだったという説と、出版地の名前という説がある」

「そうですかい――」チャンドラーの返事はそっけなかった。ちょうど向かいから干草を積んだ荷馬車がやってきていたが、手綱さばきの方がよっぽど性に合っているチャンドラーは、そちらに集中することにしたのであった。道も狭く、両側に溝が走っていて、すれ違うのはかなりの難仕事だった。

「おやおや気がついたぞ――」二台の荷馬車が無事にすれ違うと、ジョゼフは再び話し出した。

「そなたは片手で手綱を操っていなさるが、もう片方の手も使った方がよろしいぞ」

「こいつのどこがいけないんですかい？」馬鹿にしたような顔で馭者は叫んだ。「どう持とうと、あっしの勝手でしょうが！」

「お分かりにならんかな」ジョゼフは自分の話をひたすら続ける。「申し上げておるのは、科学的な事実でな、力学の一部門である〈てこの原理〉に基づいた話なのじゃ。この分野に関する本なら安く手に入るはずじゃから、そなたのような職業の方は、読んでみたらきっと興味を持たれるだろう。しかし、憚《はばか》りながら申し上げると、そなたはもう少し観察の技を磨かれた方がよさそうじゃな。もう長い時間、二人でこうして揺られておるが、そなたはわしに、ただひとつの話題だって提供しておらん。それは非常によろしくない。悪い癖じゃ。なに、造作もないことなのじゃ。たとえば、先程、干草を積んだ荷馬車とすれ違ったじゃろう、そのときそなたは左側によけた、お気づきだったかな？」

「お気づきでしたよ、あったりめえだ――！」チャンドラーはいささか挑戦的になってきた。「右側に行ったら、逮捕されるだろうが」

「しかしフランスでなら――」ジョゼフが切り返す。「いや、アメリカでもそうじゃろうが、そなたは、右側によけることになるのじゃ」

「冗談じゃねえ！」チャンドラーは怒りを露わにした。「俺はどこに行っても左側によけるんだ」

「それからもうひとつ――」またまたジョゼフは話題を変える。「馬具のほころびた箇所を繕うのに、そなたは細引きひもを使っておるようじゃな。わしは常日頃から、我が帝国の下層階級に見られる、この種の怠慢と無精には厳しく警告を発しておる。以前にも熱心な方々を前に、この点に関する論文を読んできかせたことがあるのじゃが――」

「ただの細引きじゃねえよ」と不機嫌なチャンドラー。「荷造り用のひもだ」

「わしは日頃から警告を発しておるのだが」とジョゼフ。「仕事場だろうが、家の中だろうが、我が国の下層階級ときたら、先のことを考えないその日暮らし、倹約ということを知らずに、とんでもない浪費ばかりしておる。ことわざにも言うじゃろう、《転ばぬ先の――》」

「おいおい、誰が下層階級だって？　てめえこそ下層階級じゃないのかい？　羽振りのいい貴族だってぬかすんなら、とっとと降りてもらおうじゃないか」

チャンドラーの言葉には露骨な悪意がこもっていた。お互いそりが合わないことは、もう明らかであり、これ以上会話を継続することは、ジョゼフのような一流の饒舌家でも到底無理と思われた。ジョゼフは歩兵帽を目深にかぶり直すと、内ポケットから帳面と青鉛筆を取り出し、計算に没頭することにした。

チャンドラーの方は、気を取り直して口笛を吹き出した。そうしながらも時折、ちらちらジョゼフの方を見ていたが、その表情には勝利と警戒の色とがないまぜになっていた。おしゃべりの達人を黙らせた勝利感と、そいつがいつまた再開するかという警戒心なのだ。やがて、夕立が二人を襲っては通り過ぎていったが、その間も両者無口のままだった。こうして沈黙を保ったまま、荷馬車はサウサンプトンへと到着した。

すっかり夕暮れになっていた。商店の窓からもれる明かりが、港町の往来を明るく照らしていた。民家の明かりの下では、夕食が始まっているらしい。ジョゼフは、今夜の宿について、身勝手な考えをめぐらし始めた。帳面を脇に置くと、ひとつ咳払いして、チャンドラーの方を不安そうに見た。「さて、もうひとつご厚誼にあずかりたいのだが」ジョゼフが口を切った。「今夜わしが泊まる宿屋を紹介してくださらんかな」

チャンドラーは少しの間考えた。

「そうさな――〈トリゴンウェル亭〉がいいかな」

「〈トリゴンウェル亭〉がよかろうて――」ジョゼフが答えた。「清潔で安くて礼儀正しい宿屋ならな」

「あんたの好みなんかはどうでもいいんだよ」思案しながらチャンドラーは答えた。「俺は宿屋の主人のウォッツのことを考えてるんだ。ウォッツは俺の友達でさ、昨年いろいろ世話になったんだ。俺が悩んでいるのはな、あんたのような老いぼれをウォッツのとこに泊まらせていいものかってことさ。あんたみたいな、おしゃべりじいさんをさ、押しつけちまっていいもんかね？」チャンドラーは何ともあけすけにこう訊いた。

「よいか、よく聞くがいい」ジョゼフは立腹して言った。「わしをただでここまで乗せてくれたそなたの親切は認めよう。だがな、だからといってそういう言い方はないじゃろう。手間賃ならほれ、一シリング出そうじゃないか。〈トリゴンウェル亭〉まで行ってもらうには及ばん。宿くらい自分で探すわい！」

ジョゼフの怒りに不意を衝《つ》かれたチャンドラーは、もぐもぐと詫びの言葉を呟いた。そして一シリングをジョゼフに返すと、黙って車を先に進めるのだった。荷馬車は細く入り組んだ路地をいくつも抜け、やがて窓から明かりのもれる宿屋の前で停止した。「おおい、ウォッツよお！」チャンドラーが叫んだ。

「おお、ジェムか？」馬小屋のある庭の方から暖かい声が返ってきた。「中に入って暖まっていきな」

「いや、ちょっと寄っただけなんだ」チャンドラーは説明した。「年寄りがひとり、晩飯と寝るところを探してるんで、連れてきたんだ。それがちょっと気をつけなならん客でなあ。下手すると、禁酒の会の先生より性質《たち》が悪いぞ」

ジョゼフは荷馬車から降りるのに難儀していた。長いこと座り通しで足がひどくしびれていたのに加え、事故の後遺症の震えも治まっていなかった。宿屋の主人ウォッツは、あまり嬉しくもない紹介を受けたにもかかわらず、この年寄り客を丁重に迎え入れ、暖炉の火が赤々と燃えている奥の部屋に案内すると、すぐに食卓を整えてジョゼフを席に座らせた。(温め直したせいで味の落ちた)鶏のシチューに、白目《しろめ》製のマグカップに注《つ》がれた樽出しのエール——それがジョゼフの夕食だった。

夕食が済むと、ジョゼフはすっかり生き返った気分になった。そして、暖炉の側に椅子を少し移動させると、ひとしきり雄弁を振るおうという下心で、客の品定めを開始した。そのとき部屋には男ばかり十余人もいたが、見たところ全員労働者階級、ジョゼフは内心、万歳を三唱した。ジョゼフは講演家としての経験から、脈略のない事実の羅列や結末のない議論を楽しむというおめでたい趣味を、ほかの階級から抜きん出て所有しているのが、この労働者階級であることをよく知っていた。もっとも、そうした連中が今夜の聴衆であるといっても、それなりの撒《ま》き餌《え》に必要なのだったが、その巧妙さにおいてジョゼフの右に出るものはなかったのである。ジョゼフはまず、鼻の上に眼鏡を置くと、ポケットから紙の束を取り出して、テーブルの上に広げてみせた。そいつを、わざとくしゃくしゃさせたかと思うと、ていねいにしわを伸ばし出した。ついで、文字に目を走らせながら、内容にいたく満足の様子をした。と、次には、鉛筆をコツコツたたきながら、眉間に深いしわを作り、重大な箇所を慎重に検討しているような演技をしてみせた。その間、ジョゼフはこっそりまわりの様子をうかがって、作戦が所定の効果をしっかりとあげているのを確認した。部屋中の視線がジョゼフに釘付けだった。ある者は口をあんぐり開け、ある者はパイプを宙に置いたまま。鳥たちは完全に魔法にかかっていた。ちょうどそのとき、おあつらえ向きに、主人のウォッツが入ってきた。

「やあ、ご主人」とジョゼフは話しかけた。と同時に、皆さんもどうぞお聞きなさいという誘いの視線を一瞬周囲に走らせた。「どうやら、こちらにおいでの紳士方は、わしの所作に興味をお持ちのご様子ですな。無理もない。宿屋のような公《おおやけ》の場所で、見知らぬ他人が、学問的及び科学的作業に専心しているのを目の当たりにするのは、まことに稀なことじゃからな。実は、今朝からずっと、ある計算に取り組んでおってな。ロンドンを皮切りに、世界各地における生活費の比較検討をしようというものじゃ。どうだな、労働者階級の諸君には、興味津々の主題じゃろう。年収八十ポンドから始まって、年収百六十ポンド、年収三百ポンド、年収四百ポンドと、段階ごとに生活費の形態を考察しているわけじゃ。年収八十ポンドの場合の計算はえらく面倒じゃったし、それ以外も、満足いくだけの厳密な計算は無理じゃった。何といっても、洗濯代は国によってひどくまちまち、コークス、石炭、薪などの燃料の値段もびっくりするほど違うのじゃ。では、わしの調査結果を読んで差し上げよう。どうか遠慮なさらずに、間違いがあったら指摘していただきたい。見落としや知識不足から、思わぬ誤りをしでかすものじゃからな。それでは皆さん、年収八十ポンドから始めることにいたそうか――」

　そう言うと老講演家は、退屈きわまりない計算結果を、延々と弁じ出した。聴衆の気持ちなど、犬馬ほどにも眼中になかったのである。ひとつの年収につき、ときに、十ものパターンを持ち出して解説した。ロンドン、パリ、バグダッド、スピッツベルゲン島（ノルウェー北部、北極海中の群島）、バスラ（イラクの港湾都市）、ヘルゴラント島（北海にあるドイツの島）、シリー諸島（イングランド南西端にある島）、ブライトン、シンシナチー、そしてニジニー・ノヴゴロド（ロシアのゴーリキー市の旧名）――それぞれの土地で架空の人物を登場させては、いかにもその土地らしい生活ぶりを描いていく――運悪くこの宿に居合わせた男たちは、この晩を、人生で最も退屈なひとときとして記憶したことだろう。

　ジョゼフの話がニジニー・ノヴゴロドにおける年収百六十ポンドの生活に到るはるか手前で、聴衆の数は激減し、飲んだくれが二、三人残ったほかは、人の好さが災いして退屈を怺《こら》えているウォッツだけとなった。その間にも新しい宿泊客は絶えず到着していたが、夕食とアルコールを腹に詰め込んでしまうと、例外なく大慌てでとなりのパブへ逃げていった。

シリー諸島の若者が年収二百ポンドで質素に暮らしている場面になると、聴衆はウォッツひとりとなり、架空の人物がブライトンでの生活を開始するや、ついにウォッツも完走を断念、リタイアした。

多忙な一日を終えて疲れ切ったジョゼフ・フィンズベリーは、こうして深い眠りについた。そして翌朝、遅く起き、上々の朝食をたいらげると、宿銭を払おうとした。ここでジョゼフは、これまで数多くの人が経験してきた（また将来も数多くの人間が経験するであろう）、とある大発見をした。それは、勘定書きを持ってこさせるのと、その支払いをするのとは別物だという事実である。明細の一つひとつの金額は大したものではなかったし、合計もさしたる額ではなかった。ところが、数あるポケットをくまなく捜索した結果、老ジョゼフの現財産は、総計一シリング九ペンス半だった。ジョゼフは支配人ウォッツ氏にお会いしたいと申し出た。

「八百ポンドの手形はあるのだが、ロンドンに行かんと現金にできんのじゃ」支配人のお出ましにジョゼフはこう切り出した。「あなたがこいつを多少安く引き取ってくれると話は早いのじゃが、そうでないとこいつを現金にするまで、一日か二日滞在を延ばさなくてはなるまい」

ウォッツは手形をしげしげと眺め、裏返したり、折り曲げたりした。

「一日か二日かかるって？」ウォッツはジョゼフのセリフを反復した。「現金は持ってないって言うのかい？」

「まあ、小銭ならあるがな」ジョゼフは答えた。「大した額ではないのじゃ」

「それならロンドンに着いてから送金してくれればいいよ。あんたを信用するからさ」

「いや、本当のことを申すとな。わしはもうしばらく滞在したい気がするのじゃ。ちょいとばかり資金不足なものでな……」

「十シリングほどで足りるんなら、用意してやるから持っていくといいさ」とウォッツは熱心に勧める。

「いやいや、もう何泊かした方がよかろうて」ジョゼフは言った。「そうしたら、誰かに手形を引き取ってもらえるじゃろう」

「あんたをこれ以上泊めるわけにはいかないいんだよ！」ウォッツは叫んだ。「〈トリゴンウェル亭〉に泊まるのはこれっきりにしてもらうよ」

「いや、わしはどうにも泊まらねばならんと言っておるのじゃ」ジョゼフもいらだって言い返す。

「国会制定法にかけて泊まるからな。追い出してみるがよい」

「なら、勘定を払うんだな」

「だから、こいつをくれてやるわ！」そうどなるとジョゼフはウォッツに手形を投げつけた。

「まことに恐縮ながら、こちらは法定貨幣ではございません！」ウォッツは切り返した。「どうぞすみやかにお引き取りください！」

「わしが今、どれほどそなたを軽蔑しておるか、分かるまいな――」もう観念するしかないと思いながらジョゼフは言った。「じゃが、そいつを分かってもらおう。宿代は払わんことにするぞ！」

「あんたの宿代なんかはどうでもいいんだよ――」とウォッツ。「あんたが消えてくれれば、それでいいんだよ」
「望み通りにしてやるとも！」そうどなったジョゼフは、わしづかみにした歩兵帽を乱暴に頭に押しつけると、もう一言だけ言った。「そなたのような礼儀知らずは、ロンドン行きの次の列車の時刻を教えるのも断るじゃろうな」
「かっきり四十五分後だ！」おそろしく早い答えが返ってきた。「楽に間に合うさ」

だがこのとき、ジョゼフは一種の窮地にあったのだ。まず、モリスとジョンの二人が待ち構えている恐れがあるので、幹線の駅に向かうのは危険すぎた。とはいえ、支払いを止められる前に、この手形を何としても割り引かなくてはならない。手形割り引きは一刻を争うのである。となれば是非もない。ジョゼフは次のロンドン行きの列車に乗ることにした。しかし、そう決心したものの、まだ問題があった。列車に乗る金がないのである。

ジョゼフは爪もきれいにしていなかったし、ナイフでものを食べるような男だった。つまりは、紳士らしいマナーの持ち主といえるかどうか、ずいぶん怪しいものだった。しかし、ジョゼフという人間には、それ以上の何か、いってみれば真の威厳というべきものが具《そな》わっていたのである。果たしてそれは小アジア滞在中に身につけたものなのか？　それとも、店の取引先の連中も言うように、フィンズベリー家の血統のなせるわざなのか？　いずれにしても、この日駅長の目に映ったジョゼフといえば、敬礼は真のオリエント式、そのたたずまいは、手狭な駅長室を一瞬にして椰子《やし》の木でいっぱいにしてしまうほどのものだった。ひょっとすると、砂漠特有の熱風やブルブル鳥の鳴き声さえ出現していたかも知れない――（筆者はオリエントには不案内なため、この辺でやめておこうと思う）。そして、ジョゼフの出で立ちもまた、駅長のお気に召したのだった。やけに目立つだけで不便このうえないサー・ファラデーの制服も、ときには意外と役に立つ。どう見ても無賃乗車を企てる人間の服装とは思えない。さらに、高価な時計と八百ポンドの手形をこれ見よがしにちらつかせると、ジョゼフの計画は完璧な成功を収めることになった。

十五分後、列車が入ってくると、ジョゼフは車輌ドアの開閉係に引き合わされ、そのまま一等車の乗客となった。にこにこ顔の駅長が、全責任を請け負ってくれたのだった。

こうしてジョゼフが発車を待っているところへ、この先フィンズベリー家の運命と玄妙な縁《えにし》でつながることになる、些細な出来事が持ち上がった。ジョゼフの目の前を、足元をふらつかせた十余名の赤帽に担がれて、巨大な木箱が通り過ぎていったのである。大勢が注目する中、大箱は荷物用の車輌へと投げ入れられた。人の世における神の〈深慮〉――あるいは（こう言って不敬でなければ）〈術策〉――の顕れを注視することは、歴史家にとってこのうえなく興味深い仕事といえよう。ジョゼフがサウサンプトン東駅からロンドンに向かって運ばれていこうとしている同じ列車の荷物用車輌では、神が紡いだ大いなる物語の卵が、ひっそりと温められていたのである。巨大な木箱には、《ウィリアム・デント・ピットマン》と宛名が記され、《ウォータールー駅にて留め置きのこと》と指示があった。次に赤帽が運んできたのは、頑丈そうな大樽だった。赤帽は同じ車輌の片隅に大樽を転がしたが、そこにはこんな文字が読み取れた。

《ブルームズベリー、ジョン街十六番地　M・フィンズベリー様――送料支払済》

かくして導火線の配置は完了した。後は、どこかのうっかり者が点火するのを待つだけだった。

第四章　治安判事、荷物用車輛の客となる

ウィンチェスターの名物といえば、大聖堂であり、主教《ビショップ》であり（残念ながら数年前、落馬事故で落命した）、パブリックスクールであり、各種軍隊であり、規則正しく運行を刻むサウス＝ウエスタン鉄道であり……。こうしたくさぐさの連想が、このとき、われらがジョゼフの脳髄に渦巻いていたのは間違いない。しかし、ジョゼフの魂はというと、列車のコンパートメントを軽々と抜け出して、満員の講演会場での大演説という極楽境に遊んでいた。その間、抜け殻になった肉体は、クッションに埋もれて横たわっていた。歩兵帽は少し後ろにずり落ちて、子守女を追いかけ回す色男のようなかぶり方になっていた。年老いた顔は完全な休止状態、片方の手は『ロイズ・ウィークリー・ニューズペーパー』をしっかり胸に抱いていた。

このような無意識状態のジョゼフのところに、一組の旅行者が闖入《ちんにゅう》したかと思うと、すぐまた出ていった。この二人、やっとのことで列車に飛び乗ったばかりの旅行者であった――二頭立て二輪《タンデ》馬車を急《せ》かせるだけ急《ム》かせた挙句、切符売場では山賊顔負けの傍若無人な振る舞い、さらに大慌て

に全力疾走した結果、発車の汽笛が鳴ったのと同時にホームに到着したのだった。車輌を選んでいる暇などあるはずもなく、一番近くの車に飛び乗ったが、車中に足を踏み入れるやいなや、年上でリーダー格の方がジョゼフ・フィンズベリーの姿を発見したのだった。

「ジョゼフおじさん！」男は叫んだ。「おい、ここはだめだ」

男はそのまま後ずさりすると、連れの男が面食らっているのも構わず、眠れる独裁者の寝間の扉をパタリと閉めてしまった。

次の瞬間、二人は荷物用の車輌に移っていた。

「何で、あんたのおじさんごときで、そんなに大騒ぎするんだ？」ハンカチで額の汗を拭《ぬぐ》いながら、若い方の男が訊いた。「煙草を吸うと怒られでもするのかい？」

「特に大騒ぎすることもないんだが……」もうひとりが答えた。「とにかく、ありがたい相手じゃないんだ。――いや、実に尊敬すべき老紳士だよ。皮革《かわ》なんぞに興味を持ってさ。小アジアにも旅行に行った。独身で、資産はゼロだ。だけどなウィカム、この人の舌だけは、蛇の毒牙よりも鋭いんだ」

「つまり、えらいがみがみじじいってわけか？」ウィカムは確認した。

「とんでもない！」もうひとりが答えた。「くだらん話で人を退屈させる、空恐ろしい才能の持ち主さ。無人島でだったら気晴らしにもなるんだろうが、列車で乗り合わせたら最悪だぜ。トンティの話をさせてみろよ――そうだよ、トンチン年金をおっぱじめたトンティの野郎の話だ。それこそ見物《みもの》ってもんだぞ」

「何かい？　それじゃ、あんたも年金狂いのフィンズベリー一族の一員ってわけかい？　そいつはどうも知らなかったな――」

「ちょっと待った」もうひとりがさえぎった。「気がつかないか？　あそこでお休み中のご老体は、俺にとっちゃ十万ポンドの価値があるんだぜ。ご老体は夢の中、目撃者はお前だけってわけだ！　どうだい、ひとくち乗るってのは？――いやいや、ご老体は見逃すことにしておこう。これでも俺は、政治的には急進派じゃないんでね」

　その間、ウィカムの方は、荷物用車輛が気に入ったのか、蝶とも紳士ともつかない風情で、車輛のあちらこちらを飛び回っていた。

「おい、見ろよ！」ウィカムが叫んだ。「あんた宛ての荷物発見だ。《ブルームズベリー、ジョン街十六番地　M・フィンズベリー様》――Mってのは、マイケルってことだな。このタヌキ野郎め、あんた、別宅でも持ってるのかい？」

「それはマイケルでなくてモリスだ」マイケルの声が車輛の端の方から返ってきた。そのあたりの荷袋の上に手頃な座り場所を見つけたらしい。「俺の従兄弟のモリスだ。俺のことをえらく怖がっていてね、それで俺の方では結構気に入ってるのさ。ブルームズベリーの名物でね、いろいろコレクションを持ってるって話だ。鳥の卵やら何やらで、大層珍しいものなんだそうだが、珍しいったって、俺の依頼人に比べたら陳腐なものさ！」

「こいつは、面白いや。宛名札にいたずらするんだ」愉快そうにウィカムは言った。「おいおい、鋲打ち用のハンマーまであるぜ！　どうだい、ここにある荷物が全部、シャッセ・クロワゼを踊るみたいにさ、いろんな家を跳んで歩いたら楽しかろうよ！」

このとき、二人の話し声に驚いた車掌が、乗務員室のドアを開けた。二人がどうして荷物用車輛にいるのか、そのいきさつを説明すると、車掌は「それでは、どうぞこちらにお入りください」と言った。

「お前も来ないか、ウィカム」とマイケルが訊いた。

「とんでもない、ここで旅を続けさせてもらうよ」

ここで、二人の会話の扉はいったん閉じられた。残りの旅の間、ウィカムはひとり荷物に囲まれて、お気に入りの遊びに熱中していたし、片やマイケルは車掌を相手にくだけた会話を楽しんでいた。

「次の停車中に、あなた方のコンパートメントをお探し致しましょう」——ビショップストーク駅が近くなり、列車がスピードを落とすと、車掌が切り出した（ビショップストークはサウサンプトンとウィンチェスターの間にあり、この記述は作者の誤りと思われる）。「こちらのドアから出てください。お連れの方は私が連れてまいりますから」

さて、荷物用車輛で荷札相手のいたずらに耽っているウィカムであるが、この青年、大層な財産持ちで、人はよさそうに見えたが、顔は砂色、思慮の足りなさは並大抵でなかった。数ヶ月前のこと、ウィカムは、政治的理由で花の都パリに在住するワラキア旧公国の太守の一族から、脅迫される羽目に陥った。ウィカムが自分の苦境をある友人に打ち明けると、友人はマイケルを紹介したのである。事件に関する諸事実を収集するが早いか、マイケルは攻撃に転じ、《ワラキア軍団》の側面から切り崩しに取りかかると、三日と経たぬうちに、敵をドナウ川に向けて撤退せしめるという赫赫《かくかく》たる戦果を収めたのだった。ここまでやれば、逃げていく敗軍をこれ以上追跡するには及ばない。後の監視は、警察が引き受けてくれたのである。こうして、本人呼ぶところの《ブルガリアの恐怖》（通常、一八七六年、オスマン帝国治下のブルガリアで起こったブルガリア人大量虐殺を指す）から解放されたウィカムは、めでたくロンドンに凱旋したのだった。ウィカムの胸中は救世主マイケルへの尽きることのない（はた迷惑なほどの）感謝と賛嘆の思いでいっぱいであったが、その思いはまるで一方通行。マイケルにしてみれば、この新しい依頼人の示す熱烈な友情は、いささか気恥ずかしいものだったのだ。ウィカムはウィンチェスターの〈ウィカム荘園《マナー》〉にマイケルをしつこく招待した。結局、その熱意に折れたマイケルはウィンチェスターに赴き、今こうして、二人でロンドンに戻るところだった。果たしてあれはジョン・フレドリック・スミス氏（イギリスの大衆小説家。一八〇三—一八九〇）だったろうか、ある明敏なる思想家の言に、「神の聖なる御手は、どんな卑しい存在でも厭《いと》わずに、その道具としてお使いになられる」というのがあったが、その伝でいけば、ウィカムもワラキア旧公国太守も、《宿命》の女神の手に握られた「楔《くさび》と溶鉛」（ホラチウス『歌集』の一節）であったことは、今やどんな節穴の目にも明らかなことと思われる。

　この青年（故郷では、形式だけのことだが、れっきとした治安判事なのだった）、マイケルからよく思われたい、独特のユーモアと才能の持ち主であると評価されたいと痛いほど願っていただけに、ひとり荷物用車輌に残されると、それこそ社会改良家並みの熱意を発揮して、荷札相手の作業に取りかかったのだった。そして、ビショップストークで再びマイケルの前に現れたときには、労働の結果、顔は見事に紅潮し、口にくわえていた煙草はいつの間にか火が消えて、ほとんど半分に噛み折られていたほどだった。

「いやあ、楽しかったのなんのって！」ウィカムは叫んだ。「イギリス中に誤配送をしてやったよ。あんたの従兄弟のところには、家一軒入ろうかっていう馬鹿でかい木箱を送っておいたからね。いたずらもここまでやっちまうとさ、ばれた暁《あかつき》には、そうさな、俺たち二人ともリンチは避けられないね」

実際、ウィカム相手に真面目な話をするほど無駄なことはない。

「まあ、せいぜい気をつけるんだな」マイケルは答えた。「お前の際限ないいたずらにはいい加減うんざりしてきたぜ。俺の評判にも悪影響が出始めてるようだ」

「俺と切れる頃には、あんたの評判はゼロだろうな」ウィカムはにやりとした。「俺への請求書に加えておきなよ。『名誉毀損料、六シリング八ペンス』ってな。――それにしても――」

ウィカムは少し真顔になった。

「こんなたわいないいたずらでも、ばれたりしたら治安判事の職はクビかね？　みみっちい話かも知れないけどさ、治安判事でいるってのは、結構いい気分なんだ。どうだいプロの目で見て、その可能性はあると思うかい？」

「どのみち、早晩クビになるのは確実じゃないか。どっから見たって、まともな治安判事とは言えないぜ」

「ほんと、俺は事務弁護士だったらよかったんだ」とウィカムが言い返す。「――こんな情けない《田舎紳士《スクワイアー》》じゃなくってさ。――どうだい？　二人で組んでさ、例のトンチン年金でひとやま当てるってのは。俺は毎年五百ポンド出すよ。で、あんたは、俺をあらゆる危険から守るんだ。まあ、病気と女房だけはどうしようもないけどな」

「つまりはこういうことだ――」煙草に火をつけながら、思慮深そうに笑《え》みを浮かべてマイケルが言った。「お前ってやつは、つくづく世の中の鼻つまみものなんだな」

「そう思うかい？　フィンズベリーさんよ」ウィカムはそう言うと、マイケルの誉め言葉に大層喜んだ様子で、座席の上で大きく上体を反らした。「そうだな。俺も自分は鼻つまみもんだと思うよ。だけどさ、これでも俺は我が国の繁栄に貢献する地主階級なんだよね。それだけは忘れないでもらいたいね、弁護士さん」

第五章　ギディアン・フォーサイス、巨大な箱に出会う

既に述べたように、ジュリア・ヘイゼルタインはボーンマス滞在中、何人かの新しい知己を得た。しかし、付き合いが本格的に始まる前に、ジョン街での捕囚さながらの生活へ戻らなくてはならないのが常だった。だが、ほんの〝入口だけ〟の知り合いという状態は、かえってわくわくするものであって、突然離れ離れになってしまった失望感も、次の出会いの期待によって中和されるのである。ジュリアのそんな知り合いの中に、ギディアン・フォーサイスという若手の法廷弁護士《バリスター》がいた。

治安判事ウィカムが荷物札にいたずらをしていた、多事多端な日の午後三時頃であった。鬱屈した気持ちを持て余して、あてもなくロンドンの街を歩き回っていたフォーサイス氏は、ジョン街の入口にさしかかっていた。そして、ジュリアもちょうど同じ頃、ジョン街十六番地のドアを叩くけたたましいノックの音に、表へ呼び出されていったのだった。

ギディアンは、まあ幸せな部類の若者だった。もっとも、もう少し金回りがよくて、もう少し伯父が黙っていてくれたら、さらに幸福だっただろうが。年間百二十ポンド、ギディアンの使える金

はこれで全てだったが、それ以外に、伯父のエドワード・ヒュー・ブルームフィールド氏が結構な額の小遣いを援助してくれていた。とはいえ、伯父からの援助は小遣いだけではない。同時に山のような説教を（しかも海賊船でもちょっと耳にできないほどの厳しい言葉の説教を）、常々頂戴していたのだった。ブルームフィールド氏は、グラッドストーン首相の時代に特徴的なタイプの人間だった。ほかに適当な呼び名がないので、われわれはいまだにこのタイプを指して〈急進的田舎地主〉と呼んでいる。まともな経験も積まないまま馬齢を重ねた挙句、ブルームフィールド氏は、食卓での政治談義によく見られる類《たぐい》の情熱を、急進的政治思想と結びつけたのだった（多くの場合、この手の情熱は、老人性の過激な保守主義と結びつくはずなのだが）。つまりは、ブラッドロー氏（チャールズ・ブラッドロー、一八三三―一八九一。イギリスの急進的社会改革家）の主義主張に、絶滅種であるところの〈田舎地主〉の気質と感性を上塗りしたというわけだ。ブルームフィールド氏は、拳闘をこよなく愛し、いつも馬鹿でかいオーク材の杖を持って歩いていた。教会へは熱心に通っていたが、いったい〈伝統的な教会の擁護者〉と〈教会行事もサボってしまう新時代人〉のどちらが、ブルームフィールド氏のより大きな怒りを買ったかとなると、これは難問といわざるを得なかった。さらに、ブルームフィールド氏には、人を非難するときに口にする独特の決まり文句があって、こればかりは、親類一同からもひどく恐れられていた。普通の人間が〝非英国的精神〟と相手を非難するような場面で、ブルームフィールド氏は〝非現実的精神〟と糾弾するのである（しかも通常の言い方に遜色ない効き目があった）。そして、甥のギディアンもまた、この破門宣告にも等しい一撃の被害者であった。つまり、法曹の道に対するギディアンの姿勢に、伯父は〝非現実〟の烙印を押していたのであり、ギディアンを呼びつけては、お得意の杖で床をコツコツいわせながら、心機一転はじめからやり直して訴訟事件摘《ブリー》要《フ》書のひとつももらえるように努力しろと大声で説教し、それがいやなら自分の金だけで生きていくことだなと暗に脅かした（法廷弁護士のギディアンが法廷に立つには、事務弁護士から仕事の依頼をもらう――つまりは訴訟依頼人の主張の摘要書を得る――必要がある）。

　これではギディアンが屈託するのも無理はない。伯父が何と言おうと、ギディアンは自分の生活を変えるつもりなど毛ほどもなかった。とはいっても、今の生活を頑固に守るわけにもいかない。伯父の小遣いが絶たれてしまったら、自分の生活は、それこそ革命でも起こったみたいに百八十度変わってしまうだろう。しかし、これ以上法律とお付き合いするのもまっぴらだった。一度は本腰を入れて法律を学びはしたが、苦労して学問するだけの見返りがあるとは到底思えないのだった。だが、この考えも、もはや捨てねばならないだろう。結局のところ、あの〈急進的田舎地主〉の意見に可能な限り服従するしかないのである。しかし、伯父のプランに沿うとしても、ギディアンひとりの意志ではどうにもならないことがいくつかあった。だいたい、訴訟事件摘要書《ブリーフ》をもらえって言ったって、いったいどうやったらいいのだろう？　しかも、それ以上に厄介な問題がある。仮に仕事が得られたとして、それで、伯父のメガネに適う立派な人間になれるものだろうか？

　ふと気がつくと、ギディアンの行く手に人だかりができていた。ごてごてと派手な色に塗りたてられた荷馬車が一台、歩道の縁石の部分に後ろを向けて停まっていた。扉を開け放した後部に回ると、半ば歩道の上に降ろされ、半ば数人の汗びっしょりの男たちに担がれた状態で、ミドルセックス最大と呼べるような巨大な荷箱が、車の荷台から突き出しているのが見えた。建物の入口に通じる石段では、がっしりした体格の馭者と、ほっそりした若い女性が、舞台に上がった役者のように盛んに言い争っていた。

「これはうちの荷物じゃありません」女性はそう言っていた。「どうか、このまま持って帰ってください。降ろしたって、大きすぎて家の中には入りませんし」

「それだったら、歩道の上に置いていきますよ。教会区委員が来たら来たで、M・フィンズベリーさんが何とかするでしょうよ」と馭者はやり返した。

「でも、私はフィンズベリーじゃないんです」

「そんなことは知りませんよ」

「お困りですか、ヘイゼルタインさん」ギディアンが二人の間に割って入った。

「フォーサイスさん！」ジュリアは嬉しさのあまり、声を張りあげた。「本当にいいところに来てくださいました。この荷物、間違って配達されたのですけれど、家の中に入れなくちゃならないんです。こちらの方は、ドアをはずして通り路を作るか、二つの窓の境を壊さないと入らないって言うんですよ。このまま路上に放置しておいたら、教会区委員会か税関に罰金を取られてしまいますし」

そうこうしている間に、木箱を降ろしていた男たちは作業を無事終了し、ある者は木箱にもたれかかり、ある者は十六番地の家の玄関をぼんやり眺め、疲れた身体と動揺した精神を休めていた。また、通りの両側の窓という窓には、まるで魔法で呼び出したみたいに、興味津々の野次馬が鈴なりになっていた。

さてギディアンは、自分なりに精一杯、深刻な科学者然とした表情を作り、手にあったステッキを使って入口の寸法を測定し始めた。（そのかたわらで、ジュリアは測量結果をスケッチブックに記入していった。）ギディアンは次に、木箱の大きさを測定し、両方の寸法を比べ、木箱を通すスペースがあるとの結論を導き出した。そして、上着とベストを脱ぎ捨てると、男たちと一緒にドアの蝶番《ちょうつがい》をはずし出した。こうして、手近な見物人の手もできる限り借りながら、およそ十五人に担がれた巨大木箱は、石段を登り、入口の壁にこすれてガリガリと大きな音を立て、ついにホールの一番奥に巨大な震動と共に安置されたのだった。木箱は、ホールをほとんど塞いでしまう大きさだった。頭上に降りかかる埃《ほこり》の中、偉大なる勝利の演出者たちは、お互い晴れやかな笑顔を見交わした。確かに、勝利の代償としてアポロンの胸像は粉々となり、壁には深い傷跡がいくつも刻まれてしまった。だが少なくとも、これ以上路上で見世物になることはない。

「やれやれ」馭者が口を開いた。「こんな仕事ははじめてだよ」

自分も全く同じ思いだと雄弁にまくし立てると、ギディアンはソブリン金貨を二枚、男の手に押しつけた。

「すいません、旦那、三枚にしていただけると、こいつら全員に酒が振る舞えるんですがねえ！」男はそう言った。そして三枚目の金貨を手にすると、にわか雇いの運搬人の一団は喚声をあげながら空になった荷馬車に乗り込み、一番近くの安心して飲めるパブに向かって飛び去っていった。空の荷馬車を見送るとギディアンは入口のドアを閉め、ジュリアの方に振り向いた。二人の目が合った。突然、おかしさが込み上げてきて、二人一緒に屋敷中に響き渡るほどの笑い声を立てた。すると、ジュリアは好奇心にかられたのか、木箱を点検し始めた。特に、宛名札をていねいに調べた。

「こんな不思議な体験ははじめてですわ――」そう言うとジュリアは、また笑いの発作に襲われた。「確かにモリスの文字です。それに大樽を送ったという手紙を、今朝モリスから受け取ったところだったのです。これ以外に、大樽もやっぱり送られてくるとお思いになりますか、フォーサイスさん？」

「《彫像につき取扱い注意――コワレモノ》か」木箱に赤く書かれた注意書きを、ギディアンは読み上げた。「で、この荷物については何も聞いていらっしゃらないのですね？」

「いいえ、ちっとも」ジュリアは答えた。「ねえ、フォーサイスさん、中をご覧になりません？」

「ああ、そうしましょう！　金槌《かなづち》はありますか？」

「ありますよ。どうぞこちらです――おいでくださいな！」とジュリアは大声で呼んだ。「高い棚なのでわたくしの背では届かないのです」ジュリアは台所に下りていく階段に通じるドアを開き、ギディアンについてくるよう合図した。金槌とのみは台所にあった。だがそれよりも、台所に召使の気配が全くなかったので、ギディアンはびっくりし、それと同時に、ヘイゼルタイン嬢の足やくるぶしが、とても小さくてきれいなことに気がついた。この発見にはさすがに自分で恥ずかしくなったのだろう、ギディアンは大急ぎで木箱相手の作業に取りかかった。

ギディアンは一心不乱に働いた。鍛治屋のように正確に金槌を振り下ろすギディアンの横で、ジュリアは一言も口を利《き》かず、作業よりは作業者の方を見つめていた。「素敵な方だわ――」ジュリアは心の中で叫んでいた。「こんな美しい腕は見たことがないわ……」するとジュリアの心の声が聞こえたのか、ギディアンは急に振り返ると、ジュリアに笑いかけた。ジュリアも笑顔で応えたが、その顔はみるみるうちに真っ赤になった。笑顔と赤面の相乗効果でジュリアはいっそう可愛らしく見えた。ギディアンの視線はジュリアに釘付けとなった。そしてその状態のまま、えいやとばかり金槌を振ると、左の拳を見事に砕いたのだった。痛みのあまり呪いの言葉を吐かずにすんだのは、何とも見事な自己抑制だった。とっさにギディアンは「この、おっちょこちょいが！」と無難なセリフを口にしたのだった。しかし、痛みがひどいのには変わりなかったし、神経もすっかり参っていた。再び金槌を振ろうと数回試みたが、とうとうこれ以上は無理と判断した。

事故の瞬間に、ジュリアは食糧室《パントリー》に駆け込んでいたが、すぐに洗面器とスポンジを手にして戻ってくると、ギディアンの痛んだ拳を冷やし始めた。

「本当に申し訳ありません」ギディアンはすまなそうに言った。「全くもってマナー知らずな男ですね。拳を叩くのなら、箱をちゃんと開けてからにすべきなのに。いや、だいぶよくなりました。

――本当にもう大丈夫です」

「それでは、フォーサイスさん、作業の指示だったらできますわね」とジュリアは言った。「どうしたらいいか指示してくださいな。あなたが親方で、わたくしは見習いです」

「何て可愛い見習いなんだ」ギディアンは思わず口にした。ジュリアはその言葉に振り返ると、眉をひそめてギディアンを睨んだが、軽薄なるギディアンは嬉しそうにジュリアに作業を促すのだった。作業はもう大半が終わっていたので、ジュリアはほどなく最後の障害を突破し、中から山のような藁《わら》を取り出した。次の瞬間、二人は揃って膝をついて、藁の中でもがいていた。まるで干草作りの気分だった。やがて箱の中に、何やら白くてツヤツヤしたものが見えてきた。そしてとうとう、正真正銘、大理石の脚が一本むき出しとなった。

「ずいぶんと逞《たくま》しい脚ですのね」とジュリアは言った。

「私もこんな立派な石像ははじめてですよ」とギディアンが答えた。「この筋肉なんて、まるで安物のロールパンみたいじゃないですか」

もう一方の脚もほどなくして現れた。そして少しすると、さらにもう一本、脚が出てきたが、これはよく見ると、台座の上に立てられた瘤《こぶ》だらけの棍棒だった。

「ヘラクレスだ！」ギディアンが叫んだ。「本当だったら、ふくらはぎのところで見当がついたはずなんだけどなあ。実は、彫刻にはちょっとうるさい方でしてね。でもヘラクレスだけは例外なんです。是非とも、警察に逮捕してもらいたいくらいですよ！　それにしても――」そう言いかけてギディアンは、筋肉隆々のヘラクレスの脚に不満げな視線をやった。「こいつはヨーロッパでも最大にして最低の代物ですよ。いったい何に誘われて、ここまでやってきたのでしょうね？」

「こんな贈り物をもらうなんて、ひとりしか考えられませんわ」とジュリアは言った。「普通こんなお化けなんかなくたって、十分暮らしていけますものね」

「ねえ、そんな言い方はよしましょうよ」とギディアンが答えた。「実際今日の出来事は、これまでの人生でも、ずば抜けて楽しいハプニングですよ」

「そうね、あなたはしばらくの間、お忘れになれないと思いますわ――」ジュリアは言った。「手が痛む間はね」

「さて、そろそろ行かなくちゃいけません」ギディアンはつらそうに言った。

「そんな。お帰りになるのですか？」ジュリアは哀願するような口調になった。「まだいいじゃありませんか？　お茶でも召し上がっていってくださいな」

「本気でそうおっしゃっていると思っていいのでしたら――」帽子を見つめながらギディアンは言った。「もちろん私としては喜んでお受けするばかりですが……」

「そんな変なおっしゃり方はよしてください！」ジュリアは答えた。「もちろん、わたくし本気で申し上げているんですよ……。で、すいません。お菓子を買ってきたいのですが、あいにく、使いにやる者がいなくって。玄関の鍵ならここにあるのですけど――」

　ギディアンは大急ぎで帽子をかぶった。そして、ヘイゼルタイン嬢に一瞥を投げ、ついでヘラクレスの脚に一瞥をくれると、ドアを開け放って駆け出していった。

　一番おいしそうな選り抜きのケーキとタルトを詰め込んだ大きな包みを抱えてギディアンが帰ってくると、ジュリアはホールで小さなティーテーブルを整えているところだった。

「ほかの部屋も、同じくらい散らかってますの」大声でジュリアは言った。「ですからホールの方がくつろいでおいしくお茶がいただけると思います。ほんと、葡萄棚の下、彫刻に囲まれてって感じがしませんこと？」

「そうですね。その方がいいでしょう！」嬉しそうにギディアンも大声で答えた。

「まあ、素敵なクリームタルトですのね！」包みを開けるとジュリアが言った。「それにチェリー・プチ・タルトも可愛いわ！　チェリーがすっかりクリームの中に混ざっているのね！」

「そ、そうなんです――」ギディアンは必死に戸惑いを隠した。「そういえば、きれいに混ぜましょうねって店の女性が言ってました」

「さあ――」ささやかな祝宴が始まると、さっそくジュリアが切り出した。「モリスの手紙をご覧くださいな。どうぞ、声を出して読んでください。わたくし、きっとどこか読み落としていると思います」

ギディアンは手紙を受け取ると膝の上に開き、読み出した。

ジュリアへ。この手紙はブラウンディーンから書いている。二、三日ここに滞在する予定だ。新聞で読んだと思うが、ひどい事故で、おじさんはまだショックから立ち直れない。明日、私はおじさんとジョンをここに残してロンドンに戻る。私の戻る前に、標本が入った大樽が届くが、これは私の友人の品物なので、絶対に開けないように。私が戻るまでホールに置いておくように。
以上用件のみ。
M・フィンズベリー
追伸　念を押すようだが、大樽は必ずホールに置いておくように。

「本当だ。彫像のことはどこにも書いていない」ギディアンは大理石の脚に向かって頷《うなず》いた。「ヘイゼルタインさん――いくつか質問してもよろしいですか?」

「ええ、どうぞ」ジュリアは答えた。「モリスがどうしてお友達の標本の入った樽じゃなくってへラクレス像を送ったのか、その謎を解いてくだすったら一生感謝いたします。それにしても、お友達の標本っていったい何なんでしょう？」

「見当もつきませんね」とギディアン。「普通、標本といったら石とかですよね。少なくとも、この彫像よりは小さいわけで――いずれにしても、それは大したポイントではないと思います。ところで、あなたはこんな大きな屋敷におひとりでいらっしゃるのですか？」

「ええ、今はひとりです」とジュリアが答えた。「家の中のことをしておくために、みんなよりも一足先に発《た》ったのです。それに新しい召使も探さなくてはいけませんし。いい召使ってなかなかいないのですよ」

「それじゃ、完全にひとりというわけですか」ギディアンは驚いたふうだった。「それで怖くないですか？」

「いいえ、ちっとも」そう答えたジュリアは勇ましげだった。「どうして男の方以上に怖がる必要があるでしょう？　確かに、女ですから力は弱いですわ。でも、ここにひとりで眠ると分かったときに、ちゃんと拳銃を買いに行きました。すごく安く手に入れたのですよ。使い方もしっかり教わってきましたし」

「で、どうやって撃つんですか？」ギディアンはジュリアの勇敢ぶりを面白がっているようである。

「ええとですね」ジュリアは笑顔を見せた。「まず、上の方にある引き金みたいなものを引くのです。そして、標的より下に向けて構えます。発射したときに銃口が跳び上がるので、そうしておくのですって。そこで、下の方の引き金を引くと、ちゃんと男の方と同じに弾が出るのです」

「で、もうどれくらい撃ちましたか？」

「いいえ、一度も！　それでも撃ち方はちゃんと分かっていますし、それだけでびっくりするくらい勇気が出るのです。そのうえ、寝室のドアの前に箪笥《たんす》を置いて用心しておけば、本当に怖いものなしですわ」

「とにかく、皆さん戻ってこられるのはよかったですね」ギディアンは言った。「どうもお話をうかがっていると、危険このうえなく思われますから。もし、あなたがずっとこんな状態で暮らすのだとしたら、私の方で、独り者の叔母か大家のおばさんを、無理やり押しつけてるところですよ」

「おばさんを貸していただけるのですか！」ジュリアは大声を出した。「それはご親切にありがとうございます。何だかヘラクレスをプレゼントしてくださったのも、あなたじゃないかって気がしてきました」

「まさか！」とギディアンは叫んだ。「私はあなたを尊敬申し上げてますから、あんな情けない品物を贈ったりいたしません」

　ジュリアがそれに答えて口を開こうとした瞬間、ドアをノックする音に二人揃ってびくっとした。

「フォーサイスさん！」

「恐がらなくていいですよ」そう言うとギディアンはジュリアの腕をそっと押さえた。

「きっと、警察です」ジュリアが小声で言った。「ヘラクレスのことで何か言いにきたのですわ」

　ノックが繰り返された。さっきよりも大きく、いらいらしているような叩き方だった。

「モリスだわ」ジュリアはびっくりしたような声を出し、ドアに駆け寄ると開け放った。

確かに、そこに立っていたのはモリスだった。が、いつものモリスではない。青白くやつれて凄みを帯びた顔つき、充血して真っ赤な目、まる二日間剃刀を当てていない頬には無精ひげが生えていた。

「おい、大樽だ！」モリスはどなった。「今朝届いた大樽をどこにやった！」モリスはホールに足を踏み入れると、ヘラクレスの脚をすぐに見つけた。文字通り目を丸くして「何だこいつは！」とまたどなった。

「何だこの蠟人形は？　おい、訊いてるんだ、この薄のろめ！　これは何だっていうんだ？　それから、大樽はどこなんだ？　あの天水桶は！」

「樽なんて届いてません。届いたのはこれだけです」とジュリアが冷たく答える。

「これが届いただと！」モリスは金切り声になった。「そんな話は聞いていない！」

「あなたの筆跡の宛名書きで届いたのですよ」ジュリアは答える。「中に入れるのはそりゃ大変だったんですから。家が壊れるかと思ったわ。話はそれで全部です」

　モリスはすっかり混乱してしまった。手で額を押さえると、めまいを起こしたみたいに壁にふらふらともたれかかった。そして次の瞬間、口元がゆっくり開いたかと思うと、滝のような罵詈雑言をジュリアに向かって浴びせかけた。これほど激しい言葉をこれほど露骨に、しかも非紳士的な単語だけを上手に選んで吐きつける――モリスにこんな一面があったとは、それまで誰も考えつかなかったことである。ジュリアはがたがた震え出し、モリスの剣幕にすっかり小さくなってしまった。

「ヘイゼルタインさんにそんな口の利き方をするもんじゃない」ギディアンがびしっと言い放った。

「そんな態度は僕が許しませんよ」

「俺がこいつにどういう口を利こうと勝手だろうが！」怒りの新たな捌《は》け口を見つけたモリスが言い返した。「この女にふさわしい話し方をしているだけなんでね」

「その辺でやめておきなさい」ギディアンは大声を出した。「それ以上は口を利かない方がいい。ところで、ヘイゼルタインさん――」今度はジュリアに話しかけた。「あなたはこれ以上、こんな野蛮な男とここに居てはいけない。さあ、私が付いていきますから、侮辱を受けずにすむ安全な場所に参りましょう」

「おっしゃる通りです、フォーサイスさん」ジュリアが答えた。「もうこの家には居られません。どなたか立派な紳士の方に、お守りいただくことにします」

青ざめた顔のギディアンは決然としてジュリアに腕を差し出した。二人が表の石段を降りていると、玄関の鍵は置いていけ、とモリスの声が追いかけてきた。

ジュリアが鍵を手渡そうとしたそのとき、空車のハンサム（二人乗り一頭立て二輪馬車）が一台、スピードを上げてジョン街に入ってきた。モリスとギディアンの二人が同時にハンサムを呼び、馭者が苦労して馬を止めるやいなや、モリスは馬車に駆け寄り、「おい、運賃プラス、チップ六ペンスだ」と無鉄砲な申し出をした。「ウォータールー駅だ。いいか、六ペンスのチップだぞ」

「旦那、一シリングなら行きますぜ」馭者はにやりとした。「本当なら、あちらの方が先ですからね」

「分かった、一シリングだ、それでいいな！」そう叫んだモリスは、腹の中で、ウォータールー駅に着いたら交渉すればいいと計算をめぐらせていた。

駅者は馬に鞭をくれた。ハンサムは、またたく間にジョン街から姿を消した。

第六章　モリスの試練（その一）

ロンドンの街路を駆け抜けていくハンサムの中で、モリスは乱れた心を何とか落ち着かせようと努めていた。死体の入った天水桶はどこかに行ってしまった。ゆえに、何としてでも天水桶を見つけ出して取り返さねばならぬ。ここまでは明瞭だった。幸運に、今も駅にあるのなら、それで万事片が付く。だが、どこか別の場所に送られて、誰かの手に渡っているとしたら、これは厄介な事態である。だいたい、わけの分からない荷物を受け取った人間は、とりあえず中身を開けてみたがるものだ。ジュリア・ヘイゼルタインの例を見れば（ここでモリスは再度ジュリアをののしった）、誰の目にも明らかなことだ。つまり、もし、その誰かが、天水桶を開けたとしたら——「ああ神様！」モリスは自分の想像に思わず大声をあげ、汗びっしょりの額を手のひらで拭《ぬぐ》った。一般的な話をすれば、「自分がもし犯罪に手を染めたら……」と勝手に想像してみることは、結構わくわくする行為である。特に、まだ計画段階にある犯罪というものは、何とも魅力的に映るものだ。しかし、いったん警察のご厄介になってからよくよく振り返ると、どんなにバラ色だった犯罪計画も、必ずくすんだ色に見えてしまう。モリスは今になって、物事の仕組みをきちんと考慮しないまま行動に移っていたことに気がついた。「慎重にゲームを進めないといかんな」――そう自らの気持ちを引きしめたモリスだったが、背骨のあたりに何ともいえない不安が走るのを感じていた。

「本線ですかい、それとも環状線の方で？」小窓の向こうから馭者が尋ねた。

「本線の方だ」そう答えながらモリスは、結局一シリング出さねばなるまい、と観念していた。「つまらんことで目立つのはまずいからな」そうモリスは考えた。「――しかし、まるで悪夢だ。どこまでいっても金がかかる！」

出札所を抜けて、モリスはプラットホームを必死に歩き回った。ちょうど駅が一息つく時間帯であり、人影もまばらで、そのほとんどがベンチに静かに腰掛けていた。誰もモリスの姿に注意を向けないのが、彼にしてみれば好都合だった。だが、肝心の探索の方では何の成果も得られなかった。何かしなくてはいけない。リスクを冒してでも行動を起こさねば。一秒過ぎるごとに、身の危険は増していくのだ――モリスは、ありったけの勇気を奮い起こすと、赤帽を呼び止め、今朝方の列車で大樽が届いたのを覚えてないかと質問した。「何でもいいから、知っていることがあったら教えてくれないか。大樽は私の友人のものなんだ――」さらにモリスは続けた。「しかも一刻を争うんだ。中に大事な標本が入っていてね」

「あいにく、今朝は非番でしたからねえ」いささか迷惑そうに赤帽は返答した。「でも、ちょっと待ってください。おい、ビル、今朝のボーンマスからの荷物にさ、標本が入ってたの見なかったか？」

「標本なんか見てねえなあ」ビルが答えた。「けど、大樽を受け取った野郎だったら、確かに一騒ぎ起こしたぞ」

「おい、今何て言った？」モリスは興奮して大声をあげると、すかさず男の手に一ペニーを握らせた。

「いいですかい、旦那。大樽はかっきり一時半にここに着きやした。けど、三時になっても誰も取りに来やしません。すると、小柄な、病人みたいな顔をした男が現れて（ありゃたぶん、司祭助手ですよ、間違いありません）訊くんですよ。『ピットマン宛の荷物が来てないか？』ってね。ウィリアム・ベント・ピットマンとか言ってましたな。『よく分かりませんが、そういやあ、そこの大樽にそんな名前の札がついていましたなあ』って教えてやりました。そしたら、この小男、大樽のところまで走っていくと、宛名札を見てぎょっとしてましたけど、今度は手前たちがしくじりをやったって、うるさく文句を言い出しましてね。『あんたが何を探しているか知らないけどさ、あんたがウィリアム・ベント・ピットマンなら、その大樽があんたのだよ！』って言ってやったんですよ」

「そうか、で、その男、大樽を受け取ったのか？」モリスはもう呼吸《いき》もできない。

「それがですね、旦那」ビルは続けた。「どうも、その男が追っかけてたのは、でかい木箱みたいなんですよ。確かに木箱は届きました。何せこれまでにお目にかかった木箱の中でも最大級ですから、忘れっこありません。ところが、この男、話を聞くと怒り出しましてね。主任に尻持ち込みまして。しょうがない、木箱を扱った馭者を連れてこさせたんですよ。そしたらね――」

　ビルはニヤリとした。「いやあ、あんなのにお目にかかったのははじめてですよ。荷馬車に乗ってた連中全員がへべれけなんですから。しらふなのは馬だけってわけで。どうも、どっかの旦那からソブリン金貨をもらったんですなあ。それが不幸の始まりってわけです。ね？」

「で、馭者は何て言ったんだ？」モリスは再び息を飲む。

「何だか、いろいろわめいてましたが、よく分からないんですよ。挙句に、ピットマンに喧嘩ふっかけてしまいました。ビール一杯賭けるぞ、なんて言ってね。おまけに帳簿も伝票も全部なくしていましたし、連れも全員へべれけでした。何ていうんですか――」ビルはしばらく適当な表現を探していた。「――そう、でっかいトラになってましたよ！　主任はその場で全員クビにしましたけどね」

「そうか。まあ、最悪だけは免れたってとこか」そう言うとモリスは大きくため息をついた。「――じゃあ、その馭者はどこに木箱を運んだか言えなかったわけだ」

「そういうことですね。何ひとつしゃべれませんでした」

「それと――その、ピットマンはどうしたんだい？」モリスは尋ねた。

「ああ、やつね。四輪馬車に大樽を乗っけて帰っていきましたよ」ビルは答えた。「樽と一緒にガタガタ震えながら行っちまいました。ありゃ、やっぱりどっか身体が悪いね」

「そうか、大樽は行方知らずか」モリスは誰に言うともなく言った。

「まあ、それで間違いないでしょうな。けど、主任に届けを出しておいたらいいですよ」

「いや、いいんだ。そんなに大事なものじゃないし」とモリスは答えた。「ただの標本だから」そう言い捨てると、大急ぎで立ち去った。

再びハンサムの乗客となったモリスは、自分の立場をあらためて整理しにかかった。仮にだ、ここで失敗を受け入れて、伯父の死亡を世間に公表してしまったらどうだろう？　そんなことをしたら、確かに、トンチン年金は失うし、例の七千八百ポンドも回収不能となる。しかし、ハンサムの駅者に一シリングものチップを渡したことが示すように、この犯罪にはいささか経費がかかりすぎる。それに、天水桶がなくなってしまった今、先の展開も全く読めなくなっている。〝撤退案〟の有効性を、はじめは冷静に検討していたモリスだったが、考えれば考えるほど、熱くなってきた。

――そうすれば、確かに損はする。しかし、よく考えてみれば、大した損じゃないだろう。トンチン年金を放棄するだけだし、それだって、どっちに転ぶか分からないわけで、本気で当てになんかしてなかったじゃないか――。モリスは自分に向かって、この理屈を懸命に説き、自分のいつもながらの慎ましさに満足した。――そう、トンチン年金など真剣に期待してはいなかったし、七千八百ポンドにしたって、取り戻せるなんて真面目に考えてはいなかったんだ。マイケルが卑怯な真似をしたもんだから、つい慌てて、こんな羽目に陥っただけだ。そうだな、この辺で高望みの冒険はお終いにして、もとの商売に腰を落ち着けよう――。

「おいおい、そうはいかないじゃないか！」ハンサムの座席の上で、モリスはびっくり箱の人形みたいに跳ね上がった。「――トンチン年金を手にできないだけじゃないぞ――フィンズベリー商会もなくしてしまったんだ！」

それはとんでもない事実だった。モリスのサインには何の効力もないのである。たかが三十シリングの小切手だって現金にできない。ジョゼフの死亡が法的に認められないうちは、モリスは一文無しなのだった。もちろん、死亡を公表したとたん、トンチン年金とはおさらばだ。だが、モリスに迷いはなかった。トンチン年金とはさっさと縁を切って、己の精力を事業に集中させ、合法的に残された僅《わず》かながらの財産を守っていこう、そう瞬時のうちに決意した。しかしまた次の瞬間、自分の置かれた状況がいかに不幸なものであるか悟らずにはいられなかった。伯父の死亡を発表するだって？　そんなことができるものか！　樽が消えちまったんだから、死亡を法的に証明することなんかできないじゃないか！

モリスの抱える苦悩と問題は、もはや一台のハンサムには入りきれない大きさだった。モリスは金を払ってハンサムを降りると、どこへ向かうでもなく歩き出した。

「どうも軽率にことを運びすぎたようだ」モリスはつらいため息をついた。「それにしても、こう複雑では、俺の頭で解決するのは無理かも知れないな」

そのとき、昔聞いたジョゼフの一言が、さっと記憶によみがえった。

《物事を筋道立てて考えたいときは、自分の頭の中を、紙の上に書き表してみることじゃな》

「そうか、ご老体も少しはものを知っていたとみえる――。ここはひとつ、ご老体の忠告に従ってみるか。しかし、この問題を解いてくれる紙なんかあるんだろうか？」

モリスはパブに入ってパンとチーズを注文し、紙とペンを借りると、その前に重々しく腰を下ろした。ペンの書き具合を試してみた。いいペンだった。しかし、何を書いたらいいのだろう――？

「そうだ！」モリスは大声をあげた。「ロビンソン・クルーソーの貸借表でいこう！」そう言うと紙を広げ、先達に倣《なら》って次のように書き出した。

借方	**貸方**
一　ジョゼフの死体を紛失した。	一　しかし、それはピットマンが持っている。

「ちょっと待て――」モリスは言った。「これじゃ、貸借表の精神から外れているぞ。もう一度やり直しだ」

借方	**貸方**
一　ジョゼフの死体を紛失した。	一　しかし、もう埋める必要はなくなった。
二　トンチン年金も失った。	二　しかし、ピットマンが死体をうまく処分してくれて、こっちも都合のいい医者を見つけられたら、まだ希望は十分ある。
三　商会も失ったし、伯父の遺産も失った。	三　しかし、ピットマンが警察に死体を届けてくれれば大丈夫だ。

「おいおい、そうしたら俺は刑務所行きじゃないか、うっかりしてた」モリスは心の中で言った。「それに、ここまで考える必要があるのだろうか？　確かに最悪の事態を想定するのは大切だけど、

こういう場面で一番に大事なのは肝っ玉なんだ。それにしても、この三番にはいい答えがないものかな？　こんなひどい状況で、活路なんかあるのかい？……もちろん、なくちゃ困るのさ。ないんだったら、複式簿記の意味がないだろう？……ええと、そうだな——ああ、そうか、分かった！」モリスは叫んだ。「何だ、二番と同じじゃないか」モリスは大急ぎで書き直した。

借方	貸方
三　商会も失ったし、伯父の遺産も失った。	三　しかし、都合のいい医者さえ見つかれば大丈夫。

「どうやら、手頃な医者を見つけられるかどうかが鍵になりそうだな」とモリスは考えた。「すぐに商売を再開できるように、まずは伯父の死亡診断書を作ってもらうんだ。で、伯父が元気だって証明書を……おいおい、また矛盾したことやってるぞ！……」モリスは貸借表の続きを作っていった。

借方	貸方
四　ほとんど一文無しである。	四　しかし、銀行にはたくさん預金がある。
五　それはそうだが、その預金を下ろせない。	五　しかし、……うーん、残念ながら下ろせない。それが事実だ。

六　ジョゼフ伯父のポケットに八百ポンドの手形が入ったままだ。

七　しかし、ピットマンがケチな野郎だとしても、手形からジョゼフ伯父の素姓が分かるのだから、やつはきっと脅迫してくるぞ。

八　しかし、死亡の事実を知るまでは、マイケルを脅すことなんかできない。（しかもこれはかなり危ない橋だ。）

九　商売の方ではすぐにも現金が必要になるだろう。でも手元には一銭もない。

十　それはそうだが、船はこれ一艘しかないぞ。

十一　ジョンだってすぐに金を寄こせと言ってくるだろう。でも手元には一銭もない。

十二　それに医者を探すのにも金が要る。

十三　それにピットマンがケチな野郎で、しかも事件を秘密にするとしたら、やっぱり金

六　しかし、ピットマンがただのケチな野郎だったら、手形だけふところにして死体は秘密裡にニューカット運河に捨てるだろう。

七　しかし、マスターマン伯父についての推理が正しいなら、こっちもマイケルを脅せばいい。

八　それじゃ、なおさら悪いじゃないか！

九　しかし、この商売はもう沈みかかった船も同然だ。

十　その通り。

十一　……

十二　……

十三　……

をせびってくる。

「これじゃ、一方的に損しているじゃないか！」モリスは大声になった。「この方法も期待したほどじゃなかったな……」モリスは紙を丸めて、ぽいと投げてしまった。だが、すぐにそれを拾い直すと、もう一度、貸借表に目を走らせた。「どうやら、俺の最大の弱点は財政面にあるようだ」とモリスは考えた。「やっぱり、風向きを変えるのは無理なのか？　これほどの大都会で、きっかけならいくらでもありそうなものなのに……何か名案はないのか！……だが、軽はずみはもうたくさんだ。そうだ、何か売ればいいか？　売るものがあるか？　俺のシグネットリングはどうだ？……」しかし、お宝が散り散りになってしまうと考えただけで、モリスの頭に血が一斉に逆流した。「そんなことをするくらいなら、死んだ方がましだ！」そう叫ぶと、モリスは帽子を頭に押しつけ、大股に店を出ていった。

「何とか金を使えるようにしなくては――」モリスは考え続けた。「伯父が死んだからには、銀行にある金は全部俺のものだ。もっとも、学校時代以来の不幸さえなけりゃ、とっくに俺の手の中なんだ。ほかの人間だったらどうするか？　決まってるさ、キリスト教徒だったら、ひとりの例外もなく、手形を偽造するだろうよ。だが、これは偽造のようで偽造じゃないんだ。伯父はこの世にいないし、本当なら俺の財産なんだからな。だが、伯父は完璧に死んじまってるっていうのに、それを証明できないなんて……まったく、あまりの不条理に涙が出てくるぜ。昔は、例の七千八百ポンドに不平ばっかり並べていたけれど、今のつらさに比べたら馬鹿みたいなもんだ。ああ、ほんの二日前までの自分は、何て幸せだったんだ！」

モリスは歩道に立ち止まって、すすり泣きの混じったため息をもらした。

「しかし、それを実行するとしても問題があるな――」モリスは再び考え始めた。「俺にそれができるか？　本当にやれるのか？　ああ、こんなことなら、若い頃にいろんな筆跡をマスターしておけばよかったんだ。ちくしょう、まったくもって、『少年老い易く』だ！　だが待てよ、ものは考えようさ。俺は別に、良心に疚《やま》しいことをやろうってんじゃないし、道徳的に間違ってるわけでもない。たとえ偽造がばれたって、気に病む必要なんて少しもないんだからな……。で、もし、万事首尾よくいって、ピットマンがケチな野郎でなかったとしたら、後は医者を連れてくればいい。これは、ロンドンならわけないことだ。何せ、この街は、この手の医者で成り立ってるようなもんだからな。もちろん、広告なんか出すのはだめだ。だいたいこの手合いは、窓辺の赤ランプと薬草を目印に探していけば簡単に見つかるはずだ。後は、直接訪ねていって、単刀直入に用件を言うだけさ。……そうは言っても、こいつはかなり難しい仕事だぞ――」

モリスは自宅の近くまで戻ってきていた。ずいぶん方々をさまよった末に、ようやくジョン街に歩を向けたのである。しかし、入口に鍵を差し込んだ瞬間、また苦い思いがモリスの心を打った。

――そうだ、死亡証明がないうちは、この家だって俺のものじゃないんだ。

モリスは呻《うめ》き声をあげると、屋根裏部屋の窓が震えるくらい荒々しくドアを閉めた。

夜の帳《とばり》はとうに落ちて、もうだいぶ前から、街灯やショーウィンドーの明かりが果てしなく続く街路を照らしていた。家のホールは真っ暗だった。泣きっ面に蜂とはこのことだろうか、モリスはヘラクレスの彫像にぶつかると、脛《すね》をひどくすりむいて、そのまま台座の上でのたうった。精神的な限界に達していたのに加えて、痛みも尋常ではなかった。幸か不幸か、転げた拍子にモリスの片手には金槌が握られた。モリスは子供じみた怒りの発作を起こし、痛みの原因である彫像の方に振り向くと、金槌を打ち下ろした。ものの砕ける音が鳴り響いた。

「ああ、今度は何をやっちまったんだ？」モリスはそう嘆くと、手探りでろうそくを探し出した。

「そうだったか――」片手にろうそくの明かりを持ちながら、モリスは砕けた脚をじっと見た。約一ポンド分、筋肉がそげていた。「正真正銘のアンティークだ。下手すると数千ポンドの弁償だぞ！　だが、待てよ――」今度は、希望あふれる考えが頭をよぎった。「ジュリアは出ていったし、あの獣《けだもの》野郎のフォーサイスと俺を結びつけるものは何もない。運送屋は全員へべれけだったし、おあつらえ向きにひとり残らずクビになっている。おお、そうか、これまた俺の〝反道徳的勇気〟が試されるというわけだ。何も知らないとシラを切ればいいんだ！」

そして少し後、ヘラクレス像の前には口元をきつく結んだモリスが、石炭用大鉈《なた》と肉切包丁を抱えて再び立っていた。まずは、木箱の方だった。ギディアンが大方壊してくれていただけに、急所に二、三回打ち込むと、木箱は大きく揺れて傾いた。さらに数撃、ついに木板はバラバラと崩れ、藁が雪崩《なだれ》のように降ってきた。

モリスはついに、自分の仕事の大きさを直視することになった。だが、そいつを眺めるだけで、モリスの気持ちは萎えてしまった。実際、石切り場に足を踏み入れたこともない細腕の若僧が、単独で台座に載った筋骨隆々の怪物に挑戦するのと比べたら、おびただしい部下と馬を引き連れたレセップス（一八〇五―一八九四。フランスの外交官。退官後会社を設立しスエズ運河を建設。パナマ運河建設にも着手したが失敗した）がパナマの山々を切り崩した偉業にしても、とても偉大とは呼べないのである。しかし、両者には立派な共通点があった。――敵の大きさ、そして純粋に英雄的な情熱である。

「そこから降りてこい、ウドの大木、醜い怪物め！」そう叫んだモリスには、かつてパリの群集をバスチーユへと駆り立てたのと同種の情熱が漲《みなぎ》っていた。「今夜中にお前を引き摺《ず》り降ろすからな。このホールからきれいさっぱり消えてもらうぞ」

ヘラクレスの不遜きわまりない顔つき、それが、われらが偶像破壊者の情念をひときわ掻《か》き立てた様子だった。モリスは、まさにその顔面に、最初の一撃を食らわせたのだ。最初、半神の怪物の身長（台座を除いて二メートル半あった）がモリスの攻撃の障害となったが、序盤の攻防戦から、早くも知性は物質に対して勝利を獲得しつつあった。書棚用の梯子を使用することで、手負いのモリスは有利な体勢を築いたのである。そして立て続けに石炭用大鉈を振るうと、怪物の首は胴体から離れていった。

二時間後、奇跡によって色白《いろじろ》になった石炭運搬人みたいだった巨大立像は、ただのバラバラな四肢の山になっていた。四十歳代の男性のトルソと思《おぼ》しきものが台座にうつぶせになって横たわり、好色そうな顔が台所に通じる階段の方角に視線を送り、脚、腕、手、指は床に散らばっている。さらに半時間後、残骸はひとつ残らず台所に運び去られた。モリスは自分の仕事の跡を眺めながら、静かに勝利の感慨に浸っていた。よし、これで何も知らんとシラを切り通せるぞ。ホールには（ちょっと傷はできたけれど）ヘラクレスがいた形跡はひとつも残っていない――。

しかし、疲れ果てたモリスはベッドに這っていくのがやっとだった。腕と肩は痛み、大鉈の荒っぽいキスに見舞われた手のひらはひどく熱を持っていた。指もひりひりして、ずっと口にくわえているありさまだった。そんな状態なのに、眠りが〝傷ついた英雄〟に訪れたのは、大幅に遅れた挙句の果て。そして夜明けの最初の光と共に、〝眠り〟はつれなくも、モリスのもとをさっさと離れていったのである。

翌朝は、モリスの悲惨な運命に歩調を合わせるかのように、大荒れの天気となった。通りでは東からの疾風がうなりをあげ、激しい雨が怒ったように窓ガラスを叩いた。モリスが服を着替えていると、暖炉からの隙間風が、足元に絡みつくように吹き抜けていった。

「あれだけつらい思いをさせておいて、天気までこのありさまだ」モリスは苦々しい顔で呟いた。

家にはパンがなかった。ヘイゼルタイン嬢は毎日お菓子ばかり食べていたのである（ひとりで留守を任された女性にはよくあることだ）。だがとにかく、菓子類はいくらか残っていたし、それと（詩人風にいえば）〝清冽にして冷涼なる水〟でもって、何とか朝食の格好だけはつけて、モリスはいよいよ細心の注意を要する大仕事に取りかかった。

《署名の研究》――この世の中に、これほど興味深い研究対象がいったい存在するだろうか？――ひとくちに署名またはサインといっても、食前のサインに食後のサイン、胃弱状態のサインに酩酊状態のサイン、子供の生命がかかって手の震えるサインがあれば、ダービーでひとやま当ててのサインもあり、さらに顧問弁護士の事務所でするサインや、恋人の輝く瞳に見守られてのサインもある。素人目には、これらは皆違ったサインに見えてしまう。しかし、専門家（例えば銀行員や石版工）の目で見ると、それは常数のようなものであり、夜直の水夫が北極星を見るごとく、瞬時に見分けがつくものなのだ。

その辺の事情はモリスもよく承知していたわけで、今着手しようとしている〝優雅なる芸術〟の理論上、気合十分のモリスには、何ら非難すべき点はなかったのだ。だが、銀行家にとっては幸いなことに、偽サインというのは熟練を要する技術だった。そして、ジョゼフのサインをテーブルいっぱいに広げ、己の無能ぶりと格闘を続けるモリスの心には、こっそりと落胆の影が忍び込んでいくのだった。後ろの暖炉では、時折、風がうなりをあげた。また、ブルームズベリーを驟雨《しゅうう》が襲って、部屋の中が薄暗くなるたびに、モリスは明かりをつけに席を立った。モリスの周囲には、薄ら寒い空気と、機能不全に陥った住居特有の荒れ果てた雰囲気が漂っていた――むき出しの床、本やら置物やらが汚いテーブルクロスに覆われた状態で山と積まれているソファー、ペンには錆が浮き、書類には埃《ほこり》が分厚く積もっている――しかしこれらもまだ、悲惨の付属品にすぎなかった。落胆の真の原因は、テーブルの上、失敗した偽サインの山となって現れていた。

「どうもおかしいな……」モリスはグチをこぼしていた。「どうも俺には才能がないらしい」モリスは再度、試作品の出来栄えを一つひとつ吟味した。「これじゃ、銀行の窓口係に笑われるぞ……仕方ない、できるだけていねいになぞり書きをしてみよう」

驟雨が去って、せめて薄日だけでも射してくれるのを、モリスはじっと待った。そして、今だ、とばかりに窓のところに駆け寄ると、ジョン街から丸見えの場所で、ジョゼフのサインの敷き写しを敢行した。どんなに頑張っても、満足な敷き写しはできなかった。「仕方ない、こいつで勘弁してもらうしかないだろう」そう言うと、お手製の仕上がりを悲しそうに眺めやった。「とにかく、伯父は死んでるんだ——」モリスは手形に二百ポンドの金額を記入し、アングロ゠パタゴニア銀行へと出撃した。

さて、いつも商用で座っている馴染みの椅子に腰を下ろし、精一杯の無表情を装って、モリスは偽の手形を、赤ひげを生やした大柄なスコットランド人の窓口係に手渡した。手形を手にした窓口係は驚いた顔をした。ためつすがめつ手形を眺めていたかと思うと、拡大鏡で念入りに点検し出した。その表情は、驚きから怒りへと変わっていった。

「しばらくお待ちを——」と言い残して窓口係は奥へ消え、かなり経ってから、頭が禿《は》げ上がって紳士然とした年輩の上役と深刻そうに話をしながら戻ってきた。

「モリス・フィンズベリー様で——」上役の男が眼鏡を直しながら、モリスの顔をあらためて見るようにして訊いた。

「そうですが」モリスの声は震えていた。「何か不都合でも……」

「率直に申し上げまして、フィンズベリー様、私ども、かようなものを受け取りまして、大変驚いております」先程の窓口係が手形をピシッとはじきながら言った。「預金残高がございません」

「残高がないって？」モリスは叫んだ。「確か二千八百ポンドあるはずだが——」

「確かに、二千七百六十四ポンドございました」上役の男が言った。「しかし、それは昨日払い戻しになっております」

「払い戻し？」

「あなた様の伯父様によってです」続けて上役が言った。「それだけではございません。私どもの方で手形を割り引いてございます。ええと、確か金額は……ベル君、どれだけだったかね？」

「八百ポンドです、ジャドキンさん」

「ベント・ピットマンめ！」モリスは叫び、よろよろとよろめいた。

「何とおっしゃいました？」とジャドキン氏。

「いや、あの、ちょっと掛け声を……」

「フィンズベリーさん、ご納得いただきましたでしょうか？」とベル氏。

「あのですね――」嗄《しゃが》れた笑い声をもらしてモリスは答えた。「今おっしゃったことはあり得ないことなのです。伯父は今、ブラウンディーンにいて、しかも動けない状態なのです」

「そんな！」ベル氏は大声を出すと、再び手形を手に取ってしげしげと見た。「しかし、日付は今日でロンドンとなっています。これはどう説明されます？」

「それは何かの間違いでしょう」モリスは言った。顔から首筋まで、もう真っ赤である。

「そうでしょうな」とジャドキン氏は答えたが、相変わらず疑り深そうにモリスの顔を見つめている。

「し、しかもですよ――」モリスは続けた。「もし仮に、預金残高が足りないとしても――そうだとしても、借入額はほんの僅かでしょう――われわれの会社――つまりフィンズベリー商会の名前があれば、そのくらいの金額は、つまりその、大した額ではないと――」

「おっしゃる通りです、フィンズベリー様」とジャドキン氏。「その点を考慮しろとおっしゃるのは正当なことです。しかしですね、単刀直入に申し上げますが、そのようにさせていただきたくとも、このサインは、その、まことに不適切なものなのです」

「いやそれは、大した問題じゃないんです」モリスの顔には焦りが見えた。「必要だったら伯父にもう一度サインをさせますけれどね。実をいいますと――」とモリスは大胆に出た。「実は、伯父の具合がかなり悪いのです。この手形にサインするのだって、ひとりではできないほどでして。私が伯父の手を握ってサインを手伝ったものですから、いつものサインとは違うものになったと思うのです」

ジャドキン氏は鋭い視線をモリスに送り、次いでベル氏の方を見た。

「どうやら――」とジャドキン氏。「私たちは詐欺被害に遭っている可能性がありますね。どうかフィンズベリー氏には、この件に関して警察に捜査をお願いすることになったとお伝えください。それからこの手形ですが、このサインはどうも、何といいますか、〝ビジネス的〟とは判断しかねますので、どうか――」と、カウンター越しに手形を返して寄こした。

モリスは機械的にそれを受け取ったが、頭の中では全く別のことを考えていた。

「こういう場合ですね――」とモリスは切り出した。「損失はわれわれがかぶることになるわけですか？　つまり私と私の伯父とが？」

「そんなことはございません」とベル氏が答えた。「私どもで責任を取らせていただきます。詐欺に遭った金額を取り返すか、そうでない場合は、弁済させていただきます。その点はどうぞご心配なく」

モリスは落胆の表情を見せた。が、すぐに希望の色に変化した。

「それでは、こうしましょう」モリスは言った。「この件は私にお任せくださいませんか。私の方で調べてみます。心当たりもありますし、調査をほかに依頼したら高くかかりますでしょう」と説得力たっぷりに言ってのけた。

「銀行としては、そのようなお申し出を受け入れるわけには参りません」とジャドキン氏。「私どもでは、詐欺事件の捜査のために、三千ポンドから四千ポンド費やせるようになっております。必要なら、それ以上かかっても構いません。詐欺犯を放置しておきますと将来まで影響します。私どもで徹底的に解明いたしますので、フィンズベリー様、どうぞ安心してお任せください」

「だから、費用はこっちが持とうって言ってるじゃないですか！」モリスはなお大胆に出た。「あなた方は何も調べなくていいんですよ！」――どうあっても調べられてたまるかという剣幕だった。

「お言葉ですが――」とジャドキン氏。「この件は私どもと伯父様との間の問題ですから、あなた様は何の関係もないのです。私どもとしましては、調査にご協力いただくために、伯父様にこちらまでお越しいただくか、もしくは、私どもの方から、ご病室に参上させていただければ――」

「それは無理です！」モリスは叫んだ。

「それでしたら仕方ございません。私どもとしては事件を警察の手に委ねるほかありません」

突然、モリスはぎくしゃくと手形を折り曲げると、財布の中にしまい込んだ。そして「失礼します」と一言あいさつすると、あたふたと銀行から飛び出した。

「――いったい、何だって疑い出したりするんだ？」モリスは思案した。「やつらのやり方は理解できないぞ。始めから終わりまで、どっから見ても〝非ビジネス的〟じゃないか！――が、そんなことはどうでもいい。これで全て水の泡だ……。預金は引き出された。警察は捜査を始める。もう二時間もしたら、ピットマンの野郎はとっつかまる――そして、死体のことも全部、夕刊に出ちまうだろうな――」

モリスが去った後、銀行ではジャドキン氏とベル氏の会話が続いていた。もしモリスが耳にしたら警戒よりも屈辱を感じたに違いない――。

「なかなか興味深いケースだったじゃないか、ベル君」

「全くその通りです。でも、すっかりびびったでしょうね」

「まあ、もう二度とモリス・フィンズベリーはやってこないだろうよ。今回はいってみれば初犯だし、あそことは付き合いも長いから、穏便に済ませた方がいいだろう。ところでベル君、昨日の話だけれど、あれで間違いないんだろうね？　本当にフィンズベリー氏本人だったんだろうね？」

「百パーセント間違いありません」ベル氏は笑いを怺《こら》えていた。「銀行の基本原則について、自説を滔々《とうとう》とお話しになっていましたから」

「そうかい、よく分かった――今度フィンズベリー氏が見えたら、私の部屋にお通しするようにしておくれ。今日のことをお知らせしておいた方がいいだろう」

第七章　ウィリアム・デント・ピットマン、弁護士に相談する

ピットマン氏の借家人たちが、戯れに《ノーフォーク島》と呼び習わしているノーフォーク街は、それほど広くもなければ、特に美しくもなく、おしゃれということもない通りだった。薄汚い身なりをした発育の悪い雑役女中たちが、あるときは酒を買いに通りを横切り、あるときは歩道をぶらついて恋人たちの愛の言葉に耳を傾けている。日に二回、猫の餌肉売りが通り過ぎていく。ときどき、手回しオルガン弾きが迷い込んでくるが、いやな顔をして出ていってしまう。休日になると、通りは血気にはやる若者たちの闘技場へと変貌し、住人たちは護身の技をじっくり研究する機会を得ることになる。だが、こんなノーフォーク街にも、ひとつだけ自慢があった。この界隈にはただ一軒の商店もないのである。（ただし、交差点にあるパブは除かせてもらう。これは正確にはキングズ・ロードに属しているのだ。）

さて、ノーフォーク街七番地の玄関には、《W・D・ピットマン　芸術家》と書かれた真鍮の表札がかかっていた。あまりきれいな表札とはいえなかったが、そもそも七番地自体、さほど好印象

を与える住宅でもなかったのだ。しかし、その表札には一種独特の趣があって、読者諸賢の中には好奇心をくすぐられる人がいるかも知れない。というのも、ここは芸術家の住まいなのであって、それも月並みな芸術家ではなく、傑出した芸術家なのだ。その傑出ぶりを紹介すると、第一にこの芸術家、これまでただの一度も成功したことがなかった。第二に、これまで雑誌の取材を一度も受けたことがない点でも断然際立っていて、七番地の〝奥の応接室〟や〝アトリエのマントルピース〟が雑誌の紙面を飾ることもなかったし、若い女性記者が訪問してきて、〝飾らない素朴な物腰のピットマン氏が自慢の〝宝の山〟を案内する様子を記事にすることもなかったのである。残念ながら、本書でもピットマン氏の〝宝の山〟は割愛せざるを得ない。というのも、本物語の舞台となるのは、この芸術的住居の裏方面、つまりは〝どん尻〟なのである。

その〝どん尻〟に回ると庭が現れた。小さな噴水が中央にひとつ（しかし、水が出ていたためしはない）、鉢植えの薄汚れた花が少々、そして最近植えられた木が数本見られ（だが、チェルシー地区に春が訪れたところで新しい芽吹きがあるでもない）、その中に古代風の彫像が二、三体（サチュロスやニンフの像であったが、芸術品としてはおよそ出来の悪いものばかり）置かれていた。庭の片側をそっくり日陰にする格好で、崩れかかったおんぼろアトリエが二室建ち、ピットマン氏よりさらに無名の芸術家の卵たちが住んでいた。そこから庭を挟んだ反対側に、高い離れが建っていた。こちらの方は、いくぶんていねいに造られた建物で、母屋から直接行き来もできて、裏通りに面して専用の出入口もあった。ピットマン氏の多方面にわたる作品群はこの離れに収まっていた。ピットマン氏は、昼間は若いご婦人向けの芸術教室の講師を務め、自分だけの時間である夜になると、このアトリエに籠もり、あるときは『滝のある風景』に油絵の具を塗りたくり、あるときは著名人の彫像を、注文も受けてないのに制作し（「材質は大理石なのです」と、ピットマン氏は物静かだが誇らしげな口調で説明する）、あるときはのみを振るって、平凡なニンフやら（「いや、これは階段の張り出しガス灯になるのです」）、養護施設に寄贈する等身大の《少年サムエル》やらを彫り出して、夜の更けるまで作業に専心するのだった。

　ピットマン氏は、はじめはパリで、次いでローマで芸術を学んだ。息子を溺愛する両親が潤沢な資金援助を続けていたのであるが、コルセット価格の暴落がきっかけであっという間に破産してしまった。まあもともと誰も、ピットマン氏の才能など信じてはいなかったのだが、少なくとも一時期は、芸術家としての技能を一通り身につけていたのである。ところが、十八年間も「芸術教室」で教えているうちに、この〝危険な知識〟もきれいさっぱり流れ落ちてしまい、今では、店子《たなこ》の若い芸術家連中から、ガス灯の明かりだけで絵を描くのは無理だとか、モデルなしで等身大のニンフを彫るなんてできっこないとか意見される始末である。

「そんなことは百も承知ですよ」とピットマン氏はいつも答える。「ノーフォーク街の住人でそのことを一番よく分かっているのは、この私ですからね。お金さえあれば、私だってロンドンで最高のモデルを雇いますよ。しかし、そんなお金はないのだから、モデルなしでもちゃんと彫れるように訓練するしかないでしょう。たまにモデルを使うのでは、かえってよくないのです。せっかく浮かんだ理想的なフォルムのイメージが壊れますし、結局、私の芸術にはマイナスなのです。――それから、ガス灯のような人工光で絵を描くというのも、私のように昼間教師の仕事をしていますと、そういう技術《わざ》を身につけないことにはやっていけないのです――」

　そして筆者が紹介の労を取っているこの瞬間、ピットマン氏はひとりアトリエで、十月の夕日に照らされていた。ウィンザーチェアに腰を下ろし（もちろん〝飾りのない素朴な物腰〟でだ）、いつもの平べったい黒のフェルト帽は脇に置いてあった。この小柄で色の浅黒い芸術家は、何となく弱々しく、無害そうで、見るからに痛ましい感じの男だった。喪服みたいな色の服を着て、コートの裾も一般のものよりも長く、襟元は切れ目のないカラーをぴったりと閉め、色の褪せたネクタイを無雑作に締めている。ぴんととがった髭がなかったら、まるで聖職者の風体である。頭頂部は薄くなり、鬢《びん》には白いものが目立っている。気の毒に、青春はもう去ってしまった。長い年月、貧乏、挫折したちっぽけな野心――全てが重なってこの陰気な人間を作り出したのだ。

　さて、ピットマンのすぐ目の前、ドアの近くに、恰幅のいい大樽がでんと居座っていた。どこを向こうが、ピットマンの視線と思考は、いやでもこの大樽に集中せざるを得ない。

「開けたものだろうか？　返したものだろうか？　それとも、セミトポリスさんに急いで連絡したものだろうか？」ピットマンは長いこと思案していたが、「いやだめだ、やっぱりフィンズベリーさんの助言を仰ぐのが先決だ」と結論に達すると、すぐさま立って、おんぼろな革製の書類挟《ばさ》みを取り出した。これは、鍵のついていない簡単なもので、クリーム色の紙が何枚も束になって挟まっていた。これを使ってピットマンはいつも、生徒の親や学校の理事連中と連絡を取り合っていた。ピットマンは書類挟みを窓の近くのテーブルに置くと、暖炉の上のインク皿を取り、以下の手紙を入念にしたためた。

フィンズベリー様

突然のお願いにて恐縮ですが、今晩、私のアトリエまで御足労いただけないでしょうか。あなたの貴重なお力添えを必要とするわけですから、もちろん、取るに足らぬ事件ではございません。セミトポリス氏のヘラクレス像の安否に関わることと申し上げればお察しいただけるでしょうか？　今こうして筆を進めている間も、激しい心の動揺を抑えることができません。私自身、力の及ぶ限り捜索いたしましたが、この古代式の芸術作品はどこかに誤って運ばれてしまったようなのです。さらに、そこから派生した新たな問題にも、私は大いに悩まされています。このような状況につき、乱筆乱文、どうぞお許しください。

取り急ぎお知らせまで。

ウィリアム・デント・ピットマン拝

書き上げた私信を手に家を飛び出すと、ピットマンはキングズ・ロード二三三番地、マイケル・フィンズベリーの私邸のベルを鳴らしたのだった。ピットマンとマイケルがはじめて出会ったのは、チェルシー地区で催された大規模な市民集会であった。マイケルは、もともとユーモアをよく解し、他人に対しても無頓着なほど寛大な男だったので、ピットマンとの交友をそのまま継続し、自分自身苦笑しつつ、一種相手を下に見るような関係に至ったわけである。そして、最初の出会いから四年経った現在、ピットマンはマイケルの〝犬〟になっていた。

「マイケルさんはまだお帰りじゃございませんよ」ドアを開けた年配の家政婦はそう言った。「ピットマンさん、あんたひどい顔をしてますよ。ちょっとシェリー酒でも飲んでいきなさい。元気になりますから」

「いいや、結構です」ピットマンは返事をした。「ご親切はありがたいのですが、シェリー酒すら飲める気分じゃないんです。申し訳ありませんけど、フィンズベリーさんにこの手紙をお渡しください。後で私のところに来ていただきたいのです――ええ、裏通りの方の入口です。今夜はずっとアトリエにおりますので――すいません、お願いします」

ピットマンは再び通りに出ると、アトリエに向かって歩き出した。美容室のショーウィンドーがピットマンの目を引いた。高貴で誇らしげなマネキン人形が、踊りの輪の中心でターンのポーズを取っていた。ピットマンはしばらくの間、熱心にこのマネキンを見つめていた。こんなときであっても、彼の芸術家魂は目覚めるのである。

「ご立派な批評家たちは、こういうものを造る人間を悪しざまに言うだろうさ」ピットマンは大声を出した。「しかし、この作品には、紛れもなく何かが――うまく言葉では言い表せないが、不遜なまでに高貴な何かがある。《皇妃ウジェニー》で自分が表現したかったのは、まさにこれだったんだ――」ピットマンはため息をついた。

道々ピットマンは、その〝何か〟について考えながら歩いていった。「ああいう直截的な芸術表現はパリじゃ教えてくれないんだな――あれは、まさしくイギリス的と言っていいだろう――そうだ――俺はこうして眠りにつき、朝が来てまた目覚め、日々、より高い目標に向かっていくんだ

――もっと高くだ！」小芸術家は自らを激しく叱咤した。

その後、お茶の時間の間も、長男にバイオリンのレッスンを施している間も、ピットマンの心は心配事を完全に離れ、恍惚として理想郷に遊んでいた。そして、自分だけの時間が来ると、天にも昇る心地になってアトリエへ急行したのだった。

もはや大樽の姿もピットマンの気持ちを滅入らすことはなかった。突き上げるような創作欲に駆り立てられて、制作中の作品――写真をもとにしたグラッドストーン首相の胸像であった――に対峙した。難所の後頭部を驚くほど巧みに処理し（何しろ講演会場で見かけた際のぼんやりとした記憶しか材料になかった）、襟元の仕上げもなかなかの出来栄えだった。だがそのとき、ノックの音がマイケル・フィンズベリーの来訪を告げた。とうとう浮世の労苦へと連れ戻されることになったのである。

「おい、どうしたってんだい？」マイケルはそう言うと、暖炉の側へ近寄った。マイケルが喜ぶのを知っていて、ピットマンは惜しみなく火を燃やしていた。「ヘマでもしでかしたんだろう」

「そんな生易しいものじゃないんですよ」とピットマンは言った。「セミトポリス氏の送った彫像がまだ見つからないんですよ。それでも代金は払わなくちゃいけないでしょう――いえ、そんなのはどうでもいいんです！　私が困ってるのはですね、フィンズベリーさん――本当に恐れているのは、このことがばれてしまうことなんです。ヘラクレス像をイタリアから密輸しようなんて……確かに、やってはいけないことだったのです。私のような、信念もあり社会的責任もある人間のすることではなかったのです……でも、もう遅いんです――もう、遅いんです！」

「そりゃまた、えらく深刻だな」マイケルは言った。「こいつは、二、三杯じゃあ足りないだろうぜ。なあ、ピットマン」

「そうじゃないかと思って、勝手に用意させてもらっていますよ」ピットマンは、やかん、ジン、レモンにグラスと、一式揃っているのを指さした。

マイケルは自分でグロッグ酒を作り、ピットマンに煙草を勧めた。

「いいえ、結構です」ピットマンは言った。「前は吸っていましたが、今は……。服に臭いが付くといやなものですから――」

「そうかい、そうかい――さて、少し落ち着いてきたな。お前の話を聞こうとしようか」

ピットマンは己の苦境を物語った。今日の午後、巨大なヘラクレス像を受け取るつもりでウォータールー駅に行ったこと。すると、ヘラクレスの代わりに、ミュロン（前五世紀のギリシャの彫刻家）の《円盤を投げる男》も入らないくらいの樽がひとつ届いていたこと。だが、宛名札の筆跡は間違いなくローマにいる仲介者のものだったこと（その筆跡は見慣れているので、間違いない）――さらに不思議なことに、同じ列車で、ヘラクレス像が入っていると思われる巨大な木箱がちゃんと届いていたということ。だが、それは別の宛先に配達されてしまっていて、今のところ、それがどこなのかつかめていない。――「というのはですね、荷馬車の馭者に会ったんですが、こいつがひどく酔っぱらってましてね。分からないことばかり言って、まるで支離滅裂だったんです。こいつはその場で、クビになってしまいました。でも、そこの主任がてきぱきと判断よく動いてくれまして、最終的にサウサンプトンに問い合わせてくれることになったのです。それ以上、私に何ができるでしょう？

仕方ありません、私の連絡先だけ残して、大樽を持って帰ってきたというわけです。で、《汝の医師、聴罪師、弁護士に隠しごとをすべからず》の諺《ことわざ》通り、弁護士であるあなたの前で樽を開けようと決断したのです」

「それで終わりか？」とマイケルが訊いた。「大して悩むこともないじゃないか。ヘラクレス像も、着くには着いたんだ。明日か明後日にも出てくるだろう。それからその大樽は、お前のどこぞの愛人からの贈り物だろうよ。中味は、おおかた牡蠣《かき》か何かだろうぜ」

「ちょっと、そんな大声で困りますよ！」小芸術家は叫んだ。「愛人だ何だって軽々しく話してるのを聞かれたりしたら、私の地位に差し障るじゃないですか！――それに、どうしてイタリアから牡蠣が来るんです？　しかも、リカルディ氏の筆跡ですよ」

「ふむ――まあいい。樽を見せてもらおうか」とマイケルは答えた。「明るいところまで転がすんだ」

二人は樽を部屋の隅から転がしてきて暖炉の前に立てた。

「なるほど、牡蠣にしちゃ重すぎるな」マイケルの口調は裁判官めいている。

「今開けていいですか？」ピットマンが訊いた。マイケルも来たし、ジンも飲んだしで、さっきまでとはうって変わって元気になっていた。マイケルの返事も待たずに、ピットマンは上着を脱ぎ出した。これから拳闘でも始めようかという鼻息だった。牧師風のカラーをはずしてごみ箱に投げ捨て、やはり牧師風のコートを壁に打った釘に引っかけて、右手にのみ、左手に金槌というポーズを取ると、そのまま、今夜の第一撃を樽に向かって振り下ろしたのだ。

「そうだ、その調子だ、ピットマン！」マイケルが叫んだ。「頑張れ、もう一息だ！　いやはや、クレオパトラみたいに、愛しい御婦人がロマンチックに登場するんじゃないだろうな（クレオパトラが夜具に身をひそめ、シーザーのもとを訪れたという故事に基づく）。おい、気をつけろ、クレオパトラ様の額にのみを打たないようにな」

　ピットマンの敏活な仕事ぶりは伝染性のものだったらしい。マイケルはじっと座って見ていられなくなった。吸いかけの煙草を暖炉に投げ捨てると、いやがるピットマンから道具を横取りし、大樽へと立ち向かった。みるみるうちに広くて真っ白な額に汗が浮かび、高級そうなズボンも鉄錆で汚された。だが、のみの動きから判断するに、エネルギーの大部分は無駄に使われているようであった。

　仮に道具を上手に使ったところで、樽を開けるのは容易な仕事ではない。まして、のみをでたらめに振り回したとなると、結局、粉々に打ち砕くしかなくなるのであって、ピットマンもマイケルもこの方向に作業を進めたことになる。やがて、最後のたがはずされ、さらに数回強い打撃が加わると、樽板は床に崩れ落ちた——大樽の姿は見る影もなくなり、叩き割られた板くずの無残な山と成り果てた。

　その瓦礫の中央、毛布に包まれてぞっとするような物体がじっと立っていた。が、次の瞬間、ぐらりと揺れ、暖炉の前の床に重々しく横倒しになった。それと同時だった。片眼鏡がカラリと落ち、ピットマンの足元に転がった。ピットマンは悲鳴をあげた。

「大声を出すんじゃない！」マイケルはドアへ走り、錠を下ろした。とって返して、物体に近づくと、青ざめた顔に唇をぎゅっと結んだまま、毛布の端をめくり上げたが、思わず飛びのいた。マイケルは震えていた。

アトリエを長い沈黙が支配した。

「どういうことだ、これは？」マイケルがようやく低い声で言った。「お前も一枚かんでいるのか？」マイケルは死体を指さした。

ピットマンは、意味不明の言葉を断片的にもらすのがやっとだった。

マイケルはグラスにジンを注《つ》ぎ、「こいつを飲め」と言った。「俺のことを怖がることはない。心配するな、お前を見捨てたりしないから」

だが、ジンなど味わう余裕はない。ピットマンはグラスを置いてしまった。

「い、いや、本当に――」ピットマンはようやく口を利いた。「これは、何がなんだか分かりませんよ――。私がいくら心配性だって、こんなものが出てくるなんて……まさか夢にも思いませんでした。わ、私は、赤ん坊にだって指一本出せません」

「そうか、それが分かればいいんだ」マイケルは大きく安堵のため息をつき、「お前の言うことを信じるからな」と言うと、ピットマンに握手を求めた。「実は、ほんの一瞬だがな――」マイケルはぞっとするような笑顔を浮かべた。「ほんと、ほんの一瞬だがな、お前がセミトポリスを殺《や》っちまったのかと思ったよ」

「でも、それと大差ありませんよ」ピットマンは呻《うめ》くように言った。「これで、私はもうお終《しま》いだ。私の破滅は、ちゃんと壁に記されています（旧約聖書「ダニエル書」。バビロニア王ベルシャザルの宮殿の壁に、王の運命を予言する謎の文字が現れたというエピソードを踏まえている）」

「まずはだな」マイケルが言った。「こいつを見えないところに片づけよう。どうも、お前のお友達の風貌は気に入らないんでね」マイケルはまた身震いした。「さて、どこかしまっとく場所はあるか？」

「そこの納戸がいいでしょう――触るのが平気ならの話ですけど――」

「誰かが触らなきゃ仕方ないだろう」マイケルが返した。「まあ、その役目は俺が引き受けるしかないようだな。いいから向こうに行って見ないようにしておけ。俺のグログ酒でも作ってるんだな。物事、何でも役割分担さ、そうだろう？」

　約九十秒後、納戸のドアの閉まる音がした。

「さあ――」マイケルが言った。「これで少しは家らしくなっただろう。弱虫ピットマンよ、こっち向いても大丈夫だぜ。おいおい、これがグログ酒かよ。まるでレモネードじゃねえか！」

「ねえ、フィンズベリーさん！　あいつをどうするつもりなんですか？」マイケルの腕をぎゅっとつかんで、ピットマンは情けない声を出した。

「どうするつもりって？」マイケルはオウム返しに言った。「そうだな――お前の庭の花壇にでも埋めて、その上に墓石代わりに彫像でも立てるとするか。青白い月明かりの下、庭土をせっせと掘り返すなんて、ちょっとゾクゾクする話じゃないか！　おい、もっとジンを注ぐんだ！」

「フィンズベリーさん、お願いだから、ふざけないでくださいよ！」ピットマンは大声になった。「私はこれまで、良心に疚《やま》しいことなど何ひとつなく生きてきたんですよ。立派な人生を送ってきたと胸を張って言えますよ！　今この瞬間にだって、胸に手を置いて誓えますよ！　ヘラクレス像を密輸したのは、ほんの小さな過ちでしたけど（それだって、こうして悔い改めているのです）、それ以外、私の生涯は誰に見せたって恥ずかしいものじゃありません――私は昼の光を怖がったことなど、ただの一度だってないのです！」哀れな小男ピットマンは叫ぶように言った。「なのに……なのに――」

「おい、そう落ち込むなって」とマイケル。「いいか、俺の商売じゃな、こんな事件は大した代物じゃないんだよ。誰にだって降りかかる、つまんない事件だよ。しかも、お前は全然関係ないんだろう？」

「だけど、どうしたらよいか私にはさっぱり――」

「だから俺に任せておけと言ってるんだ」とマイケルがさえぎった。「お前には経験のないことなんだからな。いいか、ポイントはこうだ。お前がこの死体とは赤の他人だと言うのなら――つまりだな、こいつ――納戸の中のホトケは、お前の父親でもなけりゃ、兄弟でもない。借金取りでもないし、義理の母親でもない。それから、いわゆる不倫相手の亭主でもない――」

「フィンズベリーさん！」恐怖のあまり、ピットマンは叫び声をあげる。

「つまりこういうことだ」マイケルはお構いなしに話を続ける。「お前が、この犯罪に何も関与していないとなれば、われわれの行く手には何ひとつ障害物はない。こいつは、われわれにとっては、きわめて安全なゲームってわけさ。というか、俺にとっては興味津々のゲームなんだ。ていうのも、ずっと前から、＊＊事件との関係でこの種のケースには興味があってね。ついに本日、実例にお目にかかれたというわけさ。いいかピットマン、俺が、ちゃんとお前を助けてやるからな。おい、聞いてるのか？　助け出してやるって言ってるんだよ！――そうさ、俺もしばらく休暇をいただいてなかったからな、明日は一日休みを取ることにしよう。物事はてきぱきと片づけないとな――」マイケルはさらに、意味ありげに付け加えた。「よその野郎にお楽しみを横取りされちゃかなわないからな」

「それはどういう意味ですか？」ピットマンが訊いた。「〝よその野郎〟って誰ですか？　警察ってことですか？」

「警察なんぞ、くそくらえだ！」マイケルは言った。「お前がこいつをとっとと庭に埋めないんなら、自分の庭を提供してくれる野郎を探すまでだってことだよ。良心は空っぽだが、大胆さだけはふんだんに持ってる野郎をな」

「つまり、私立探偵か何かですか？」

「まったく――俺は、ときどき、お前がかわいそうになってくるよ――」と嘆いたと思ったら、「――ところでだ、ピットマン」と口調を変えた。「俺はかねがね、このアトリエにピアノを置いたらいいのになって思ってたんだよ。お前自身は弾かないにしてもな、お前が泥遊びをしている最中に、友達が気晴らしをしたっていいだろう」

「そうおっしゃるのなら、すぐにでも一台買いますが……」マイケルの機嫌を損ねまいとピットマンはビクビクしている。「私もバイオリンは少々やりますし……」

「そんなことは分かってるよ」マイケルは言った。「だけど、バイオリンなんか、何の役に立つんだよ？　しかもお前が弾いて何になるんだ？　だいたいお前は、多声音楽ってものを知らなすぎるんだよ。――まあいい、とにかくだな、今からピアノを買ってたんじゃ間に合わないからさ。俺のピアノをお前にくれてやるよ、いいな」

「それはどうも、恐縮です」ピットマンはわけが分からない。「あなたのピアノを下さるんですね？　どうもご親切に……」

「そうだよ、ピアノをプレゼントするんだ」マイケルは続けた。「部下が庭を掘り返している間、警部殿に一曲お弾き願おうというわけさ」

　ピットマンは泣き笑いの表情になった。

「心配するな、気は確かだよ」とマイケル。「冗談は言うけど、頭はちゃんと働いてるさ。いいかよく聞け。俺たちはこの事件と何も関係がないんだから、絶対有利ってわけだ。事件とのつながりはあのホトケだけ――つまり、やり方はどうであれ、あいつさえ消えてしまえば、俺たちは事件と縁が切れるんだ。そこでピアノだ。今晩中にピアノをここまで運び込む。で、明日になったら、ピアノをばらして、〝お友達〟を中に隠す。そしてピアノごと荷馬車に載せて、ちょっとした顔見知りの男の部屋まで運ぶんだ」

「顔見知り？」ピットマンはオウム返しに訊いた。

「好都合なことにだな――」マイケルはお構いなしに説明を続ける。「そいつの部屋に関しちゃ、そいつより俺の方が詳しいのさ。俺の友達にな（とりあえず、友達ってことにしておこう）、今デメララ（旧英領ギアナの地名）あたりにいて、たぶん刑務所に入ってるやつがいるんだけど――こいつがその部屋の前の住人だったんだ。実は、俺の依頼人のひとりでね、以前、罪を軽くしてやったことがある（まあこいつの名誉だけは救えなかったけれど）。ところが、こいつは一文無しでな。それじゃ仕方ない、持ち物全て、部屋の鍵までが俺のものになったというわけだ。で、そこにピアノを置いてこようってのが、俺の考えさ。クレオパトラ入りのピアノをな」

「それはずいぶん荒っぽいやり方じゃないですか?」とピットマンが言った。「そんなことをして、あなたの〝ちょっとした顔見知りの男〟はどうなるんです?」

「いや、これはむしろ、あいつのためになるのさ」とマイケルは嬉しそうに言った。「ちょっとはシャキッとした方がいいんだよ、あいつは」

「でもその人、下手したら殺人罪に問われることになるんですよ」ピットマンは息を飲んだ。

「いや、俺たちと同じ立場に立つだけさ」とマイケル。「あいつだって潔白なことには変わりない。いいかピットマン、絞首台に行くのはな、罪を犯した人間のそのまた運の悪いやつだけなんだ」

「でも、それにしても――」ピットマンは訴える。「この計画は乱暴すぎると思うのですが――やっぱり、警察に知らせた方が安全じゃないでしょうか?」

「で、スキャンダルになった方が安全だってかい?」マイケルが訊いた。「《チェルシーの怪事件、ピットマン無実を主張》ってな。お前さんの学校の方はどうなるんだろうな?」

「そうしたら私は間違いなくクビです」美術講師のピットマンは認めざるを得なかった。「あなたのおっしゃる通りです」

「それだけじゃない」マイケルは続けた。「こんな厄介な事件に巻き込まれたからには、こっちだって報酬として、しっかり楽しませてもらわないとな」

「そんな!　フィンズベリーさん!　そんな考え方ってありますか!」

「なあに、お前が落ち込んでるからこう言うまでのことさ」マイケルは平然としている。「思慮深き無分別に勝るものなしってな――まあ、これ以上議論をしても仕方ないだろう。俺のアドバイスに従うのなら、一緒に来てピアノを運ぶまでのことだ。気に入らないなら、それはそれで、ピットマン先生ご自慢の賢明なる判断で好きにやることだな」

「あなたに頼るしかないってことは、あなただって先刻承知じゃないですか」とピットマンは答えた。「ああ、それにしても！――どうしても、あいつとひとつ部屋で一晩過ごさなくちゃいけないんですか？」

「おいおい、俺のピアノだって一緒だぜ」とマイケル。「それで五分五分ってことにしようや」

一時間後、一台の荷馬車が裏通りに現れ、マイケルのピアノ――それはブロードウッド製の巨大なグランドピアノだった――がピットマンのアトリエに運び込まれた。

第八章　マイケル休日を楽しむ

翌朝八時きっかりに、マイケルは約束通りピットマンのアトリエのドアをノックした。かわいそうに、ピットマンの顔は昨夜よりなおひどくなっていた。寝不足の目は真っ赤、チョークみたいに蒼白な顔色、まるで綱渡りの最中みたいな顔つきで、疲れ切った視線は納戸の方向へ絶えずさまよっていた。だが、そんな状態のピットマンも、マイケルの服装には相当びっくりさせられた。普段のマイケルは、それこそ最新流行の服に身を固め、金に飽《あ》かした豪奢《ごうしゃ》な装いは伊達《だて》男と呼ぶにふさわしく、そのファッションに難癖をつける者など無論ひとりもいなかったのだ（もっとも、立派な紳士と呼ばれるには、あまりにも結婚式の列席者めいた服の好みだったけれど）。しかし今日の出で立ちは、平素の伊達男ぶりからはかけ離れた格好だった。色褪せたシェパードチェックのフランネルシャツに、いわゆる混色織のツイードの上下、黒のネッカチーフを船員結びにゆったりと締め、すり切れたアルスターコートを羽織り、足元にはごつい編み上げ靴を履《は》いていた。仕上げはくたびれたフェルト帽、片手でこいつを振り回しながら、マイケルはアトリエに登場した。

「さあ、約束通りに参上したぞ、ウィリアム・デント君」そう叫ぶとマイケルは、やにわにポケットから赤毛の頬ひげを二房引っ張り出し、そいつを自分の頬に張りつけて、部屋の中で踊り出した。その軽やかなこと、優雅な踊り子さながらだった。

　ピットマンは悲しそうな笑顔を見せた。「よそで会ったら、あなただって気がつきませんよ」

「その通り。気がつかれちゃ困るんだ」つけひげをポケットにしまいながらマイケルは言った。「さあ、お前さんの衣装簞笥を拝見させてもらおうか。お前にも完璧な変装をしてもらわないとな」

「変装ですって！」ピットマンは大声を出した。「本当に私も変装するんですか？　どうしても、そこまでやらないとだめなんですか？」

「おいおい、いいかい――」とマイケル。「変装ってのは、いってみれば人生のスパイスだ。かのフランスの哲学者も言ってるじゃないか。〝変装の悦びのない人生を果たして人生と呼べるだろうか〟ってな。もちろん、必ずしもいい趣味じゃないってのは分かっているし、職業柄あまり褒《ほ》められた振る舞いでないのも承知している。だけどな、今の今、そんなことが何だってんだ？　ええ、ネクラの絵描き先生よ？　そうしなくちゃ仕方ないからやってんだぜ。どうしたって、出会う連中に偽の印象を与えなくっちゃいけないんだ。とりわけ、例の〝顔見知り〟、ギディアン・フォーサイスさんにはな。もっとも、やつが家にいたらの話だが――」

「家にいたらですって？」ピットマンは口ごもった声になった。「そんなことになったら、計画は丸つぶれじゃないですか」

「なあに、そんなことは大した問題じゃないんだよ！」マイケルはやや気色ばんだ。「つべこべ言わずにお前の服を見せろっての。すぐ別人にしてやるからさ」

寝室に足を踏み入れると、マイケルはさっそく、ピットマンの貧弱でぱっとしない衣装簞笥の物色に取りかかった。いたずらっぽい目をしながら、マイケルはまず、黒のアルパカのジャケットを、続いて、上着とは不釣り合いな夏用のズボンを取り出した。それらをピットマンの身体に当てながら、慎重な吟味を行った。

「どうもその牧師みたいなカラーが気に食わないんだよな」とマイケルは言った。「ほかにないのかよ」

絵画教師はしばらく考えていたが、ぱっと明るい顔になると「ローネックのシャツならありますよ」と言った。「パリで勉強している頃に着ていたものですけれど。結構派手なシャツです」

「よし、それでいこう」とマイケル。「それでちょうどぴったりの下品さになるだろうさ。それからこのスパッツ（足の甲から足首の上までを覆う脚絆のようなもの）だ」マイケルは誰も履きたがらないようなスパッツを差し出した。「こいつがないと始まらないぜ！――で、着替えが終わったら、窓辺でしばらく口笛でも吹いてるんだな。いいか、四十五分後には出陣だぞ」

そう言うとマイケルはアトリエに戻っていった。

この日は朝から、強い東風が吹いていた。庭に置かれた彫像の間を、ヒューヒュー音を立てて風が抜けていき、アトリエの明かり取りの窓を大粒の雨が叩いていた。ちょうどブルームズベリーでモリスがジョゼフの偽サインに悪戦苦闘していた頃、チェルシーではマイケルがブロードウッド製グランドピアノのピアノ線を切断しようとしていたのである。

四十五分後、ピットマンはマイケルに呼び出された。納戸のドアは開いていたが、中はもぬけの空だった。ピアノの蓋はぴったりと閉められている。

「えらく重たいピアノになったぜ――」そう言いながらマイケルは、あらためてピットマンの変装を点検した。「そのひげも剃らなきゃいかんな」

「ひげを剃るですって！」ピットマンは大声をあげた。「ひげだけはだめです。この顔には手を加えられません。その……美術学校の校長たちが許さないんです。連中、美術教師の見てくれに関しては実に保守的でしてね――その、若いご婦人方はロマンチックなものが好きだって言うんですよ。それで、私のこんなひげでも、美術学校では、まあ、一種の呼び物みたいになってまして。……その、つまり――」顔を赤くしてピットマンは言った。「このひげの教師らしからぬところがポイントだと言うのです――」

「だったら、また生やしたらいいだろうさ」マイケルは答えた。「そうして、もう一回醜い顔になったら、校長連中は給料を上げてくれるだろうよ」

「そんな、別に醜くなりたいわけじゃありませんよ」

「いいから、つべこべ言うな！」マイケルはひげそのものが嫌いだったので、剃り落としたくてたまらないのである。「男らしく剃るんだよ！」

「もちろん、どうしてもとおっしゃるのならそうしますよ」ピットマンはため息をつくと、お湯を取りに台所に行った。イーゼルの上に鏡を置くと、まずハサミでひげを刈り、次いで、顎《あご》をきれいに剃り上げた。仕上がった顔を鏡で見たピットマンは、最後の男らしさまでとうとう犠牲になってしまったという絶望を抑えることができなかった。だが、マイケルは見るからに喜んでいた。「おい、まるで別人じゃないか」マイケルは叫んだ。「これで伊達メガネでもかけてみろよ（ちゃんとポケットに用意してるんだ）。理想的なフランス旅商人のでき上がりだぜ！」

ピットマンは返事をせずに、鏡の中の顔をうらめしそうに眺めていた。

「ところでこいつを知ってるか」マイケルが訊いた。「サウス・カロライナ州知事がノース・カロライナ州知事に言ったセリフだそうだ。〝人間たまには一杯やらんといけませんな〟ってな。さすが知事殿、言うことが違う。俺のコートの左ポケットに手を入れてみてくれよ。ブランデーの入ったボトルがあるはずなんだ。おお、それだ。ありがとうよ、ピットマン」マイケルはグラスにブランデーを注ぎ出した。「ちょっとこいつを飲んでだな、お前の感想を聞かせてくれよ」

ピットマンは水差しに手を伸ばそうとしたが、マイケルがその手を押しとどめた。

「おっと、それだけはだめだ！　跪《ひざまず》いて頼んだってだめだ」とマイケル。「こいつは我が国でも最高級のブランデーなんだぞ」

ピットマンはちょっとグラスに口をつけると、グラスを再び置き、ため息をついた。

「お前ってやつは、ほんと、休日の相手には最低だな！」マイケルはどなった。「ブランデーの味を楽しめないんだったらもう飲むな。俺はこの一杯だけゆっくり楽しませてもらうから、先に仕事を始めていろ。――おっと、そうだった」マイケルの口調が変わった。「いや、しまった。とんでもないミスをしていたぞ。お前は、変装する前に車を呼びに行くんだった。おいおい、ピットマン、しっかりしてくれよ。何で早く言ってくれないんだ、この役立たずが――」

「車を呼ばなきゃいけないなんて、聞いてませんよ」とピットマン。「でもいいですよ、変装をいったん外しますから」と熱心に提案した。

「そうかい。剃っちまったひげをつけるのは一苦労だと思うぜ」とマイケル。「いや、とにかく変装を取るのはやめとこう。そういうのが、絞首台行きの原因になるんだ」ひどく上機嫌に言い放つと、ブランデーを再び傾けた。「もう後戻りはできないってわけさ。さあ、今すぐ馬車屋までひとっ走りして、万事抜かりなく手配してくるんだ。ピアノをここから運び出して、荷馬車でいったんヴィクトリア駅に運ぶ。そこから鉄道便でキャノン・ストリート駅に移し、受取人をフォルチュネ・ド・ボワゴベ（フランスの探偵小説家。一八二四―九一）にして、留め置いてもらうんだ。分かったか」

「その名前は変じゃないですか？」ピットマンは主張した。

「変だと？」マイケルはせせら笑った。「そうかい。こんな名前じゃ絞首台行きか！　だったらブラウンでいい。無難で発音しやすいだろう。ブラウンでいくぞ」

「お願いですから、絞首台、絞首台って言わないでくださいよ」

「別に害があるわけでもないだろうが！」マイケルは言った。「いいから帽子をかぶってとっとと行きな。支払いは前金だぞ、忘れるな」

　ひとりになったマイケルは、ブランデーを相手にしばらく時間を潰《つぶ》していた。そのせいだろうか、朝から上々だった気分がいっそう高ぶってきた。マイケルは鏡の前に行き、つけひげの最終チェックを試み、「なかなかいいじゃないか……」と鏡の中の顔を見ながら呟いた。「船の副事務長っていったところだな」――そのとき、伊達メガネがあることにふと気がついた（さっきピットマンにあげると言った眼鏡である）。さっそく、それをかけてみると、うっとりするほどの出来栄えだった。「これだよ、これで完璧だよ」鏡に向かってマイケルは呟いた。「いったい何に見える？――ユーモア作家ってとこかい？」

興が乗ったマイケルは、様々な人種の歩き方を真似し出した。「ユーモア作家の歩き方でござい――」ごていねいなことに、演目のアナウンスつきだった。「こいつはだめだな。傘を持ってないと様《さま》にならないな。お次は、副事務長の歩き方でござい。続いては、少年時代の思い出の場所に帰ってきたオーストラリア移民の歩き方――そしてお次は、セポイを率いる大佐殿でございます――」

ちょうど大佐になり切っている最中（マイケルの今日の服装と不釣り合いな点を除けば、かなり上出来の物真似だった）、マイケルの視線はピアノを捉えた。上の部分と鍵盤部分の両方に鍵がかかるようになっていたが、ちょうど鍵盤の鍵が目に留まった。マイケルは鍵盤を開くと、音のしないピアノを弾き始めた。「いいピアノだ――深みのある豊かな音だ――」そう言って、椅子の位置を直した。

アトリエに戻ってきたピットマンは、唯一頼りにしている庇護者マイケルが、音の出ないグランドピアノ相手に熱演を繰り広げているのを見て仰天した。

――ああ、何てことだ！　酔っぱらってしまったのか？

ピットマンは不安を覚え、「フィンズベリーさん！」と大声で呼びかけた。すると、マイケルは椅子に座ったまま、顔だけこちらに向けてみせた。顔はいくぶん赤くなり、そのまわりをこれまた赤いつけひげが雑草のように取り巻き、そこに伊達メガネの橋がかかっていた。

「どうだ、《友の旅立ちに寄せるカプリッチョ、変ロ長調》だ！（J・S・バッハのカプリッチョ《最愛の兄の旅立ちに寄せて》のもじり）」そう言うと、マイケルは音のない演奏を続けるのだった。


　ピットマンの心の中で怒りに火がついた。「眼鏡は私のだって言ったじゃないですか！」ピットマンは大声を出した。「私の変装の要《かなめ》なんですから！」

「いや、こいつは俺がかけることにしたよ――」マイケルはそう答えると、もっともらしい理由を付け足した。「二人して眼鏡をかけてたら、かえって怪しまれる恐れありだ」

「ええ、そりゃまあ……」ピットマンは反論しなかった。「そいつをだいぶ当てにしていたのですけど、そうおっしゃるなら我慢します――そうそう、表に荷馬車が来てますよ！」


　男たちが作業をしている間、マイケルは納戸の中に隠れ、大樽の残骸やピアノ線と一緒に息をひそめていた。ピアノを積んだ車が去るやいなや、二人は表に飛び出し、キングズ・ロードでハンサムを拾うと、大急ぎでロンドン市中に向かっていった。


　外はまだ冷え冷えとして、荒れた天気が続いていた。雨粒がまともに顔に当たったが、マイケルは眼鏡をはずさなかった。それどころか、突然、観光ガイドになりすますと、ハンサムから見える名所旧跡の案内を、これまた流暢に開始した。

「ピットマンよ」マイケルは呼びかけた。「お前さん、自分の生まれた町なのに、ろくに知りもしないだろう。どうだい、手始めにロンドン塔に寄ってかないか？　何、いやだって？　ちょっと回り道するだけじゃないか――そうだな、それじゃ――おい、駆者、トラファルガー広場に行ってくれ！――」広場に着くとマイケルは、馬車を停めて降りようと繰り返し主張し、立ち並ぶ像の品定めをしては、偉人たちの知られざるエピソード（しかも全くの新説ばかり）をあれこれ紹介するのだった。

この間のピットマンの苦悶を正確に説明するのは難しい。底冷えのする雨模様、限界に達した不安、何とも信頼ならない頼みの指揮官。それだけではない。着慣れないローネックのシャツの違和感とひげを剃り落とした喪失感はいかにもつらいものだった――こうしたとりどりの材料が盛り合わさって、ピットマンの精神状態を形成していた。しかし、さんざん道草を食った挙句ようやく目的地のレストランに到着すると、ちょっと生き返った心地になった。さらに、マイケルが個室を予約していたと知ってピットマンの安堵は二倍になり、英語の通じない外国人の案内で階段を上りながら客がほとんどいないのを見て取ったときは、ほとんど感謝の気持ちでいっぱいになった。おまけに、数少ない客も、フランス系の人間ばかりだった。ここには美術学校の関係者はまずいない。そう判断できたことは福音だった。あのフランス人教授だって（確かカトリック教徒ということだが）まさかこんなしゃれたレストランで食事をしたりすまい。

案内の男は、調度の乏しい小部屋に二人を案内した。テーブルとソファーがひとつずつ、それに小さな火が燃えているだけだった。すぐさまマイケルは、もっと燃料をくべるよう指示を出し、ブランデーソーダを二人分注文した。

「ねえ、本当にこれ以上飲まない方がいいですよ」ピットマンが訴えた。

「じゃあ、お前はいったい、何をしたいってんだ？」マイケルは嘆くように言った。「分かってるだろう、俺たちは何かしなくっちゃならないんだ。かといって、食事前の煙草は身体によくないっていうだろう。少しは健康ってものを考えて発言してくれよ」そう言うとマイケルは自分の時計と暖炉の上の置き時計を見比べた。

ピットマンは不機嫌になって考え込んだ。俺はこんなところで何をやってるんだ――ひげを落としてみっともない顔を作り、馬鹿みたいに変装し、おかしな眼鏡をかけた酔っぱらいのお供をしながら、居心地悪い異国風のレストランで酒と食事が出てくるのをじっと待っている――校長たちがこんな自分を見たらいったい何と言うだろう？　自分に課せられている悲劇的かつ詐欺的使命を知ったらどう言うだろう――？

ブランデーソーダを持ったウェイターが入ってきて、ピットマンは我に返った。マイケルが片方のグラスを受け取り、もうひとつをピットマンに渡すように指示した。

ピットマンは手を振ってグラスを断った。「このうえ酔っぱらうなんて勘弁してください」

「まあ無理強いはしないでおくよ」マイケルは言った。「だが、俺ひとりで飲むわけにもいかんだろう――おい！」とウェイターに声をかけた。「一杯ごちそうするよ」そしてウェイターとグラスを合わせると「ギディアン・フォーサイスさんの健康を祈って」と言った。

「ギドン・ボーサイ様の健康を祈って――」ウェイターはマイケルの言葉を繰り返し、四度グラスを傾けてきれいに飲み干した。

「もう一杯どうだい？」マイケルはウェイターに興味を持ったようだ。「こんな早飲みは見たことがない。人類もまだまだ捨てたもんじゃないな」

だがウェイターはマイケルの誘いを丁重に断ると、部屋の外にいた別のウェイターと手分けして、昼食をテーブルに並べ出した。

マイケルは食事を堪能した。全ての料理を、辛口の限定品エードシーク（フランスのシャンペン）と一緒に平らげた。一方、ピットマンは心配で食事どころではなかった。相棒が何も食べないのを見て取ったマイケルは、それならエードシークにも口をつけるなと命令した。

「ひとりはしらふでいないとな」とマイケルは言った。「鶏の足一本くらいじゃエードシークは許可できないぞ。用心深くいかないとな——」と打ち明け話をするような口調になった。「トラ一匹は成功のもと、二匹のトラは失敗のもと——てわけさ」

コーヒーを運んできたウェイターが下がってしまうと、マイケルは、一転、必死の努力で真剣な表情を演出した。相棒の顔をじっと見つめると（まだ片方の目はエードシークにあったけれど）、真面目くさったダミ声で話し出した。

「馬鹿騒ぎは、このくらいでいいだろう——」なかなか見事な切り出し方だった。「さあ、仕事の時間だ。いいか、しっかり聞けよ。俺はオーストラリア人。名前はジョン・ディクソンだ。もっとも俺の謙虚な見てくれからは思いつかない名前かも知れないけどな、それでも、えらい金持ちだって言えば少しは納得してもらえると思う。いいか、ピットマン、この種の話を詳しく説明しても仕方ないから簡単に言うがな、成功の秘訣はズバリ下準備なんだ。そのために俺は、国籍からはじまってきちんと人物像をこしらえたっていうわけだ。ところどころ忘れてしまってる箇所もあるだろうが、今から一通り説明するからな」

「たぶん、私はマヌケな男か何かでしょう」ピットマンが口を挟んだ。

「そう、その通り！」マイケルは大声を出した。「とんでもないマヌケ野郎だ。マヌケはマヌケだが、その代わり金持ちだ。俺よりも金持ちだ。ピットマン、お前にも楽しんでもらえると思って、金があって困るくらいの大富豪にしておいたからな。だが、そいつはアメリカ人だ。ゴム製オーバーシューズ製造会社のオーナーさ。で、言いにくい点なんだが（と言ったところで隠すわけにもいくまい）、お前さんの名前はエズラ・トマスにしてもらう。さてピットマン――」マイケルはびっくりするくらい真剣な表情になっていた。「われわれ二人がどういう人間か、最初から説明してもらおうか――」

かわいそうに、ピットマンはきちんと役柄を覚えるまで、何度も面接試験を繰り返された。

「よしそれでいい！」ついにOKが出た。「これで準備万端だ。完璧につじつまが合った――こいつがポイントだったんだ――」

「しかし、まだよく分からないんですが――」とピットマンが口を出した。

「まあ、そのときになりゃ、ちゃんと分かってくるさ」とマイケルは立ち上がろうとした。

「人物は分かったんですが、筋書きがまだじゃないですか」

「そいつは、即興でいこうぜ」とマイケル。

「即興なんて無理ですよ！」ピットマンは抵抗した。「そんな……経験だってないのですから」

「でも、いざとなったらやるしかないんだぜ」マイケルはそう言い放つと、ウェイターを呼んだ。

ウェイターが顔を出すと、マイケルはまた、ペチャクチャとおしゃべりを始めるのだった。

ピットマンはうなだれて、マイケルの後から店を出た。確かに頭の回転は速いけれど、こんな大事な問題で、本当にこの人に頼り切っていいものだろうか？――ピットマンは自問自答していた。再びハンサムに乗り込むと、勇気を出して切り出した。

「ねえ、フィンズベリーさん」何となくドギマギした口調だった。「いろいろ考えたんですが、この計画は中止した方が、その、賢明ではないでしょうか？」

「〝今日やれることは明日に延ばせ〟ってことかよ？」マイケルはむっとした。「そんな馬鹿な話は聞いたことがないぜ！　おい、元気を出せよ！　大丈夫だって！　しっかり頑張ろうぜ、なあ、勇気モリモリのピットマン君！」

キャノン・ストリート駅に着くと二人はまず、ブラウン氏のピアノがちゃんと届いていることを確認し、そこから近くの馬車屋に赴くと、別の荷馬車を用意させた。準備の間、雨宿りもかねて、馬具部屋の暖炉の側で一服させてもらうことにした。ところがマイケルは、壁にもたれかかったかと思うと、さっそくスヤスヤと居眠りを開始する始末。勢い、ピットマンはただひとり、稼ぎの悪い日は小屋にいるに限るといった様子でぶらぶらしている連中の、相手をさせられる羽目になったのである。

「ひでえ天気だねえ、旦那」連中のひとりが話しかけてきた。「遠くまで行くんで？」

「ほ、本当に――とんだ雨降りですね」ピットマンは答えたものの、話題を変える必要があると感じたので、「私の連れは、オーストラリア帰りなんですよ。何かと無鉄砲な男でしてね――」と言った。

「ほお、オーストラリアだって？」別の男が割って入った。「俺の兄貴がメルボルンにいるんだよ。旦那のお連れもメルボルンじゃないんですかい？」

「いやあ、ちょっと方角が違うみたいですね……」そう返事はしたものの、オーストラリアの地理となるとかなり怪しかった。「だいぶ内陸の方なんです。すごい金持ちなんですよ」

それを聞いた男たちは、一様に、尊敬のまなざしを昼寝中のオーストラリア移民に送るのだった。

「それにしても、オーストラリアってのは、さぞ広いところなんでしょうな」と二番目の男が言った。「旦那もオーストラリアで？」

「いいえ、私は違います」とピットマン。「それに、オーストラリアなんか行きたくもありません」

少し怒ったように言い捨てたが、このままの状況は好ましくないと感じると、とうとうマイケルを揺り起こしにかかった。

「何だ、何だ――どうしたってんだ？」とマイケル。

「荷馬車の準備が、もうできますよ」ピットマンが叱るように言った。「寝てちゃ困るじゃないですか」

「分かったから、そう怒りなさんなって」欠伸《あくび》をしながらマイケルは応じた。「少しくらい寝たってどうってことないだろうよ。さあ、だいぶシャキッとした。おい、何をそう慌ててるんだよ？」

ぼんやりとまわりを見回すと、マイケルは言った。「荷馬車なんか来てないじゃないか。ええ？ところで、俺たち、ピアノはどこに置いてきたんだっけ？」

すっかり油断しているマイケルが次に何を言い出すか、ピットマンにしてみればヒヤヒヤものだった。ところが、幸運にもちょうどそのとき、荷馬車の用意ができたと声がかかった。こうなるとマイケルもおしゃべりを打ち切って、起き上がるしかなくなった。

「もちろん、お前が手綱を取るんだぞ」荷馬車に乗り込みながらマイケルが言った。

「私がですか！」ピットマンは大声を出した。「そんなこと、これまで一度もやったことないですよ。できるわけないじゃないですか！」

「そうかい、そうかい」マイケルは少しも動じる様子がない。「俺も、この眼鏡のおかげで何も見えないってわけさ。だがまあいい、お前の好きなようにしなよ。〝どうぞご随意に〟ってな」

このとき、馬丁の表情が曇ったのを見て取ったピットマンは決断した。「分かりました！」ほとんど絶望的な声である。「あなたが手綱を取ってください。私は、道を指示しますから」

かくしてマイケルはいっぱしの馭者気取りと相成った。だが、これは冒険小説ではないので、その手綱さばきをくだくだしく語るのは慎みたいと思う。マイケルの尋常ならざる大偉業の唯一の証人であるピットマンは、しっかりとつかまりつつ、あれこれと指示を出しながら、馭者マイケルの無鉄砲な勇気を褒めるべきか、その身分不相応な幸運を称えるべきか、どうにも判断できずにいた。しかし、少なくとも、幸運は蛮勇を上回っていた。車は無事にキャノン・ストリート駅に到着し、ブラウン氏のピアノは迅速かつ慎重に、荷馬車に積み込まれたのである。

「ねえ、旦那」ちょっとでもチップに与《あずか》ろうという魂胆丸見えの笑みを浮かべて、赤帽の頭《かしら》が近づいてきた。「それにしても重たいピアノですなあ」

「これくらいでないと、いい音は出ないんでね」マイケルはそう言うと、さっさと車を出すのだった。

　小降りになった雨の中を少し走ると、テンプル地区にあるギディアン・フォーサイス氏の部屋の近くに着いた。人気のない裏道で馬を止め、それを近くのうらぶれた靴みがき屋に預けて不似合いな馭者役を降りると、そのまま徒歩で冒険の佳境に向かって進んでいった。このとき、はじめてマイケルは不安の影を覗《のぞ》かせた。

「俺のつけひげは大丈夫だろうな？」マイケルは訊いた。「見破られたらそれまでだ」

「ちゃんとあるべきところに付いてますよ」ろくに見もしないでピットマンは答えた。「私の変装も大丈夫なんでしょうね？　このあたりは、校長たちに一番会いやすい場所なんですよ」

「ひげさえなけりゃ、誰にも分かりゃしないぜ」マイケルが答えた。「とにかく、ゆっくり話すようにするんだな。そうそう、今みたいな鼻にかかった声でやってくれよ！」

「例の若い方、留守だったらいいんですけど」ピットマンはため息をつく。

「まあ、せめて、ひとりでいてくれることを祈るんだな」とマイケル。「余計な手間が省けるってもんだ」

　そして案の定、二人が部屋をノックすると、ギディアン自らが二人を中に招じ入れた。部屋は暖炉の火で適度に暖まっていた。壁はひとつの面を除いて、天井近くまで法律関係の書物で埋まっていて、部屋の主《あるじ》の法律に対する情熱を雄弁に物語っている。本棚のない壁には暖炉があり、その上に様々な種類のパイプ、煙草、煙草入れ、そしてフランスの三文小説が並んでいた。

「フォーサイス様ですね？」最初にマイケルが切り出した。「実は依頼したいことがあって参ったのですが。ただ、その、あまり専門的とは言いかねるお願いなのです……」

「申し訳ありません。事務弁護士を通していただきたいのですが……」ギディアンは返答した。

「もちろんです。お望みの方のお名前をおっしゃっていただけたらと思います。明日にも、手続き上、何も問題のないようにいたします」マイケルはこう答えると椅子に座り、ピットマンにも席を促した。「お察しの通り、私たちは事務弁護士を誰ひとり存じ上げません。あなたのお名前は偶然知るところとなったのです。それに、大変急を要する事件なのです」

「それでは失礼ですが、どなたのご紹介でこちらへおみえになったのでしょう？」ギディアンは尋ねた。

「私はお答えしてもよろしいのですが――」マイケルはちょっと笑みを浮かべた。「あなたには明かさないようにと言われておりまして――ええそうです、事件が解決するまではということです」

――伯父さんだ、そうに違いない。ギディアンは、頭の中で結論を出した。

「私の名前はジョン・ディクソンと申します」マイケルは続けた。「バララット（オーストラリア、ヴィクトリア州の都市）ではそれなりに知られた名前です。それから、こちらは、友人のエズラ・トマス氏です。アメリカで、ゴム製オーバーシューズを作っています。大変な資産家です」

「ちょっと待ってください。メモを取りますので」ギディアンは言った。どこから見てもベテランの弁護士である。

「葉巻を吸ってもよろしいですか？」入ってきたときには見事な自制心を見せていたマイケルだったが、早くもその脳髄には、無神経なユーモアへの誘惑と、（こともあろうか）初期の睡魔とが襲ってきていた。そこで(同じ状況にある大抵の人間がそうするように)葉巻を吸えば頭がスッキリするだろうと考えたのである。

「もちろんです」ギディアンは気前よく言い、「私のをどうぞ。いい品ですよ。自信を持ってお薦めします」と葉巻入れを差し出した。

「どうしても頭がモヤモヤしましてね、こいつでスッキリできたらいいんですが——」とマイケルは言った。「正直に申し上げるよりほかないんでしょうが、昼飯を腹いっぱい食べたところでしてね。まあ、誰にもよくあることなんですが……」

「いや、その通りですよ」とギディアンは愛想がいい。「どうぞ、ゆっくり始めてください。私の方は——」と勿体《もったい》ぶって懐中時計を見た。「夕方までは空いておりますので」

「で、こちらにうかがった用件なのですが——」オーストラリア人ジョン・ディクソンは、再び身を乗り出して話し始めた。「実は、大変込み入った話なのです。こちらにいます私の友人トマス氏、アメリカ人といってもポルトガル系なので、イギリスの慣わしには不案内なのです。仕事の方では、ブロードウッド・ピアノの製造をやっていて、大金持ちですが——」

「ブロードウッド?」ギディアンは少し驚いた様子をした。「とおっしゃいますと、トマス氏はそのピアノ会社の社員か何かでいらっしゃるんですか?」

「いやなに、本物のブロードウッドじゃありません」マイケルが言った。「アメリカ・ブロードウッドっていいましてね……」

「しかし、あなたは先程確か……」ギディアンは異論を唱えた。「ここにちゃんとメモもありますが——ご友人はゴム製オーバーシューズを作っているとおっしゃいませんでしたか？」

「その通りです。はじめて耳にする方は、いつも多少混乱されるのですが——」マイケルは輝くような笑顔で応酬した。「簡単に言いますと、トマス氏は、いわゆる二足のワラジを履いているわけです。いや二足どころじゃない。三足、四足と履いているのです」マイケルの言葉には酔っぱらいならではの厳《おごそ》かさがあった。「トマス氏の紡績工場はタラハシー（フロリダ州の州都）の名物であり、氏の煙草工場はリッチモンド（ヴァージニア州の州都）の誇りであります。つまりですね、フォーサイスさん。トマス氏は私の古くからの大切な友人であり、その友人を救うために是非ともあなたの力を借りたいと思っているのです」

ギディアンはここでトマス氏の方を見た。神経質ではあるが素直そうな表情、素朴でおどおどした物腰、ギディアンは悪くない印象を持った。

——しかし、アメリカ人ていうのは何という人種だろう！　こいつを見てみろ。始終ビクビクしている小鳥みたいじゃないか。ローネックのシャツなんか着やがってさ。こんなやつが、三足も四足も事業を手がけて采配を振るっているとはな——。

「さて——」ギディアンは言った。「そろそろ具体的なお話をうかがいましょうか」

「さすが、実務の方は違いますな！」と贋オーストラリア人。「では具体的にお話しいたしましょう。実は、婚約不履行で訴えられているのです」

ピットマンは大声をあげるところだった。マイケルがこんなことを言い出すとは思ってもいなかったのだ。

「そうですか」とギディアン。「その種の事例は、ときに非常に厄介な問題に発展することもありますからね。どうか一部始終、もれなくお話しください。隠し事をされますと、私といたしましても、お力になれませんからね」

「君から話したらどうだい？」マイケルはピットマンに向かって言った。俺の役目は終わったよとでも言いたげである。「私の友人が詳しい事情を説明します」と今度はギディアンに向かって言い、ひとつ欠伸をした。「すいません、しばらく目を閉じさせてください。実は昨夜、病人の枕元で夜明かししたものですから」

ピットマンはポカンとして部屋の中を見渡した。怒りと絶望感が、その無垢な魂に込み上げてきた。逃げ出そうという考えが浮かび、次いで自殺という言葉が頭をよぎった。目の前の弁護士は忍耐強くピットマンの言葉を待っている。だが、どんなに頑張っても、陳腐な文句ひとつ出てこない。「――実は、婚約不履行なのです」ようやくこれだけ、小さな声で言うのが精一杯だった。「わ、私は、その、婚約不履行ということで脅迫を受けているのです――」溺れるものは藁をもつかむ、どうしても言葉が出てこないピットマンは頼みの綱であるひげに手を伸ばした。ところが指は、馴染みのないつるつるの顎《あご》を滑るばかり。それと同時に、〝希望〟と〝勇気〟も（果たしてこんな表現がこの場のピットマン氏にふさわしいかどうかは別である）手を携えて逃げてしまった。ピットマンはマイケルを乱暴に揺り起こした。「起きろ！　起きろってば！」ピットマンは本気で怒っていた。「私にはできませんよ。そんなこと、分かってるじゃないですか！」

「いやいや、どうか、友人の不作法をお許しください」とマイケル。「何ていうんでしょう、面白い事件を上手に語るのはからっきしだめでして。いや単純なことなのですよ。ここにいる私の友人は、大変な情熱家なんですが、これまでずっと旧時代の素朴な生活しか知りませんでした。もうお察しだとは思いますが、そんな男が、不幸にもヨーロッパにいきなりやって参りまして、さらに不幸なことに、ある贋伯爵につかまってしまいました。つまり、贋伯爵には愛らしい娘がいたというわけです。トマス氏は一目で恋に落ち、プロポーズをした。娘も無論承知する。トマス氏は、娘に何通も情熱的な手紙を書きますね。で、この手紙が、今日の後悔の種になったというわけです。もし、手紙が法廷に持ち出されでもしたら――そうしたら、トマス氏の名誉はお終いです」

「つまりこういうことですか――」とギディアンは言いかけた。

「いや、実物の手紙をご覧にならないと正確にはご理解いただけないと思いますよ」マイケルは強い口調で言った。

「いずれにしても、つらい立場ですね」ギディアンは言い、哀れむような視線を被害者に向けたが、不安いっぱいのその表情にいっそう哀れを感じると、すぐ視線を逸《そ》らせてしまった。

「いいえ、そんなのはどうってことないのです」ディクソン氏は断言した。「何ともつらいのは、トマス氏が潔白であると胸を張って言えないことなのです。というのも、そのときトマス氏は（今現在もそうなのですが）、コンスタンチノープル、つまりＧａ《ジーエー》のコンスタンチノープルに住む一女性と婚約しておりまして、弁解の余地がないのです。どうです？　死刑に値する所業だと思いませんか？」

「失礼？　Ｇａ《ジーエー》とおっしゃいました？」ギディアンは訊き返した。

「よく使われる略語です。ジョージアを略してGa《ジーエー》ですよ。カンパニーを省略してCo《シーオー》って言いますね。それと同じです」

「確かに、Gaと書きますね。しかし、発音は違うのではないですか？」

「いや、これで間違いありません」とマイケル。「――さて、以上の説明で、この哀れな男を救うには、それなりの思い切った行動が必要だと了解いただけたかと思います。資金は十分に用意してありますので、存分にお使いいただいて結構です。さっそく明日にも、トマス氏には十万ポンドの小切手を切ってもらいましょう。ですが、フォーサイスさん。実は、資金以上に重要な事実があるのです。というのは、例の贋伯爵――自分ではターヌーフ伯爵などと名乗っておるのですが――こいつはもともとベイズウォーターで煙草屋をやっていた男でして、確かシュミットとかいう、陳腐ですが思わせぶりな名前で通っていたのです。で、このシュミットの娘ですが――もちろん、実の娘としての話ですが――ここもまたポイントなのです。フォーサイスさん、しっかりメモを取ってくださいな！――何とこの娘が、当時、親父《おやじ》の煙草屋で働いていたというのです！　そして、同じ娘が、トマス氏のような名士との結婚を目論んでいるというわけなのです！　どうです、われわれの状況がお分かりいただけましたでしょうか？　敵は次の一手を考えているはずです。そこでわれわれとしては、何としてもその先手を打ちたい。つまり、敵は今ハンプトンコートに住んでいるのですが、そこに直接赴いていただいて、脅すにせよ、賄賂を使うにせよ、両方やるにせよ、とにかく手紙を奪取して欲しいのです。もし失敗したら、法廷に引っ張り出されて、トマス氏に関する全事実が世間の知るところとなるでしょう。トマス氏だけではありません。そうなったら、私もまた破滅です」と何とも身勝手なオマケが付いた。

「成功の可能性は十分あると思いますよ」とギディアンは言った。「シュミットのことを警察は嗅ぎつけているのでしょうか？」

「そうであることを望みます」マイケルは答えた。「実際、そう期待する理由は十分にあるのです。いいですか、ベイズウォーターですよ！　ベイズウォーターと言えば——何か思い当たりませんか？」

そう言われてギディアンは、ディクソン氏が急におかしなことを言い出したような錯覚にまたとらわれた。ディクソン氏の訪問以来、もう五回は同じ錯覚に襲われている。

——たぶん、昼食を摂ったばかりだからだろう。

ギディアンはそう納得して、話題を進めた。「で、費用の方ですが……」

「とりあえず、本日の御足労に五千ポンドとさせていただきます」マイケルは言った。「さあ、もうこれ以上お引き留めいたしません。早くしないと夕方になってしまいます。ハンプトンコート行きの列車は日に何本もございますし、私の友人がどんな思いでいるか申し上げるまでもないと思います。当座必要な現金として五ポンド用意しましたのでお使いください。それから、これが相手の住所になります——」マイケルは住所を書き始めたが、すぐに手を止めると、メモ用紙を破ってポケットに入れてしまった。「口で申し上げますのでお書き留めください」マイケルは言った。「私のはどうも読みにくい字でして——」

ギディアンは言われた通りの住所を書き留めた。

《ハンプトンコート、カノール・ヴィラ、ターヌーフ伯爵》

ギディアンはさらに何やら紙に書きつけていたが、「先程、事務弁護士をどなたもご存じないとおっしゃいましたが――。同じようなことが二度と起こらないとは限りません。ロンドンで一番腕の立つ事務弁護士を紹介しておきましょう」と言うと、マイケルにメモを手渡した。

「おい、参ったなこりゃ！」――そこには何と、マイケルの名前と住所が書いてあった。

「たぶん、悲惨な事件の記事などでこの名前をご覧になったことがあるかと思います」とギディアンは言った。「しかし、ご自身は、大変誠実な方で、その能力も非常に高く評価されています。それでは、ご連絡先だけお教え願えますか？」

「滞在先はもちろん、ランガムホテルです」マイケルは答えた。「私どもは、今晩まで宿泊の予定ですので」

「そう？　今晩までですね？」ギディアンはにっこりしながら確認した。「では、ご報告は遅い時間になってもよろしいですね？」

「ええ、どうぞ。何時でも構いませんよ」そう言いながらマイケルはギディアンの部屋を立ち去った――。

「何とも実務に明るい若者だぜ」通りに出るや、マイケルはピットマンに向かって言った。

「完全なアホだ」ピットマンは呟いた。

「いや、そんなことはないぞ」マイケルが応じた。「少なくとも、あいつはロンドン一の事務弁護士が誰だか知っている。俺の名前を挙げられるやつはそうはいないんだ。しかし、どうだった、俺のやり方はせっかちすぎたかな？」

ピットマンは答えない。

「おいおい、どうしたんだよ！」――マイケルは少し間をおいて、「苦労続きのピットマン先生、どうかしましたか？」と訊いた。

「あんなふうに、人のことを言わなくてもいいじゃないですか」ピットマンは不満をぶちまけた。「あなたの言葉は許せません。私はひどく傷つきました！」

「お前のことなんか一言もしゃべってないだろうが」とマイケル。「俺はエズラ・トマスの話をしただけだ。架空の人間の話だ」

「それでも、我慢できません」とピットマンは応酬する。

言い合いをしながら歩いているうちに、二人は裏通りとの四つ辻に達していた。そこには、忠実な靴みがき屋が、馬と一緒に威儀を正して立っており、ピアノも雨の中、荷馬車の上に侘《わ》びしく立っていた。ピアノの無防備な腹をしたたかに打った雨粒が、優美な光沢を見せる脚を伝って地面に落ちている。

マイケルは靴みがき屋にさらに頼んで、五、六人の屈強な男を近くのパブから連れてきてもらった。こうして、作戦の最終章がスタートした。ちょうど、ギディアン・フォーサイス氏がハンプトンコート行きの列車に腰を下ろした頃合いになるだろう、マイケルが再びギディアンの部屋のドアを開けると、それに続いて、ブツブツと文句を言う男たちに担がれたブロードウッド・グランドピアノが部屋の中央に安置された。

「さて、全て済んだところでだな――」男たちを本来の居場所に帰すやいなや、マイケルは口を開いた。「念のために、もうひとつ仕掛けをしておこう。ピアノの鍵をちゃんと残していくわけだが、やつが見つけやすいようにしておかないとな」マイケルはそう言うと、ピアノの上に煙草で組んだ四角い塔を作り、その中に鍵をぽとりと落とした。

「かわいそうになあ」階段を下りる途中、ピットマンがもらした。

「確かに、やつはとんでもない立場に置かれたわけだ。でもこれで、少しはシャキッとするだろうよ」マイケルは冷淡である。

「ところで、さっきのことですが――」とピットマン。「せっかく助けていただいたのに、短気を起こして申し訳ありませんでした。いくらひどい言葉だったにしても、怒る権利なんかなかったのです。私個人に向けられた言葉でもなかったわけですし――」

「そのことなら気にするな」荷馬車に乗りながらマイケルは言った。「もういいんだよ、ピットマン。お前の気持ちも分からんじゃない。誇りある男なら、自分の分身が侮辱されるのは面白くないだろうさ」

雨はやんでいた。マイケルは酔いから醒め、死体の処理も終了し、二人の友情も回復した。馬車屋への帰り道は、行きに比べるとまるで遠足気分だった。馬車を降りて馬車屋を後に歩き出すと、ことの正否をめぐる不安や、変装の緊張から解放されたのだろう、ピットマンは嬉しそうに大きく深呼吸した。

「さあ、これで家に帰れますね」

「おい、ピットマン」マイケルは立ち止まった。「お前の向こう見ずには相変わらずヒヤヒヤさせられるな。何だって？　家に帰るだって？　半日以上雨の中を駆けずり回って、こんな冷え切った身体になって、そのまま真っ直ぐ家に帰れってのか！　とんでもない。その前に、温かいウィスキーだろう！」

マイケルはピットマンの腕をつかむと、最寄りのパブに引っ張っていった。ピットマンにしても（誠に遺憾ながら）まんざらいやな誘いではなかった。死体とおさらばして、こうして平和が戻ってきたのである。罪のない朗らかさが、ピットマンの立ち居振る舞いに戻ってきた。二人は、湯気の立つグラスを合わせて乾杯した。まるで、遠足先で大冒険をやってのけた小学生のおてんば娘みたいに、ピットマンはクスクス笑うのだった。

第九章　マイケルの休日、輝かしい結末を迎える

実をいうと、筆者とマイケル・フィンズベリー氏とは旧知の間柄である。というのも、もう昔のことだが、吾輩はある事件に関係してこの男の世話になったのだ（今思えば、まことにおかしなことをしたものだ）。吾輩としては、感謝していないこともなく——つまりは、懸案だった事件はかなりの好転を見せたわけであるが、いまだに法律方面はマイケルに頼りっ切りの状態である——。しかし、問題はそんなところにあるのではない。実は、吾輩、知人の住所を記憶する能力が生まれつき欠けていることが悩みの種なのだ。ひとりの友人につき、一回は必ず住所を覚える。まあこれは友情に伴う特典といっていい。しかし、その友人が転居でもしてしまうと、もう吾輩にとっては死者も同然で、記憶が移転先まで追いかけてはくれないのだ。吾輩のそんな性質のせいもあり、常々マイケルの事務所には書簡を送っていたものの、キングズ・ロードの私邸が何番地だったかとなると、どうにも記憶に残っていない。もちろん、（ほかの友人同様）吾輩は幾度となく、晩餐に招待されてマイケルの私邸を訪ねてはいる。最近——つまり、マイケルが富を得て自分の仕事を閑

却しがちになり、さらにクラブの会員に選出されてからというもの、マイケルの小さな集まりは、いよいよ頻繁に開かれるようになっていた。マイケルは、何人かの選り抜きの友人を自分の喫煙室に招くのだが、友人といっても、いずれも上品なウィットの持ち主ばかりで、さしずめ吾輩などがその典型といえるだろうか（無論、身体が空いていて列席すればの話であるが）。一群のハンサムが賑々《にぎにぎ》しくセント・ジェームズ・パークを駆け抜けていったかと思うと、かっきり十五分後、ロンドンでも屈指の紳士たちの集いが完成するという次第である。

しかし、この物語の時点では、キングズ・ロード二三三番地（これまで通り二三三番地としておこう）のマイケル邸は、まだまだ静かなものだった。マイケルが客を招待するときは、ヴェリーズ・レストランかカフェ・ロイヤルと決まっていて、私邸の扉が他人に開かれることは決してなかったのである。日当たりのよい上の階は父親専用のスペースとし、客間《ドローイングルーム》は一切使用せず、マイケルの生活はもっぱら食堂《ダイニングルーム》を中心に営まれていた。好奇心旺盛な通行人の視線を鉄製の鎧戸でシャットアウトし、詩集と刑事裁判判例集で埋め尽くされた書架に囲まれて、まことに快適な暮らしぶりだった。そして、ピットマンと休日を過ごした例の日も、マイケルはこの快適な我が家で夕食のテーブルに着いたのである。夕食の給仕をしたのは、ひとりの痩身の老婆だった。目をきらきら輝かせ、何となく人を小馬鹿にしたような風情を口元に漂わせながら、マイケルの世話を焼いていた。表情の一つひとつから、マイケルに長年付き添っている女性であることはすぐに見て取れたし、発せられる一言一言も、スコットランドの高貴な家柄の出であることを誇らしげに語っていた。だが、以上二つの事実が組み合わさるとどんなに恐ろしいものであるか——それこそ、いかなる剛の者といえども怯《ひる》まずにはいられないものであるが、マイケルの心境も例外ではなかったらしい。さっき新たに流し込んだ温かいウィスキーによって、昼間のエードシークの残り火が再び燃え上がっている――そんな至福の状態を満喫したいにもかかわらず、(何とも痛ましいことに) マイケルは老婆の前では自制心を失うわけにはいかなかった。

そして「ねえ、ティーナ、ブランデーソーダをもらいたいのだけど……」と尋ねるマイケルは、まるで自信喪失した雄弁家、家臣の反応に怯《おび》える君主も同然だった。

「そんなものはございません」答えはすぐに返ってきた。「クラレットの水割りならございます」

「そうだね、ティーナ、お前の言う通りにするのがいいんだろうな――」と主人。「だけど、今日は事務所の方がえらいてんてこ舞いで、ひどく疲れているんだよ」

「何ですか？」と老婆。「事務所とは違う方角にいらっしゃったのでしょう！」

「そ、そんなはずはないよ。それに、何遍もフリート街まで出かけなくちゃならなかったんだ」

「何をおっしゃいます！　一日、悪ふざけをなさってたくせに！」と老婆は手厳しく切り返し、

「危ない！――ほらほら、カットグラスを割らないでくださいな」とグラスをテーブルから落としそうになったマイケルをたしなめた。

「と、ところで、父の具合はどうですか？」とマイケルは訊いた。

「いつもの通りですよ。ご心配なく。きっとご臨終までずっとこの調子でしょうね――そうそう、今日は別の人からも同じ質問をされたのですよ」

「別の人？　いったいほかに誰がそんな質問をするんだい？」

「いえね」とティーナは少しまじめな顔になった。「あなたのお友達。モリスさんですよ」

「あの乞食野郎、何の用があって家まで来やがったんだ！」

「何しに来たかですって？　お会いになりにですよ」そう言うと親指で上の階を指した。「モリスさんはそうおっしゃいましたけど、私には私の考えがございますからねえ。そうしたら、モリスさん、私にお金を渡そうとするんですよ。買収しようっていうんです！」ティーナは誰も真似のできない軽蔑の表情を作った。「まったくねえ、若い紳士のなさることじゃございません！」

「やつめ、そんなことをしたのか」とマイケル。「でも、大した額じゃないんだろう？」

「ちょっと持ちかけられただけですよ」ケチな皮革《かわ》商人モリスが、いったいいくらでティーナを堕落させようとしたのか、それ以上質問してもティーナは何とも答えなかった。「でも、しっかり追い払ってやりましたからね。もうしばらくはやってきませんよ」と勇ましく言った。

「絶対、父には会わせないでくださいよ、いいですね！」とマイケル。「あんな野郎の見世物になるのはごめんですから」

「心配しなくても、私はそんなことしませんよ」と信頼あるティーナ。「でもね、おかしいんですよ――ほらほら、今度はソースに気をつけて！　テーブルクロスだって新しいんですからね！――ほんと、モリスさんたら変なこと言うんですよ。お父様はもうお亡くなりになっているのに、あなたがそれを隠しているだなんて」

マイケルはひとつ口笛を吹いた。「蛇の道は蛇というわけか」

「そう、私も同じことを言ったんですよ！」老婆は嬉しそうにはしゃいでみせた。

「あの野郎、返り討ちにしてやる」

「モリスさんを訴えるってわけにはいかないのですか？」今度は辛辣なセリフを吐いた。

「いや、そいつはちょっと無理だろう。それに、そこまでやろうとも思っていないさ」とマイケル。

「ところでだね、ティーナ、このクラレットは何か変な味がするよ。あまり上等なワインじゃないなあ。やっぱりブランデーソーダをおくれよ、ねえ、お願いだからさ——」

だがその瞬間、ティーナの表情は鋼鉄のようになった。

「分かったよ」マイケルは不満げに言った。「だったら、もう食事もいらない」

「どうぞ、ご自由に」ティーナはそう言い、毅然としてテーブルを片づけ始めた。

「やれやれ。できすぎた使用人というのも困ったものだ！」マイケルはひとつため息をついて席を立つと、表に出て、そのままキングズ・ロードを歩き出した。

雨はきれいに上がっていた。まだ風は吹いていたが、昼間と違って気持ちのいい風だった。夜の澄み切った闇の中、街灯の明かりが水たまりに映えている。

——家にいるより、この方がよっぽど気持ちがいい。

通り過ぎる車輪の響きと大勢が行き交う足音に心地よく耳を傾けながら、マイケルは東に向かって歩いていった。

キングズ・ロードの尽きるあたりで、マイケルは再びブランデーソーダを思い出すと、あかあかと明かりの灯るパブに入った。パブには大勢の客がいた。近所の馬車屋の給水係《ウォーターマン》がひとり、万年失業者という風体の者が五、六人、こっちの片隅では、男が革鞄から写真を引っ張り出して、金色の顎ひげをした若紳士に売りつけようと商談中、反対の片隅に目をやれば、一組の恋人がたわいのない言い争いの真っ最中――しかし、客の注目を一手に集める中心人物は、黒の外套（つい最近買い求めた既製品とおぼしかったが）に身を包んだひとりの小柄な老紳士だった。目の前の大理石のテーブルには、ビールとサンドイッチ、そしてくしゃくしゃになった歩兵帽が置かれていた。この老人、大演説でもするかのように激しく手を振りながら、講演会場向けにと、もともと甲高《かんだか》い声をさらに張りあげ、かの〝老水夫〟（コールリッジの詩「老水夫行」の語り手）もかくやという技巧でもって、ウェイトレスと給水係、それに四人の失業者を饒舌の虜にしていたのである。

「わしは、ロンドン中の劇場という劇場をこの足でしっかりと調査した――」老紳士の演説である。「そして、主な出入口をくまなく歩測して歩いたのじゃ。その結果分かったことは、観客の利便の点からいうと、どれもお話にならんほど、不都合な造りになっているということじゃ。第一に扉の開き方がみんな反対方向じゃ（どちら側に開くのか、ちょっと今は失念したが、なに、家に帰ればきちんとメモは残っておる）。第二に、開演中しょっちゅう鍵がかけられる。とくに我が国の大衆が劇場に押しかけたときに限ってそうなのじゃ。外国の事情を知る機会のない諸君のこと、なかなか理解しにくいかも分からぬが、実はこの現象は、遙か以前から貴族主義国家の一特徴とされておる。どうじゃろう？　我が国のような立派な独立国で、こんな悪弊がまかり通ってよいものじゃろうか？　諸君の知性をもってすれば――たとえ諸君がどんなに無教養であったとしても――それこそ即座に、許しがたいと判断できるに決まっておる。例えばオーストリアと比べてみよう――そう、われらが英国以上に野蛮なオーストリアじゃ。わしはかつて、リング劇場の生き残りと話す機会があってな（リング劇場は一八八一年に焼失し、四四七名が命を落とした）。その男のドイツ語の訛《なま》りはひどいもんじゃったが、この件に関する意見を何とか正確に聞き出すことができた。だがな、それ以上の特ダネがここにある。この件について論説したウィーンの新聞記事じゃ。わしの翻訳で申し訳ないが、今からひとつ読んで聞かせよう。もとの記事は、ほらこれじゃ。ドイツ語で書かれておる――」老紳士はそう言いながら証拠の切り抜きを取り出した。まるで、トリックを仕込んだオレンジを最前列の観客に見せて歩く手品師のようだった。

「おやおや、妙なところで会いましたね！」後ろから老紳士の肩をぽんと叩く者があった。ジョゼフ・フィンズベリーがびくっとして振り返ると、マイケルの顔があった。

「マイケルじゃないか！」ジョゼフは叫んだ。「お、お前ひとりじゃろうな？」

「ええ、ひとりですよ」ブランデーソーダを注文しながらマイケルは答えた。「誰と一緒だと思ったんですか？」

「決まっとる、モリスとジョンじゃ」ジョゼフは安堵の表情を露わにした。

「何だって僕があんな連中と一緒にいなくちゃいけないんです？」

「まあ、それにはいろいろとあってな」とジョゼフ。「じゃが、それなら、わしはお前を信用して大丈夫ということじゃな。お前はわしの味方をしてくれるな？」

「何をおっしゃりたいのかよく分かりませんが――。お金の相談なら乗りますよ。おじさんにお貸しするくらいなら大丈夫です」

「そんなことではない！」ジョゼフは甥の腕をつかんで揺さぶった。「じゃが、まあいい、そのことはまた後で話すことにしよう」

「はいはい、分かりましたよ――どうです、僕がおごりますよ。何かお飲みになりませんか？」

「そう言ってくれるのなら、サンドイッチをもうひとついただくとしようか」とジョゼフは答えた。「どうじゃ、わしがパブなんぞにいるとは思わなかったじゃろう。驚かしてしまったかな？　しかしな、わしはわしで、自分の信念に従って行動しているだけなんじゃ。わしの信念なぞ、残念ながらあまり知られてはおらんがな――」

「いいえ、おじさんが思っている以上にみんな存じ上げてますよ」ブランデーソーダをちびちびやりながらマイケルは答えた。「僕も、アルコールに関しては自分の信念に従うことにしているんです」

出会いの状況が状況だけに、マイケルの機嫌を取る必要を感じていたジョゼフは、こんなセリフにも笑い声をあげるのだった。「お前はなかなか面白いことを言う」とジョゼフ。「以前から、頭のよく回るやつだと感心していただけのことはある――じゃがな、わしの信念というのはこうじゃ。ひとくちで言うとな、郷に入らば郷に従え、ということだ。たとえそれがどんなに貧しい郷であってもな。例えば、フランスに行ったら、誰でも食事を摂りにカフェに行く。アメリカじゃったら、いわゆるタヴァーンというやつに行く。イギリスではどうか？　当然、今わしらがいるような場所に行くわけじゃ。サンドイッチとお茶と、ときに一杯のビール、年に十四ポンド十二シリングもあれば、誰でも、ロンドンで結構ぜいたくに暮らせるもんじゃ」

「でも、おじさん」とマイケル。「その計算には洋服代や洗濯代、それから靴代なんかは入っていないでしょう。全部ひっくるめたら――つまり、煙草代やら、どんちゃん騒ぎの出費やらを数え出したら、そうですね、僕だったら最低七百ポンドは必要ですよ」

だが、マイケルがジョゼフのおしゃべりに割って入れたのもここまでだった。続くジョゼフの長大な講義を、マイケルはただただ上機嫌な沈黙を守って傾聴するしかなかった。ジョゼフの話題は、政治改革へ飛んだと思ったら、次には晴雨計の理論へと移り（これには、アドリア海に吹くボーラに関する詳細な解説のおまけが付いていた）、そして聾唖者の数学教育の理想をひとくさり語ったあたりで、サンドイッチもちょうど尽き、ようやく幕と相成った。数分後、二人はキングズ・ロードを並んで歩いていた。

「マイケルや」ジョゼフが声をかけた。「わしがあんなところにおったのも、不届き者の甥たちのせいなのじゃ。わしはもう、どうにも我慢がならん」

「そうでしょうとも」マイケルは同意する。「僕も、ほんの一瞬だって我慢なりませんよ」

「だいたい、やつらはわしに話をさせやしない」ジョゼフは忌々しげだった。「わしの意見を一言だって言わせはしないのじゃ。何かしゃべろうとすると、すぐに生意気な口をきいて話を止めにかかる。それだけではない。わしはこの世のあらゆる興味ある事象を記録に残さねばならんのに、鉛筆すら満足に与えてはくれん。新聞にしても同様じゃ。まるで赤子をゴリラから遠ざけるみたいに、取り上げられてしまった。わしのつらさが分かるかな、マイケルや。時々刻々と移り変わる多様な世界の諸相を知識に納め、それに統計的計算を施すことが、今のわしの生き甲斐なのじゃ。ペンとインク、それに大衆新聞、これらは最重要の必需品、食べ物や飲み水同様なくてはならぬものなのじゃ。分かるかな。こうしてわしの人生は何とも耐えがたいものになってしまったのだが、そこに、ブラウンディーンの列車事故というわけじゃ。混乱の最中、わしはこれ幸いとばかりに逃げ出した。モリスとジョンはわしが死んだと思っているじゃろう。トンチン年金のことで何か策略を企んでいるに違いない」

「お話はよく分かりましたが、お金の方はお困りじゃないんですか？」マイケルが親切に問いかけた。

「財政面に言及するならば、現在のわしはかなりの金持ちじゃ」嬉しそうにジョゼフは答えた。「目下、年に百ポンドの計算で暮らしておる。おかげで、ペンと紙も使い放題じゃ。本だったら大英博物館に行けば読める。新聞も好きなだけ買うことができる。しかも今のような進歩の急な時代になると、書籍の世話になるのはごく稀でな。わしのような知的人間の欲しい情報は、ほとんど新聞でまかなえるものなのじゃ――」

「おじさん、こうしましょう」マイケルが切り出した。「僕のところに来てくださいよ」

「マイケルや――」とジョゼフ。「お前のその親切は忘れんぞ。だが、お前はわしの特殊な立場を理解してないようだ。財産に関してちょっとした悶着が起こっていてな。まあ、そもそも後見人であるわしの努力不足がいけなかったのじゃが――つまりだ、わしはモリスの言いなりというわけなのじゃ」

「変装をしたらいいんですよ」マイケルの言葉には熱がこもっている。「伊達メガネと赤毛のつけひげを貸しますよ」

「その案は、わしも考えた」ジョゼフは答えた。「しかし、わしの滞在している質素な宿屋では、きっと目立ってしまうじゃろう。何しろこの国の貴族主義的悪弊ときたら――」

「でもどうして――」マイケルが口を挟んだ。「そんなお金が手に入ったんですか？　秘密にしないで、からくりを教えてくださいよ。僕は、おじさんが、委託されたモリスとジョンの財産をめちゃくちゃにしたことだって、それから、モリスに財産譲渡をしたことだってちゃんと知っているんですからね」

ジョゼフは銀行とのやりとりの一部始終を話してきかせた。

「そ、それはまずいでしょう！」マイケルは大声をあげた。「何ともまずいことをやっちまいましたね。おじさんにそんなことする法的権利はないんですよ」

「何を言っておる。財産は全てわしのものじゃ」ジョゼフは抗弁した。「事業を興したのも、商会をここまで大きくしてきたのも、みんなわしが自分の信念に従ってやってきたことじゃないか」

「確かに、おっしゃる通りです」とマイケル。「でもおじさんはマイケルに財産譲渡している、いや、せざるを得なくなったんですよ。そのことを忘れちゃいけません。そのときだって、おじさんの立場はだいぶ危なかったんですから、今度はそれこそ本当に被告人席行きになりますよ」

「そんな馬鹿なことがあるものか！」ジョゼフは大きな声を出した。「法律がそんなに不公平なはずはない、そうじゃろう？」

「それだけじゃありませんよ――」突然笑い出して、マイケルがさえぎる。「おじさん、皮革《かわ》商売だってだめにしちゃったじゃないですか。それなのに、まあずいぶんと変わった法哲学をお持ちですね。いや、おじさんのそういうユーモアのセンスは嫌いじゃないですけど」

「わしにはどこがおかしいのかさっぱり分からん」ジョゼフはきっぱりと言い返す。

「ところでですね、モリスのサインは取引上有効なのですか？」

「いや、わしのサインでなくてはだめだ」

「そりゃ奴《やっこ》さん、気の毒なこった！」嬉しそうにマイケルは叫んだ。「なのに、おじさんが家にいるって茶番を続けてるとはね！　はっはっは、モリスよ、これでお前も万事休すだ！――おじさん、フィンズベリー商会っていうのはどのくらいの価値があるんです？」

「そりゃ、一時は十万ポンドの値打ちがあったもんだ」ジョゼフは渋い顔をした。「もちろん、わしの持ち物だった頃の話じゃがな。その後に店を任したのが、スコットランド人の男でな、どうも特殊な才能（それも単に簿記の才能なのじゃが）を持っていたらしい。この男のつけた帳簿を読める会計士がロンドンにひとりもおらんのじゃ。で、この男の後釜がモリスというわけじゃが、これが全くの無能じゃった。おかげで店の価格もがた落ちじゃ。昨年モリスは店を売りに出そうとしたのだが、ポグラム＆ジャーヴィス社はたったの四千しか提示せんかった」

「おじさん、これからは僕が、商売の面倒を見ることにしましょう」マイケルは何か決意したように言った。

「お前がかい？」とジョゼフ。「やめといた方がいい、悪いことは言わん。何せ、皮革《かわ》の相場ほど浮き沈みの激しいものはないからな。その不安定なことときたら、病的といっていいほどじゃ」

「それでですね、おじさん。さっきおっしゃっていたお金はいったいどこにあるんです？」とマイケルは訊いた。

「そっくり銀行に預けて、二十ポンドだけ下ろしたわい」ジョゼフは即答した。「それがどうしたというんじゃ？」

「そうですか、そうですか」とマイケル。「明日ですね、事務所の者に百ポンドの小切手を届けさせますよ。で、おじさんのお金をいったん全部引き出して、それをアングロ＝パタゴニア銀行にあらためて預金させます。いや、銀行には、もっともらしい理由を言っておきますよ。そうしておけば、おじさんは自由です。モリスのやつだって偽のサインでも使わない限り、金には指一本触れられませんし、仮にモリスがそんなことをしても、僕の計画には何の影響もありません」

「そうしたら、わしはどうやって暮らしたらよいんじゃ？」とジョゼフ。「自分の金がなくてはやっていけまい」

「おじさん、聞いてなかったんですか？　百ポンドの小切手を届けさせるって言ったでしょう。八十ポンドの増収じゃないですか。万事済んだら僕に連絡くださいね」

「いずれにしても、お前の世話になるのはあまり気が進まん」白い口ひげを噛みながらジョゼフは言った。「どのみちわしの金なのだから、自分の金で暮らしていく方がよいのじゃがな」

　するとマイケルはジョゼフの腕を握りしめて声を張りあげた。「どう言っても僕を信じてもらえないんですか？　僕は、おじさんがダートムア刑務所行きになるところを、救って差し上げようとしているんじゃないですか！」

　マイケルの時ならぬ激情にジョゼフはいささかたじろいだ。

「なるほど、わしも少しは法律の勉強をせねばならんようだ」ジョゼフは言った。「わしには全くの未知の分野じゃろうな。確かに、法律の全般的な原則はよく理解しているつもりじゃが、個々の法律、その細目までは研究しようとはしなかった。マイケルや、お前の意見には、正直驚いたぞ。なるほど、お前の言い分が正しいのかも知れん。わしくらいの年齢《とし》になって、つまりは、もう若くはなくなってということじゃが、この年齢《とし》で長いこと刑務所暮らしを強いられるのは、確かにずいぶん酷なことじゃ。じゃがな、マイケルよ。そうだとしても、わしにはお前を当てにする権利はないし、お前にしてもわしを助ける義務はない。そうじゃろう」

「そんなこと、気にしなくってもいいんですよ」とマイケル。「皮革《かわ》の方でちゃんと埋め合わせてもらいますから」

そう言ってマイケルは、ジョゼフの現住所を聞き出してメモすると、老人を道端に残したまま、さっさと立ち去った。

「まったく、何てマヌケな爺さんなんだ！」マイケルは歩きながら心の中で叫んでいた。「それに、人生っていうのも、まあ不思議なものだ！　まるで俺は、神の摂理を実現する運命にあるみたいだぞ。だいたい今日一日だけで、俺はどれだけの仕事をしたと思う？　死体を一丁片づけて、ピットマンの野郎を救ってやって、おじさんも救ってやって、フォーサイスをシャキッとさせて、そのうえ最高にまずい酒をしこたま飲んだというわけか。こうなったら、とことんまで神の使いになろうじゃないか。よし、仕上げにモリスのところに行ってやろう。フィンズベリー商会の方は明日になったらまた考えよう。今夜はとりあえず、モリスを軽くからかっておくとするか！」

それからおよそ十五分後、時計はちょうど十一時を打っていた。ハンサムから降り、馭者に待機を命じたマイケルは、ジョン街十六番地のドアをノックした。ドアはすぐに開いた。開けたのはモリス自身だった。

「おや、君か、マイケル」モリスは用心深く、ドアを細めに開けて言った。「ずいぶん遅いお出ましだな」

マイケルは何も言わずに腕を伸ばし、モリスの手を優しくつかんだ。そして次の瞬間、その手をぎゅっと握りしめると、びっくりしたモリスは慌てて数歩後ずさった。マイケルはそのちょっとの隙を逃さなかった。ホールにさっと滑り込むと、モリスを残してずんずん食堂の方へ進んでいった。

「おじさんは留守かい？」一番座り心地のよさそうな椅子に腰をかけると、さっそくマイケルは切り出した。

「いや、それが、最近あまり具合がよくなくってね」モリスは答える。「実は、ブラウンディーンに滞在しているんだ。ジョンが付いて面倒を見ている。で、ここはご覧の通り、僕だけってわけさ」

マイケルは内心ほくそ笑んだ。「実はおじさんに折り入って話があってね、それで来たんだが――」

「自分の父親は人に会わせないでおいて、自分だけおじさんに会おうっていうのは虫がよすぎやしないかい？」

「おいおいそれはちがうぞ！」とマイケル。「僕の父親は僕の父親だ。だが、ジョゼフおじさんは、僕にとっても君にとっても同じおじさんだろう。それに、君にはおじさんを監禁する権利はないはずだがね」

「監禁だなんて、そんなことするはずがないだろう！」モリスは頑固に主張した。「本当に体調がよくないんだ。危険な状態で、誰にも会えないんだ」

「それじゃ、こうしよう」とマイケル。「お互い腹を割って話そうじゃないか。実をいうと、僕は妥協を申し入れに来たんだよ」

かわいそうに、モリスの顔は死人みたいに青くなってしまった。が、次の瞬間、人間の運命の不公平に対する怒りが込み上げ、顔一面が紅潮した。「いったいどうしようってんだ！」モリスは大声を張りあげた。「お前の言うことなど、これっぽっちだって信じられるものか！」

マイケルは真剣であると訴えたが、モリスは頑としてはねつける。「そうかい、そうかい。でも、その話には乗れません。どうもおあいにく様でした」

「へえ、そうかい――」マイケルは変な声をあげた。「おじさんが危篤だって言っておきながら、妥協の申し出は断るってわけかい。そいつはどうもくさいじゃないか」

「おい、それはどういう意味だ！」モリスはかすれた声で応じた。

「くさいって言ったのさ。何だかうさんくさい臭いがするってな」

「何だ、何だ、脅かす気か！」モリスは一転、強硬な態度に出た。

「脅かす？　おいおい、物騒な言い方はやめてくれよ。まあ、意見の違いがかなりあるようだが、ここはひとつ、一杯やりながら円満に収めようじゃないか――二人の血縁の好男子としてな。ほら、

『二人の血縁の好男子』ってあったろう？　シェイクスピアの作品だっていうやつさ――」（正しいタイトルは『二人の血縁の貴公子』。ジョン・フレッチャーとシェイクスピアの共作とされる戯曲）

この間、モリスの頭脳は水車のように大急ぎで回っていた。「やつは疑っているのか？　それとも行き当たりばったりにやっているだけか？　ここは強く出るべきか、それとも穏やかにいくべきか……？　そうだ、穏やかにいくべきだ」モリスはそう結論を下した。――それに、その方が時間稼ぎにもなる。

「ええとマイケル――」モリスは態度を一変させ、痛ましいほどの人のよさを作ってみせた。「いやそれにしても、二人で夜を過ごすなんて、実に久しぶりだなあ。君も知っての通り、僕はいつも短気ですまないが、今夜はひとつ、その例外といこうじゃないか。さあ、貯蔵室にウィスキーがあるから取ってこよう」

「いや、ありがとう。僕はウィスキーじゃない方が嬉しいんだが――年代もののワインをもらいたいね。ないのなら何もいらないよ」

ここで、モリスは一瞬ためらった。何といってもワインは高い。だが次の瞬間、黙って部屋を後にした。モリスはとっさに自分の有利を悟っていた。――こうやって、最上等の酒をねだりながら、やつは俺の術中にはまっていくというわけだ。さて、一本で十分か？（モリスはまた思案した――）なあに、二本くれてやれ！　ケチケチしてる場合じゃないからな。やつを酔わせさえすれば、秘密は自《おの》ずともれてくるってな！

二本のボトルを抱えて、モリスは戻ってきた。グラスを二つ並べると、ホスト役らしい優雅な物腰でグラスにワインを注いでみせた。

「さあ乾杯だ、健康を祈って！」モリスは陽気な声をあげた。「ワインはいくらでもあるからな、遠慮しないでやってくれ」

マイケルはテーブルの脇に立ったまま、ゆっくりとグラスを干していった。そして二杯目をたっぷり注ぎ終わると、そのままボトルを抱えながら、もとの椅子に戻っていった。

「こいつは俺の戦利品だからな！」言い訳めいた口調でマイケルは言った。「万事この世は弱肉強食さ。それが世界の理《ことわり》さ、なあモリス、理だよ」モリスはどう反応していいか分からなかった。しばらくの間、沈黙が流れた。だが、二杯目のワインを飲み終わると、マイケルに急激な変化が起こった。

「なあ、モリス。お前さんはさ、なんかこう暗いんだよなあ」とマイケルが言った。「確かにお前さんは、賢いかも知れん、だが、どうにも暗い。暗いんだよ！」

「僕のどこが賢いんだい？」単純なモリスは嬉しそうに訊き返した。

「どこが賢いって、そりゃ、俺の申し出に乗らないからさ」とマイケル。「お前さんは、賢いイヌだよ、モリス、賢いイヌだ。俺の話に乗らないんざあ、ホント、見上げた利口なイヌだ。しかも、これはいいワインだ。フィンズベリー家の唯一の自慢だな、このワインは。爵位なんぞより貴重だぞ、比べもんにならんほど貴重だぞ。しかしこんないいワインを貯蔵室に隠してる男がだよ、どうして俺の申し出を受けないかね？」

「そりゃや、君が以前に妥協してくれなかったからさ――」にっこり笑いながらモリスは言った。

「だから、これでおあいこだろう？」

「何だって俺は妥協しなかったんだ？　そして、何で君は妥協しない？」マイケルは訊いた。「お互いにお互いの理由をどう思っているのかねえ？　こりゃ、だ、だ、だ、大問題。ね、こいつは大問題ですよ！」〝大問題〟とうまく舌が回ったのが嬉しくてマイケルは誇らしげに言い放った。「お互いをどう思っているか、き、君は考えたことなかったかい？」

「それじゃ、君は、僕の理由は何だと思うんだい？」抜け目なくモリスが突っ込んだ。

　マイケルはモリスをじっと見て、ウィンクした。「そいつは、い、い、い、いけずうずうしい質問だぞ――」とマイケル。「そういうこと言っててだな、すぐに助けてくれって言い出すんだ。確かに、俺は神の摂理を実現しに来たわけだが、しかし、お前を助けにってわけじゃないぞ。『自力で泥沼から抜け出そうと努力しろ』って、イソップの寓話にもあるだろう（イソップ寓話集「牛追いとヘラクレス」）。それにしても、四十歳の孤児には何と恐ろしい泥沼であることよ！　ああ、皮革商売だ！　皮革商売！」

「君の言いたいことはさっぱり理解できない」

「いや、俺にもよく分からんぞ」とマイケル。「いや、こいつは、いいワインだねえ。じょ、じょーとーのワインです！　まさに、文句のつけようがない！――おっと、一言だけ文句があった。大事な大事なおじさんが消えたんだ。そいつだけ、教えてもらわないとな。おい、こ、高価なおじさんをどこにやった？」

「だから、さっきから言ってるじゃないか。おじさんはブラウンディーンにいるんだよ」そう答えながら、モリスはこっそり額の汗を拭った。同じ話題をめぐって堂々めぐりしていることがじわじわと堪《こた》えてきた。

「なんだ、そのくらい、俺だって簡単に言えるぞお——ブ、ブラウ、ブラウディー——なんだ、け、けっこう、む、難しいじゃないか！」マイケルは叫ぶ。「——いや、簡単。簡単なんだ。お前が言えるんだから簡単なんだ。俺が気に食わないのはな、お、おじさんがどっこにもいなくなっちまったってことなんだよ。どっこにもだぞ——どうも〝ビジネス的〟じゃないぞ、こいつは」

「だから、単純なことだって——」モリスはあくまで平静を装う。「変なことは何にもない。おじさんは、事故で受けたショックが原因《もと》で、ブラウンディーンにいるだけなんだ」

「何？　ショックを受けた？　ひどいショックを受けたんだな？」

「何でそんなにしつこく訊くんだい？」

「お前さんはおじさんについての、じょ、情報源だからな。その情報源がそう言ったからさ」とマイケル。「しかしなあ、もし今度反対のことを言ったとしたら、俺はどっちか、か、片っぽを信じるしかない。つ、つまり、問題はな——おっと、倒しちまったぞ——おい！　カーペットに飲ませるのはもったいないぞ！——つまり、問題はだな！　高価なおじさんは死んじまった、そういうことだ——で、お前は、う、埋めたのか？」

モリスは椅子から飛び上がった。「何てこと言うんだ！」

「いやなに、も、もったいないカーペットだなってな」マイケルはよろよろと立ち上がった。「上等なものをいただくと、肌がツヤツヤするってな——はあ！　まあ、そういうこった。ワインおじさんに、よろしく伝えといてくれや——よろしくってな」

「おい、帰るんじゃないだろうな」とモリス。

「ま、まことに相すまぬが、拙者、病気の友人の看病があるのであります！」グラグラしながらマイケルは言った。

「おい、ちゃんと説明するまでは帰さないからな」モリスが激しく言い返す。「おい、いったいどういうつもりなんだ！　何をしにわざわざやってきたんだ！」

「そんなに怒らんでくれよ」ドアに手をかけたまま、マイケルは振り返った。「拙者は、か、神様の、お、おちゅかいとしての義務を果たしてるだけであります！」

　玄関までやっとの思いでたどり着くと、マイケルはこれまた難儀しながらドアを開け、下で待っているハンサムに向かって進んでいった。待ちくたびれていた馭者は、マイケルの姿を認めると、次はどこまで行きますかと尋ねた。

　マイケルは、モリスが後ろについてきているのに気づいていた。極上のアイディアがマイケルの頭にひらめいた。――そうだ、最後に、もう一発、痛めつけておくか……。マイケルは、よろける身体を支えようと車輪につかまりながら言った。「おい、スコットランド・ヤードまで行くんだ！　こいつら、従兄弟連中は、どうもくさいんだなあ、ああそうだ、えらくくさいんだよ！　や、やっぱり白黒はっきりさせせんといかん。おい、スコットランド・ヤードだぞ！　分かってるか？」

「旦那、本気なんですかい？」身分の低い者が酔っぱらった紳士に対してしばしば見せる親近感を丸出しにして馭者が尋ねた。「ご自宅の方がいいんじゃないですか？　スコットランド・ヤードは明日になさった方がいいですよ」

「スコットランド・ヤードはやめとけだと？　そういうお前は、何か、友人として忠告しとるのか？　それとも、ひとりの職業人として言っておるのか？」とマイケル。「いいよ、いいよ。スコットランド・ヤードはやめにしとこう。その代わり、ゲイエティ劇場のバーに行け！」

「ゲイエティ劇場はもう閉まってますぜ」

「なら、家だ！」マイケルは終始ご機嫌である。

「ご自宅はどちらで？」

「そんなこと、覚えてるもんか！」そう言うとマイケルはハンサムに乗り込んだ。「俺の住所はスコットランド・ヤードで訊いてくれ！」

「旦那、それだったら、名刺をお持ちでしょう」馬車の小窓の向こうから馭者が声をかけた。「名刺入れをちょっと貸してくださいな」

「ぎょ、馭者にしちゃあ、た、大した知恵だぞこれは！」マイケルは名刺入れを出すと馭者に手渡した。

馭者はランプの明かりで名刺を読んでいた。「チェルシー、キングズ・ロード二三三番地、マイケル・フィンズベリー様。これで間違いございませんね？」

「そうだ、その通りだ！」とマイケルは大声で言った。「道が分かるのなら行ってくれ――」

第十章　ギディアン・フォーサイスとブロードウッド・グランドピアノ

E・H・Bなる著者が書いた『誰が時計を戻したか？』という秀逸な作品を、おそらく読者諸賢はお読みになったことがあると思う。数日間、鉄道の駅の売店を飾っていたと思ったら、これっぽっちの跡形も残さず地上から姿を消してしまった作品である。あるいは、全てを食らい尽くす「時」の顎《あぎと》というやつがもっぱら古書を主食にしているのか、それとも全能なる神が作家の利益を考慮して特別な法令を発布なさったのか、あるいは作家連中自身、浮世の法を反古《ほご》となして、合い言葉を交わし合う闇の徒党を結成し（この合い言葉は失礼ながらどうしても明かすわけには参りません）、ジェイムズ・ペイン（イギリスの小説家、ジャーナリスト。一八三〇―一八九八）やウォルター・ベザント（イギリスの小説家。一八三六―一九〇一。著作権法の改正にも関係して活躍する）といった血気あふれる首魁《しゅかい》に従い、夜ごと襲撃を繰り返しては秘密裡に文書毀棄《きき》に及んでいたものか、その真実はついに分からない――だが少なくとも確かなのは、古い書物はあの世へと去り、その後に新たな書籍が生まれてくるという厳然たる事実である。綿密な調査の結果、現存する『誰が時計を戻したか？』は僅《わず》かに三部のみと判明した。一部は大英博物館に（しかも目録の記載が誤っていて首尾よく誰の目にも触れぬようになっている)、もう一部はエディンバラの弁護士図書館の地下書庫に(しかも楽譜の所蔵棚に)、そして最後の一部、これはモロッコ革に装幀されてギディアン・フォーサイスの部屋に置かれていた。ギディアンはこの小説の愛読者であった――こう考えれば、最後の一部の一風変わった運命も説明がつくと思われる。しかし、この作品を実際に読んだ方ならよく理解されるだろうが、この小説が誰かに愛読されるという事態だけはどうにも説明がつかないのである――。さて、この辺で種明かしをさせていただくと、ギディアンの部屋に『誰が時計を戻したか?』がある理由、それは親たるもののどうしようもない弱みにほかならぬ、つまりはギディアンこそが『誰が時計を戻したか?』の筆者であり、E・H・Bとは伯父のイニシャルをいたずら心から拝借したというわけなのだ。ギディアンは、自分がこの作品の著者であると誰にも明かしてはいなかったし、仮に明かしていたとしても、草稿段階で数人の親しい友人にもらしていたにすぎなかった。だが、出版されてみると売れ行きはさっぱり、ただでさえ控えめなこの男はさらに警戒心を強め、結果、著者の素姓は(それこそ、『ウェイヴァリー』を匿名で出版したウォルター・スコット卿並みに)杳《よう》として知れぬことになったのである。

しかし、この物語の時点では、ギディアンの書いた小説は、まだ辛うじて一冊だけ、ウォータールー駅の売店で埃《ほこり》をかぶっていた。この日、ハンプトンコート行きの切符を手にしたギディアンは、自分の脳髄が生み出した作品を通りすがりに目にすると、軽蔑のこもった笑いをちらりと浮かべるのだった。――それにしても、あの頃の俺は、何て低レベルの野心家だったんだ! あんな子供騙《だま》しの小説に精を出すなんて、今の俺にはとても考えられることじゃない!――生涯最初の依頼を手にしたギディアンは、ようやく一人前の男になったような気がするのだった。そしてそれと時を同じくして、探偵小説を司るミューズ（たぶんフランスの家系と思われる）も、ギディアンのもとを飛び去ってしまったのである（きっと今頃は、ギリシャ育ちの姉妹たちと一緒に、ヘリコン山の霊泉あたりで踊りを踊っていることだろう）。

さらに、現実的かつ堅実な将来展望を試みることで、旅の途上の若手弁護士の気持ちはますます明るくなっていった。列車の窓外には、巨大なオークの茂みに囲まれた小ぶりなカントリーハウスが次から次へと現れていたのだが、ギディアンの目は、その一つひとつを未来の邸宅候補として吟味していた。どう手を加えたら、自分の好みの家になるだろう——ギディアンは想像に身を任せた。——あるカントリーハウスには厩舎を増設し、あるものにはテニスコートを、別の屋敷には田舎風のしゃれたボート小屋を付け足した。——それにしても、ほんの僅かの間に俺もずいぶん変わったものだ！——ギディアンは感慨に浸らずにはいられなかった。——この間までの俺ときたら、楽に生きていくことしか考えない、ただの能なしの犬っころだったじゃないか！　ボートと探偵小説にしか興味がなくって、古風なカントリーハウスを前にしても——つまり、立派な家庭菜園に、厩舎、ボート小屋、離れと見事に揃ったカントリーハウスの前を通っても、ろくに見向きもしなかったし、排水路の様子を尋ねてみようなんて考えもしなかったはずだ！　ああ、人間が成熟するとはまさにこういうことなんだ——。

聡明なる読者諸賢のこと、ギディアンの変わりようにヘイゼルタイン嬢の影響を感知されたことと拝察する。実はあの後、ジュリアの手を引いたギディアンは真っ直ぐ伯父のブルームフィールド氏の屋敷へと向かったのだった。ジュリアがいかに圧制の犠牲となっているか、ギディアンが説明するのを聞くや、ブルームフィールド氏は大興奮でジュリア擁護を宣言した。その剣幕のすさまじいこと、こう熱くなってしまうと行動に移らずにはいられない気質であった。

「さて、どっちの悪人から懲らしめてやろうか――」ブルームフィールド氏は声を張りあげた。「老いぼれ詐欺師から成敗するか、それとも、卑劣な青二才を先にするか。いいや、『ペル・メル・マガジン』に投書して二人一緒に告発してやるのがいいだろう。けしからん話だ！　絶対に見過ごすわけにはいかんぞ。告発するのが社会的義務というものだ！　ところでギディアン、お前、この老いぼれは保守党《トーリー》だって言わなかったか？――何？――伯父の方は進歩的な講演家だって？　なるほど、そうか……。してみると、この伯父は、これまでにもずいぶん誤解されているに違いない。そうか、そうなると、お前の言う通り、話はだいぶ違ってくるぞ。どうも、社会正義うんぬんの話ではなさそうだな……」

　ここでブルームフィールド氏は、再びすばやく考えをめぐらすと、行動欲の新たなはけ口を発見した。まず、ヘイゼルタイン嬢を、悪漢達の手の届かぬ場所に匿《かくま》わなければならぬ。それにはハウスボート（宿泊設備のある大型のレジャー用ボート）を使うのが一番いいだろう。なあに、いつもの巡遊から先日戻ったばかり、船はすぐにも出せる状態なのだ。――かくして、ブルームフィールド氏とヘイゼルタイン嬢、さらにブルームフィールド夫人の三人は、時ならぬ旅行へと赴くことになった。折しも、東からの強風が猛威を振るった例の朝のことであった。一行に加えて欲しいというギディアンの懇願は却下された。「いいかギディアン、お前は監視されているはずだ。わしらとは別々の方がよいだろう」

と、ブルームフィールド氏は諭すのだった。伯父の考えが妄想にすぎないのは分かっていたが、計算高いギディアンは、伯父に反対するのはやめておいた。冒険にのぼせている頭を冷やしてしまおうものなら、伯父の協力はもう得られなくなるだろう。事実、ギディアンの慎重さは、しっかりと効果をあげていた。というのも、去り際にブルームフィールド氏は、甥の肩にがっしと手を置くと、一言告げたのだった。「ギディアン、お前が何を求めているか、わしにはよく分かる。だがな、あの娘さんを手に入れたいと思うのだったら、仕事に精を出すことだ。分かったな」

伯父の言葉は、この日一日、ギディアンの耳に心地よく響き続けていた。マイケルとピットマンの来訪に先立つ読書の時間にも、それから、慌ただしくハンプトンコートに向かいながら一人前の男にふさわしい思索に耽っているときも、ギディアンの耳には絶えず伯父の言葉が響いていた。そして、ハンプトンコートに到着し、目の前に迫った厄介な会見に全神経を集中させたそのときですら、伯父の声とジュリアの瞳はその脳裏を離れなかったのである。

だが、ここから、事態は思わぬ方向に展開した。ハンプトンコート中を歩いたものの、カノール・ヴィラなどどこにもないし、ターヌーフ伯爵はおろか、ひとりの伯爵も見つからないのである。これはどうも変だ、とギディアンは思った。だが、ディクソン氏の指示の仕方がずいぶんといい加減だったことを思い出すと、説明がつかないわけではない。何しろディクソン氏は昼食を摂った直後だったからな。そのため思わぬ見当違いをして、間違った住所を伝えたのだろう。さて、一人前の紳士らしく、迅速かつ実際的に対処するにはどうしたものか——。ギディアンは思案をめぐらせ、すぐに結論を見出した。「電報がいい。しかも簡潔至極な電文でだ」

間髪を入れず、重要なメッセージを載せた電報が発信された。

《デイクソン、ランガムホテル——ヴィラ、ヒト、トモニ、ミアタラズ。ジユウシヨマチガイカ。ツギノレツシヤニテソチラニムカウ。フオーサイス》

数時間後のランガムホテル前、ギディアンは湯気を立てているハンサムから飛び降りた。その額には、いかにも知恵を振り絞って迅速にことに当たっているという表情が刻まれていた——。

ギディアンはランガムホテルという固有名詞を一生忘れることができないだろう。ターヌーフ伯爵がいなかったばかりか、ジョン・ディクソンとエズラ・トマスも消えてしまったのだ。なぜ？　どうして？　これからどうしたらいいのだ？——あらゆる疑問符が混乱をきわめたギディアンの頭の中に渦巻いた。支離滅裂な考えが、脳のあらゆる方向から次々に発信され、脳内を横切っては消えていった。動揺を抱えたまま、ギディアンは、自宅に向けて一直線に馬車を走らせた。少なくとも、家に帰れば安全だ。ゆっくり考えをまとめることができるだろう——ギディアンは階段を上り、鍵を取り出すとドアを開けた。やっと希望めいた感情が胸に込み上げてきた。

もうすっかり日は落ちて、部屋の中は真っ暗だった。とはいえ、勝手知ったる我が書斎、ギディアンは暖炉の上のマッチに向かって暗闇の中を進んでいった。ところが、途中、何か重たいものに衝突した。こんなところにこんな重いものが置いてあるはずはない——出かけたときは何もなかったし、ちゃんと鍵もかけて出た。今だってちゃんと鍵はかかっていた——誰かが侵入したはずはないし、家具が移動するはずもない。だが、ここに、間違いなく何かがある！——ギディアンは何も見えないまま手探りした。これだ、やっぱり何かある、大きくて、ツルツルして、ひんやりとした何かが……。

「何だこれは！」ギディアンは大声を出した。「この手触りはピアノじゃないか！」

ギディアンはチョッキのポケットにマッチがあるのを思い出し、慌てて火をつけた。訝《いぶか》しむギディアンの瞳に飛び込んできたもの、それはやっぱりピアノだった。大きくて、いかにも高価そうな代物だった。午後の雨に濡れた痕が残り、どこかでこすった傷跡も生々しい。マッチの炎が、黒塗りのピアノに映えて、水面にきらめく星のように光った。部屋の遠い壁には、奇妙な訪問者の大きな影が、ゆらゆらと懸かっている。

マッチの火はギディアンの指先近くまで燃え続けていたが、その火が消えてしまうと、動揺したままの部屋の主《あるじ》を再び闇が包囲した。ギディアンは、震えの止まらぬ指でランプに火を灯すと、物体にさらに近づいてみた。だが、近づこうが遠ざかろうが同じこと、それはやっぱりピアノなのだ。論理的には、どう考えても不可能な事態である——しかし、そんなことは知らんとばかりにピアノはそこに居座っている。ギディアンは鍵盤の蓋を開き、キーをひとつ叩いてみた。ところが、部屋は静寂のままだ。——俺の方がどうかしてしまったのか？——ギディアンは息を飲んだ。きちんと椅子に座り直すと、アルペジオを弾いてみたり、ベートーヴェンのソナタの一部を弾いてみたりして（ギディアンは力強いベートーヴェンの曲の中でも、音量の最も大きいものをと考えたのだ）、この静寂を打ち破ろうと努力した。だが、音は出ない。拳で二度、ブロードウッドを打ちすえた。

墓のような沈黙は変わらなかった。

　ギディアンは思わず立ち上がった。

「だめだ、俺は狂ってる！」ギディアンは叫んだ。「俺以外、誰も気づいていないようだが、俺はとんでもないことになっているんだ！」

　そのとき、ギディアンの指が懐中時計の鎖に触れた。それを引っ張り出して耳に押し当てると、確かにカチカチという音が聞こえる。

「耳はちゃんと聞こえてるじゃないか！」ギディアンは再び叫んだ。「狂ってるのは頭だけだ。ああ、しかし、俺はこれでお終いだ！」

　ギディアンは不安そうに部屋を見渡した。輝きを失った視線が、ディクソン氏の座っていた椅子に向けられた。煙草の燃えさしが、近くの窓のところに残っている。

「さっきのことは夢じゃなかったんだ」とギディアンは心の中で叫んでいた。「そうしてみると、これも俺の異常は急に起こったものなのだろう。例えば、今、俺はちゃんと空腹を感じているが、これもひょっとしたら幻覚なのかも知れない。だが、それも試してみるまでだ。あと一回くらい、まともな食事をするのも悪くないだろう。よし、それならカフェ・ロイヤルで食事を摂ろう。そこからそのまま、精神病院行きかも知れないけれど……」

　階段を下りながら、レストランで自分はどんなふうに狂気を晒《さら》すことになるのだろう、とギディアンは病的な好奇心を起こしていた。いきなりウェイターを殴り倒してしまうのだろうか？　それとも突然グラスを食べ始めてしまうのか？——そんなことを考えながら辻馬車に乗り込むと、カフエ・ロイヤルと行き先を告げた。ひょっとしてそんな名前のレストランはこの世に存在しないのでは――と、密かな不安を抱きながら。

ところが、ガス灯が眩しいレストランの入口をくぐると、ギディアンの心は急に落ち着き出した。馴染みのウェイターを認識すると、さらに気持ちは強くなった。注文もちゃんと伝わっているようだった。出てきた食事もいつも通り。ギディアンは大いに堪能した。「こいつはどうやら――」ギディアンは考えた。「希望を持ってもよさそうだ。とんだ早とちりだったみたいだな。そう、ロバート・スキル級の早とちりだ……」ロバート・スキルとは（あらためてご紹介するまでもないかと思うが）、『誰が時計を戻したか？』の主人公の名前である。作者ギディアンにとってはまさに想像力の傑作と呼べるキャラクターであったが、一方、うるさ型の読者の目には〝スキル（老練）〟の名が泣き出すような代物としか映らなかった。探偵小説の世界では、作者よりも読者の方が一枚も二枚も上手なのはごく当たり前の事実であって、それがこの業界のつらいところなのだ。だがともかく、作者ギディアンにとって、ロバート・スキルの名前は一種の呪文といってよかった。自分とロバート・スキルとを同一視できたという思いだけで、ギディアンには、力強さと意欲がわいてきたのである。つまり、この輝かしき英雄が為《な》したであろう行いを、自分もしてみようというわけなのだ。しかし実をいうと、こうした心の傾向はいかにもありふれたものであって、進退きわまった将軍、迫害の迫った聖職者、筋書きの決まらぬ劇作家、彼らは例外なく、ナポレオンや使徒パウロ、あるいはシェイクスピアの行動を模倣しようと考える。そこまで決まれば、残っているのは取るに足らぬ問題だけ――〝その行動とは具体的に何か？〟ということだった。ギディアンの場合、答えは明瞭だった。ロバート・スキルは優れた決断力の持ち主であって、どんなアイディアでも思いついたらすぐ実行に移すのである。そしてギディアンが唯一思いついたアイディアは、再び自室へ帰ってみるということだった。

だが再度自室に立ち戻ってみると、それ以上の〝アイディア〟はひとつも浮かばず、混乱の元凶であるピアノを前に、ギディアンは立ち尽くすしかなかった。もう一度鍵盤を叩いてみる気にはなれなかった。先程みたいな沈黙が返ってくるのか、あるいは、最後の審判のラッパの音が返ってくるのか、いずれを予期するにしても、鍵盤はこりごりだった。「誰かのいたずらかも知れない」今度はそう考えた。「もっともいたずらにしては、少々、念が入りすぎて、大がかりな気はするけれど……。だが、それ以外にどう考えたらいいんだ？　やっぱり誰かのいたずらだろう……」そのときだった。ギディアンの視線は、その考えを裏付けるある物体に釘付けになった。マイケルが去り際に作っておいた、煙草で組んだパゴダ（オリエント式の塔）だった。「何でこんなものが？」ギディアンは思った。「ピアノと何の関係があるんだ？」――パゴダに近づくと、ギディアンは積み上げられた煙草をそっと崩した。「鍵じゃないか――しかし何の鍵だ？　しかもこんなに目立つようにして――」ギディアンはピアノのまわりを歩いてみた。そして、楽器の後ろの部分に鍵穴を発見した。「そうか、ここの鍵というわけか――中を開けてみろっていうんだな――それにしても、いよいよもって不気味だぞ」そう独り言を言いながら、ギディアンは鍵を開け、ピアノの蓋《ふた》を押し上げた……。

その後、ギディアンがどんな苦悶のうちに一夜を過ごしたか、どんなに多種多様な決断が次々に頭を横切り、その全てがいかにして絶望のうちに打ち壊されていったか――その詳細をくだくだしく記すのは控えることにしようと思う。ギディアンの身になってみれば、それはあまりに心ない仕打ちというものだろう。

やがて、ロンドンに朝の訪れを告げる鳥の囀《さえず》りが聞こえてきた。疲れ果てたギディアンは、顔はくしゃくしゃ、目も真っ赤に充血し、心は虚《うつ》ろなままだった。起き上がると無表情に表を眺めた。どの鎧戸も堅く閉じられ、灰色の朝の光の中、人気《ひとけ》のない道路では、街灯の黄色が点々と斑点を作っていた。町全体がひどい頭痛をこらえながら起き出そうとしているように見える朝――この日はまさにそういう朝だった。スズメの囀りが起床ラッパのように、起きろ起きろとギディアンを刺激し続けていた。

「とうとう朝になってしまった」ギディアンは呟いた。「でも、どうしたらいいんだ？　何とかして、この状態を終わりにしなくては――」

ギディアンはピアノに鍵をかけ、鍵をポケットに放り込むと、朝のコーヒーを求めて外に出た。歩きながらも彼の心は、不安、恐怖、後悔と、相も変わらぬ悪循環を何百回と繰り返していた。警察を呼んで、死体を引き渡し、ジョン・ディクソンとエズラ・トマスの人相書きをロンドン中に貼って歩く……、しかしその代わり、新聞には書き立てられる――《テンプル地区の怪事件――フォーサイス氏一時保釈に》――これもひとつの選択肢だ。簡単で、安全な選択肢だ。だが、考えれば考えるほど、この選択肢は不愉快だ。理由は簡単。そんなことをしたら、自分に都合の悪い諸々の事実がみんな世間に知れてしまう。子供でも見抜けるようなトリックだというのに、それを大口開けてゴクリと飲み込んでしまったこと、最低限の自尊心を持った法廷弁護士ならばあんな奇妙な依頼人の話など聞くはずがないのに、それを疑いもせずに聞いてしまったこと。いや、話を聞くだけならまだしも、そいつのために奔走までしてしまったとは！　事務弁護士も通していない男の依頼を引き受けて、私立探偵まがいのことをやるなんて！　それだけではない――さらに――さらに（ギディアンはもう百回以上、赤面を繰り返していた）金までしっかり受け取ってしまったのだ！「どっから見ても、これじゃだめだ――」とギディアンは吐き出した。「これじゃ、世間のさらし者になるだけだ！　ああ俺は、たかだか五ポンドのために、一生を台無しにしてしまった！」

無実のまま絞首台の露と消えるリスクを冒すのか、それとも世間の恥さらしになる道を選ぶのか――気概ある紳士ならば迷うことのない選択肢であろう。ロンドンの街路でコーヒー豆を煮出したものとして売られている例の香りの強い濁った飲み物を三杯ばかり喉に流し込むと、ギディアンの心は固まった。よし、警察なしでやってやろうじゃないか。だがそうなると、また別の問題が出てくるが、今度こそは、本気でロバート・スキルばりにいかなくてはならないぞ。いったいロバート・スキルだったら、この状況でどう行動するだろうか？　罪もないのに死体を押しつけられたりしたら、そいつをどう処理するだろう？　ギディアンは『千一夜物語』にあったせむし男の物語を思い出して検討してみたが、参考にはならぬと却下した。トッテナム・コート・ロードの道端に死体をそっと置いてくるのはどうだろう？　だが、通行人の中には好奇心旺盛な輩《やから》が必ずいて、そいつに見とがめられることだろう。ならば、どこぞの煙突に放り込んでくるのはどうか？　それは物理的に無理だろう。いっそ死体を担いで列車か乗合馬車に乗り込んで、どこかでこっそり落としてみようか？　だめだ、こいつも不可能だ！　だが、待てよ。列車や馬車がだめなら船はどうだ？

ヨットに死体を積んで海に放り込むのなら可能だろう。だが、俺みたいな貧乏人にヨットは贅沢すぎやしないか？　だいたい船の借り賃だけでも大変だろうし、乗組員にだって金がかかる……。そのときである、ギディアンの脳裏に伯父の所有するハウスボートが極彩色にひらめいた。そうだ、その手があるぞ……。例えば、オペラの作曲家だ。作曲家（仮にジムソン氏としておこう）ならば、ロンドンの喧噪を逃れて、静かな場所で仕事に没頭したいと考えるかも知れないぞ（ホガースの《怒れる楽師》に描かれたバイオリン弾きみたいにな）。作曲の締め切りが迫っているという状況だって、十分にあり得ることだ――そう、オペレッタ『オレンジ・ペコ』だ――ジムソン作『オレンジ・ペコ』――「新英国楽派の、才能あふれる若きホープ、ジムソン氏であります！」――ここで、ドラムを派手に鳴らそう――。ジムソン氏とオペレッタの構想がくっきりと浮かんできた。ジムソンがグランドピアノと共に到着し――そう、場所はパドウィクだ――完成間近の『オレンジ・ペコ』の楽譜を抱えてハウスボートに籠もる――どうだ、これ以上の自然なシナリオがあるものか！　もちろんジムソンはしばらくしたら姿を消して、後にはピアノだけが残ることになる。こいつはいかにも奇妙な事態だが、それでも何とか理屈はつくだろう。例えばだ、フーガの一節に悩み抜き、発狂に至ったジムソンは、己の非才の証人である楽譜を廃棄した挙句、川面に向かって身を投げた――こんな筋書きはどうだろう？　現代の作曲家にこれほど似つかわしい最期があるだろうか？

「よし、こいつでいこう！」ギディアンは叫んでいた。「救世主ジムソンだ！」

第十一章　巨匠ジムソン

ブルームフィールド氏の逗留先はメイデンヘッド近在と知らされていただけに、巨匠ジムソンの逗留候補地はパドウィク以外には考えられなかった。以前、この風光明媚な川辺の村を訪れたとき、ギディアンは、古めかしく苔《こけ》むしたハウスボートが一艘、柳の茂みの陰に係留されているのを目にしていた。以来、余暇に川下りを楽しむ折など、この老朽船を何となく思い出しては、ロマンチックな物思いに耽《ふけ》っていたのである。そして、例の小説の執筆時にも、主人公ロバート・スキルをこの老朽船に乗せたいがために、まるまる一章を書き加えようとしたくらいである（いつも誰かに誘《おび》き出されて窮地に陥《おちい》るロバート・スキルが、今度は、ベリュー卿とアメリカ産のならず者ジン・スリングにはめられて老朽船に足を踏み入れるという趣向であった）。

——あのとき老朽船を登場させないでおいて正解だった。と、ギディアンはしみじみ思った。

——こうやって、全く別の目的で使うことになるんだからな。

大した身なりはしてないものの、相手に取り入るのは巧みなジムソンだけに、老朽船の管理者を探し当てて、賃貸契約に漕ぎ着けるのはわけもなかった。賃貸料はほんの形式程度のものだったし、すぐにでも住み始めていいとのことだった。ジムソンが前金を差し出すと、男はそれと引きかえに鍵を渡してくれた。ジムソンはそのまま午後の列車でロンドンに戻り、ピアノの発送に取りかかった。

「さっそく、明日、移ってこようと思います――」ジムソンはしっかり駄目を押しておいた。「オペラの作曲の締め切りが迫っているものですから」

予告通り翌日の正午頃、パドウィクからグレート・ハヴァハムへ通じる川沿いの道を、ジムソンは、片手に食料を入れたバスケットを提げ、反対の手にはオペラ『オレンジ・ペコ』の楽譜が入っていると思われる革鞄を提げて歩いていた。十月で、季節はすっかり秋だった。灰色がかった空にはヒバリが鳴き、普段は鉛色のテムズ川の水面も、落葉のせいで色鮮やかであった。靴に踏まれて栗の落葉が乾いた音を立てた。一年で最もすがすがしい季節である。浮世の悩み事を忘れ、ジムソンはいつの間にか口笛を吹いていた。

パドウィクを過ぎると、川辺は急に寂しくなった。対岸は一面、個人所有の庭園の茂みで覆われ、木立の向こうに邸宅の煙突がにゅっと顔を見せている。一方こちら岸は、川沿いに柳が並んでおり、その柳のすぐ下に、目指すハウスボートは係留されていた。覆いかぶさるように茂る柳からの雨だれに汚れ、至るところに植物が生えるありさまだった。打ち捨てられたまま朽ち果てて、完全にネズミのすみかと化している。見るからにリウマチの温床と思われるこの廃船を目の当たりにして、尻込みしない居住予定者がいるだろうか。跳ね橋はなく、船と岸の間には板が一枚渡してあった。

ジムソンは船に移ると、この板を船側に引き込み、不潔きわまりない要塞にひとりきりの身となったが、それは何ともぞっとしない境遇だった。さっそく、薄気味悪い船内をネズミが駆け回る音が聞こえてきたし、鍵を回すと生き物の呻《うめ》くような音が出た。居間にあたる船室は埃で埋まり、船底にたまった汚水《あか》の強烈な臭いが鼻を打った。作曲家の意識はもっぱら創作活動に集中するとはいえ、これはお世辞にも居心地のよい住まいとはいえなかった。しかも、作曲家ジムソンは表向きだけのこと。本当は、絶え間ない不安に苛《さいな》まれながら死体の到着を待つ身なのである！

ジムソンは腰を下ろすと、テーブルの一角の埃を払い、冷たくなった昼食をバスケットから取り出して食べ始めた。失踪したジムソン氏の行方に関して捜査が行われることを予想すると、できるだけ人に会わないようにするのが賢明だった。つまり、一日中ここに籠もっているのが最善なのである。そのためもあって、革鞄の中には、筆記用具のほかに、大判の五線紙がたっぷり詰め込んであった。しかも、ジムソンのような野心的な作曲家にふさわしい紙をちゃんと選んできたのである。「さて仕事に取りかかるとするか」腹を満たすと、ジムソンは呟いた。「哀れな作曲家の仕事の跡《あと》をきちんと残しておかないとな」

ジムソンは、太字で以下のように大書した。

オレンジ・ペコ
作品十七
J・B・ジムソン

「こんな始め方は変だろうか？」ギディアンはためらった。「まあ、でも、総譜を残すわけでもなし、どうでもいいことだ。それに、ジムソンは前衛芸術家だからな。そうだ、献辞を書いておいた方がいいな。……『献呈の辞』と。さて、誰に宛てたものか？『ウィリアム・ユアト・グラッドストーン閣下に』これでいこう。……『忠実なる従僕である作曲家より』と。それから、少しくらいは譜面も書いておこう。だが、序曲はやめておこう。何か、不都合が出てきそうだからな。テノールのパートあたりがいいだろうな――さて、キーだが……前衛的に、前衛的に……よし、シャープ七つの嬰ハ長調だ！」

ギディアンは譜面の上に、事務的に署名したが、ここで手がピタッと止まると、ペンの握りの部分をじっと睨《にら》んでしまった。問題はメロディーだった。インスピレーションを喚起する材料が真っ白な紙だけときては、悲しいかな、素人の頭脳には容易に浮かんでくるはずもない。しかも、嬰ハ長調となると、ずぶの素人のギディアンにはお手上げである。ギディアンは紙をまるめて投げ捨てた。「これも、ジムソンの役作りに一役買うだろうさ」そう負け惜しみを言いながら、再び譜面に向かい、ほかのキーをあれこれ試しては、次々に書き損じを生産し、ミューズのお出ましを辛抱強く待っていた。だが、いくら頑張っても結果は同じこと、ギディアンは呆然となった。「もっと才能があると思ったが、俺はこんな程度なのか？　それとも今日は調子が出ないだけなのか？　いや、とにかく、ジムソンが存在したという痕跡を残さなくてはいけないんだ――」ギディアンは再び作業に没頭した。

次第に、ハウスボートの中の刺すような寒さが堪《こた》えてきた。ギディアンは、徒労に等しい作業を中断すると、キャビン内を右に左に歩き出した（それに合わせて驚いたネズミたちも右に左に逃げまどう）。それでも身体は暖かくならない。「もう、やめだ、やめだ！」ギディアンは叫んだ。「多少のリスクなら目をつぶるが、風邪をひくのはまっぴらだ。こんな穴ぐらなんぞにゃ、いられやしない！」

ギディアンはデッキに出た。舳先《へさき》の方に進み、川の上流に視線をやったとたん、ぎょっとした。ほんの数百ヤードのところに、やはり柳の茂みに隠れるようにして、一艘《いっそう》のハウスボートが泊まっていた。新しい船で、船尾にはしゃれたカヌーがつないである。窓に雪のように白いカーテンがかかっていて中は見えなかった。旗ざおの先に、旗がひとつはためいていた。ギディアンはこのハウスボートをじっと見つめていたが、見れば見るほど、胸中の嫌悪感と無力感、そして驚愕は膨《ふく》らんでいった。それは、伯父のハウスボートそっくりだった。恐ろしいまでに似ている。いや、伯父の船に違いない。だが、そう断言する前に、二つの有力な反論に答えなくてはならなかった。第一に、伯父はメイデンヘッドに行ったのではなかったか？　しかし、人並みはずれた俠気《おとこぎ》の持ち主の常で、節操のない方針変更に及んだと考えれば説明がつく。だが、二番目の反論は手強いものであった。ハウスボートにこのような旗を掲げるとは、ブルームフィールド氏らしからぬ振る舞いではないのか？　しかも、仮に旗を掲げたとして、伯父なら然《しか》るべき色の旗を掲げるのではないか？――というのも、この〈急進的田舎地主〉、人並みはずれた俠気の持ち主の例にもれず、若くしてケンブリツジの知の井戸の水を飲んで育っていた。そう、ブルームフィールド氏は、一八五〇年のケンブリッジ大学〝凡才組〟のひとりなのであった。なのに、ギディアンの目の前ではためいている旗の色は、トーリー党主義の牙城にしてピュージ主義（オックスフォード運動の蔑称）の温床、時代遅れの代名詞、オックスフォードの色だった。

――それにしても不思議なくらいに瓜二つだ。ギディアンはそう思わずにはいられなかった。

こうしてギディアンが上流を眺めていると、ハウスボートのドアが開き、若い女性がデッキに姿を現した。その瞬間、ギディアンはさっと身を屈めると、逃げるようにキャビンの中に姿を消した。それは、ジュリア・ヘイゼルタインだった！　ギディアンがキャビンの窓から様子を窺《うかが》っていると、ジュリアはカヌーを引き寄せて、それに乗り移ると、こちらに向かって川を下ってくるではないか！

「ああ、お終いだ！」ギディアンはヘナヘナと椅子にへたり込んだ。

「こんにちは、お嬢さん」ギディアンの耳に人の声が届いた。ハウスボートの管理人であった。

「こんにちは」ジュリアの返事が聞こえた。「ごめんなさい、どなたでしたかしら？　ああ、思い出しました。ハウスボートでスケッチするのを許可してくださった方でしたわね」

ギディアンの心臓は恐怖で破裂しそうである。

「ご名答――」と男の声。「そのことなんですが、もうここでスケッチはできないんですよ。船に借り手がつきましてね」

「借り手がついたんですか！」とジュリアは大声を出した。

「一ヶ月貸すことになったんですよ。不思議なことがあるもんですね。何でこんな船を借りる気になったのか見当もつきません」

「そんな。わたくし、すごくロマンチックだと思いますよ」とジュリア。「ところで、どんな方ですの？　お借りになる方は？」

ジュリアはカヌー、男は艀《はしけ》、両者ともハウスボートの船縁のところに船を留めて話をしていたので、二人の声は残らずギディアンの耳に届いていた。

「それがね、作曲家なんですよ」と男。「少なくとも、本人はそう言ってました。オペラを仕上げるためにここに来たっていう話です」

「作曲家！」ジュリアはさらに大声になった。「何て素敵なんでしょう！　夜になったら、皆さんと一緒に川をこっそり下ってきて、その方が即興演奏しているのを聞くことだってできますわね！ところで、お名前は何ておっしゃるのですか？」

「ジムソンです」

「ジムソン？」ジュリアは記憶の中を探してみたが、そんな名前は思いつかない。だが、興隆の一途をたどる我が英国楽派の誇る巨匠の数たるや、今や星の数ほどにも膨れ上がっており、作曲家も准男爵くらいまで出世しないと、その名前が俗耳に入ることはないのである。「間違いなくそういうお名前なのですね？」

「ちゃんとスペルも確認しましたよ。J―I―M―S―O―N、そうジムソンです。で、ジムソンさんの作曲しているオペラですが、何て言いましたかねえ――確か紅茶の一種ですよ」

「『紅茶の一種』？」とジュリアは訊き返した。「オペラなのに変な題名なのですね。いったいどんなオペラなのでしょう？」ギディアンの耳に、ジュリアの可愛らしい笑い声が届いた。「とにかく、そのジムソンさんとお近づきになりたいですわ。きっと立派な方なのでしょう」

「さてと……ごめんなさい、お嬢さん。そろそろ行かなくちゃいけません。ハヴァハムに用がありましてね」

「どうぞお気づかいなく。ご親切にどうも」とジュリアは答えた。「ごきげんよう」

「ごきげんよう」

ギディアンはそれこそ断腸の思いで、ひとりキャビンに座っていた。俺はこうして、おんぼろハウスボートから出られないでいる。そして、もう少ししたら死体が到着して、いよいよ徹底的にここに釘付けになるだろう。だというのに、村中が俺の噂でもちきりで、おまけにご婦人方は、俺のボートを囲んでパーティーでも開きそうな雰囲気だ。これじゃまるで絞首台にいるようなもんだ！

——だが、絞首刑になった方が、まだ幸せかも知れない。ああ、あのジュリアの軽率ぶりときたら！　どうして、誰とでもお構いなしに知り合いになりたがるんだ？　だいたい、奥ゆかしさってものを知らなすぎるし、上辺だけでも貴婦人らしく振る舞うってことができない。で、あんな獣《けだもの》みたいな地主野郎と気軽に話なんかするんだ。そのうえ、ジムソンなんていう怪しいやつにすぐ興味を示す！（せめて、露骨に興味を示さないだけの慎ましさがあってよかろうに！）まったく、「お茶でもいかが？」って誘う様子が、今から目に浮かぶようだ！　なのに、そんな女に俺は首ったけ——男っていう生き物は何て情けないんだ！

そのとき、外で物音がした。ギディアンは大急ぎでドアの後ろに身をひそめた。どうやら、ジュリアが船に上がったらしい。中が静かなので、ジムソンがまだ到着していないと判断したジュリアは、その間に、完成間近の絵を仕上げてしまおうと決断したのだった。舳先に腰を下ろすと、ジュリアは画用紙と水彩絵の具を取り出した。そして〝ご婦人らしいたしなみ〟（かつてはこんなふうに言われたものである）に従事するかたわら、歌を歌い出した。歌声はときどき途切れることがあったが、どうやら、あのくだらない〝水彩画の手引き〟の一部を思い出しているようだった。まだまだ野蛮だった時代はいざ知らず、ご婦人方がひとり残らず洗練されてしまった現代には、こんなやり方で絵を描く習慣は残っていないはずであったが、大方ピットマンの門下生でもあったのだろう、ジュリアは旧風を堅く守っていたのである。

その間、ギディアンは身動きひとつせずにドアの後ろに立っていた。呼吸ひとつするのに怯え、次の展開の予想に怯え、だが、その監禁状態と退屈は、それこそ死ぬほどの苦しみだった。だが、この危機的状況も永遠に続くわけではないだろう、そう思うとギディアンの気持ちも多少和らいだ。たとえこの後どうなろうとも（「仮にそれが絞首台だとしても」とギディアンは最悪の事態を勝手に想像していた）、この状態に比べれば解放に違いない。そのとき、憂鬱な気分を紛らわすために、数字の三乗を順々に計算していこうという考えがひらめいた。――そうだ、これはいいアイディアだ。これほど優れた〝避難所〟はまたとあるまい。危機的状況のギディアンは、〝男らしさ〟を投げ捨てて、何ともネクラな数字遊びを始めたのだった。

こうして、各々の作業に没頭する一組の男女が誕生した。ギディアンは完全数（約数の総和がそれ自体の二倍に等しいような整数）の割り出しに今度は夢中になっていたし、ジュリアであれこれと不釣り合いな色を画用紙に落としていた。だがまさに天の配剤というべきだろうか、このとき一艘の汽艇《ランチ》が喘息病みたいにテムズ川をこちらに向かってのぼってきた。川面は一斉に大きく波立ち、葦がザワザワと音を立てた。長い間、化石のように身動きひとつしなかったハウスボートも、突然生命を吹き込まれたように、身体をせわしく揺すってみせた。まるで、港近くの浅瀬にさしかかって船足が遅くなった船のようであった。そうこうするうちに、うねりも次第に収まり、せわしい息づかいの汽艇の姿もみるみる小さくなっていった。そのときである。ジュリアの叫び声を耳にして、ギディアンは飛び上がった。大急ぎで窓から外を覗くと、ジュリアは心細げにはるか川下を見やっている。視線の先を、カヌーがどんどん遠ざかっていく。数々の欠点を持つギディアンであるが、このときばかりは自作の主人公ロバート・スキルばりの素早い行動力を発揮した。一瞬の内に次の展開を察知し、やにわに身を翻《ひるがえ》したかと思うと、床に這いつくばり、そのままテーブルの下に身を隠したのだ。

ジュリアは、自分の置かれた状況がまだ把握できていなかった。カヌーを流してしまったことは理解できた。だが、ぼんやりとブルームフィールド氏に会うときのことを考えていただけで、ハウスボートに閉じ込められたことには気づいていなかった。渡し板を渡って岸に上がればいいと思っていたのである。

ジュリアはハウスボートの住居部分をぐるっと回って反対側に出た。すると、ドアが開いていて、渡し板も引き込まれているのに気がついた。あら、ジムソンさん、お帰りになっていらっしゃる——なんだ、ジムソンさんは船の中にいらっしゃったんだわ——きっとすごい恥ずかしがりなんだわ、だから私がこうして勝手に船に入っても、ひっそりと黙っていらっしゃる――。こう考えると、ジュリアはにわかに勇気づいた。でも、こうなったらジムソンさんに出てきてもらわないと――私ひとりじゃ板は持ち上がらないんだから、いつまでも引っ込んでいられたら困ってしまう――。ジュリアは開いたままのドアをノックした。再度、ノックした。

「ジムソンさん！」と大声で叫んだ。「ジムソンさん！　出てきてください！　ひとりじゃ出られないんです、だからお願い、出てきてくださいな！　もう、おかしな真似はやめてください。お願い、来てください！」

だが、ジムソンの返事はない。

「これで中にいるとすると、少し変わった人なのかも知れない」そう思うと、ジュリアは薄気味悪くなった。だが、次の瞬間、自分と同じように、ジムソンもカヌーに乗って外出中なのかも知れないという考えが浮かんだ。それだったら、ハウスボートの中に入っても構わないはずだ――そう結論に達するとジュリアはドアを押し開けて、中へ足を踏み入れた。ギディアンはテーブルの下で埃をどっさり吸いながら、心臓が止まるような思いでいた。

テーブルの上にはジムソンの昼食の残骸があった。「食べ物の好みはまともなのね」ジュリアはそう思った。「好感の持てる人かも知れないわ――フォーサイスさんくらい素敵な人だったらいいけれど――ジムソン夫人――どうかしら、やっぱりフォーサイス夫人の方がいい響きね――でも、〝ギディアン〟ってのは変な名前！――あっ、楽譜だわ――素敵……。『オレンジ・ペコ』――なあんだ、〝紅茶の一種〟っていうのはこのことだったのね――」辻褄が合ったところでジュリアンは囀《さえず》るような声で笑い、さらに視線を走らせた。「『アダージョ・モルト・エスプレッシーヴォ、センプレ・レガート』」（少なくとも文字を書いている限り、ギディアンは作曲家らしくできたのだ。）

「変な譜面ね——演奏の指示だけこんなに細かくしてあって、楽譜はちょっとしか書いてないなんて。あら、こっちの紙にはもう少し書いてある。『アンダンテ・パテティーコ』……」続けてジュリアは楽譜を追いかけた。「まあ、ずいぶんと現代風なのね！ 全然、曲らしくは見えないわ。主旋律の方はどうなってるのかしら——あら、不思議！ どこかで聞いたことがあるみたい！」そう叫ぶと、ジュリアは試しに口ずさんでみたが、急に笑い出した。「何これ！『トミー、おじさんに席をお空け』（当時のミュージック・ホールのヒット曲）じゃないの！」この指摘に、テーブルの下のギディアンは苦虫を噛んだ。「——何が『アンダンテ・パテティーコ』よ。ただのインチキじゃないの」

このとき、テーブルの下から、もぞもぞと格闘するような音がもれ出した。ニワトリが出すような奇妙な声があがったかと思うと、派手なくしゃみが続き、くしゃみの主は同時に頭を激しく頭上のテーブルに打ちつけたので、弱々しい呻き声がそれに続くことになった。

ジュリアはドアの方に飛び退《の》いたが、勇気ある者が持つ健全な本能を発揮して、危険を承知で再びテーブルの方に向き直った。だが、誰もジュリアを追いかけてくる気配はなく、くしゃみの音だけが続いていた。はっきりとは見えないが、どうやらテーブルの下にうずくまっている人間が、くしゃみの発作に苦しんでいるようであった。ただそれだけのことだった。

「でも、こんなおかしなことってあるかしら？」とジュリアは思った。「まともな人間のやることじゃないわ」

そうしている間にも、ギディアンのくしゃみのせいで、長年にわたって積もりに積もった埃が大挙して舞い上がり、それが今度はものすごい咳の発作を引き起こしていた。

ジュリアは何となく興味を覚えた。「失礼ですが、ご病気でいらっしゃいますか？」と言いながら、テーブルの方に近づいていった。「怪しい者じゃありませんから、どうぞ出てきてください、ジムソンさん。そこはお身体に障《さわ》りますよ」

ジムソン氏は苦しそうな咳で応答するだけだった。仕方ない、ジュリアはとうとう膝をついて四つん這いになった。テーブルの下、二つの顔が急接近し、あわやぶつかりそうになった。

「まあ、どうしたことでしょう！」ジュリアは飛び上がった。「フォーサイスさん！　あなた、気でも狂ったんですか！」

「狂ってなんかいませんよ」隠れ家から這い出しながら、ギディアンは恨《うら》めしそうに答えた。「ヘイゼルタインさん。誓って申し上げます。私は正気です」

「これが正気なもんですか！」荒い息づかいのまま、ジュリアは声を張りあげた。

「おっしゃりたいことはよく分かります」とギディアン。「確かに傍目《はため》には、私のやっていることはずいぶん奇妙に見えるでしょうよ」

「もし正気だったとすると、あの振る舞いは何だったのですか？」とジュリアは問い詰めた。「わたくしがどういう気持ちでいたか、少しでも気づかってくださいましたか？」

「それは、どうも、申し訳ありませんでした。確かに、わ、私がいけなかったと思います」ギディアンは、努めて男らしい寛容さを装った。

「許しがたい行いです！」熱くなったジュリアは収まらない。

「本当に、あなたの信用を失いかねない行動でした」とギディアンは続けた。「しかしですね、ヘイゼルタインさん。まず私の話を最後まで聞いてください。確かに、私の振る舞いは異常でした。でも、それにはちゃんと理由《わけ》があるんです。それればかりじゃない。こんな状態で、つまり、尊敬する人の信用を失った状態で今後も生きていくなんて、私はまっぴらごめんですから……『尊敬する人』だなんて、そんな言葉を使っている場面じゃないかも知れませんが、それが私の本当の気持ちなのです」

それを聞くと、ヘイゼルタイン嬢はちょっと嬉しそうな顔をした。「分かりました。とにかくこんな寒いところでは話もできませんから、外に出てデッキに腰掛けませんか」

ギディアンはうなだれたまま、ジュリアの後に続いて外に出た。

「さあ、どうぞ——」壁にもたれて楽な姿勢を作ると、ジュリアは切り出した。「あなたのお話を最後まで聞かせていただきますわ」

だが、目の前のギディアンがどうにも話しづらそうにしているのを見ると、ジュリアは思わず笑い出してしまった。恋する男にとって、ジュリアの笑い声はまさに天使の歌声である。歓喜と自由に満ちあふれたソプラノは、クロウタドリの声のように、川面に響き渡った。広い空の下、ここが自分の生まれ故郷といわんばかりの高らかな響きだった。だが、この笑い声を聞いて悦びを感じられない男が、この世にひとりだけ存在した。それが、この哀れなジュリア崇拝者、ギディアンなのである。

「ヘイゼルタインさん」震える声で、ギディアンは切り出した。「あなたのために、心からよかれと思って申し上げますが、あなたの態度はあまりに軽率であると忠告しなくてはなりません」

ジュリアは目をむいた。

「どう思われようと、今の言葉は撤回いたしません」とギディアンは続けた。「あなたが卑しい船乗り風情となれなれしく口を利いているのを耳にして、私はめったにない苦痛を味わいました。それから、ジムソンの噂話をなさっていたときのあなたも、いささか慎みを欠いていたのではないでしょうか――」

「でもジムソンさんの正体はあなただったじゃありませんか」

「それはそうです」とギディアン。「しかし、その時点では、そんなことは知らなかったじゃないですか。ジムソンとどんな〝お近づき〟になろうと思っていたのですか？　あなたの中で、ジムソンはどんな男だったのですか？　ヘイゼルタインさん、正直私はひどく傷つきました」

「お願いですから、おかしな話はやめてください」ジュリアはきっとなった。「あなたはひどく奇妙な振る舞いをなさった。そして、それにはちゃんとした理由があるとおっしゃった。なのに、その説明をしないで、わたくしの非難を始めるのですか？」

「わ、分かってますよ――」とギディアン。「今からちゃんとお話しします。私の置かれた状況を知れば、あなただって許さないわけにはいきませんよ」

ジュリアの横に腰を下ろすと、ギディアンは自身の哀れな来歴を、一つ残らず語り尽くすのだった。

話を終わりまで聞くと、ジュリアは大きくため息をついた。「そういうわけだったのですね、フォーサイスさん——わたくし、本当にごめんなさい。あなたのことをあんなに笑ったりして——でも、おかしくて、どうしても我慢できなかったのです。でも、謝ります。ちゃんと知っていたら、あんなふうに笑ったりしませんでした」そう言うと、ジュリアは和解の握手を求めて片手を差し出した。

ギディアンはジュリアの手を取ると「じゃあ、もうこのことで私を悪くお思いにならないですね？」と、やさしい声で尋ねた。

「このことって、トラブルに巻き込まれて、おかしな真似をしてしまったことですか？　どうしてそんなことを尋ねるのです！　当たり前じゃないですか！」この場の雰囲気も作用していたのだろう、ジュリアは情感のこもった声でそう言うと、もう一方の手も差し出すのだった。「わたくし、あなたの力になりますわ」とジュリアは付け加えた。

「本当に？」

「本当です。信じてください」

「では、信用いたします。これからもずっと信用します！」とギディアンは大声で言った。「——本当は、こんな話をしている場合じゃないんですが、でも、僕には、助けになる友人がいないものですから——」

「あら、わたくしだって同じですわ——」とジュリア。「でも、フォーサイスさん、わたくしの手をもうお返しくださいな」

「『手を取り合って』――」とギディアンは節をつけた（オペラ『ドン・ジョヴァンニ』の有名な二重唱の一節）。「ほんのもう少しだけ！　本当に、頼りになる友人はいないのです！」

「あなたみたいな若い方にお友達がいないなんて、ずいぶんおかしな話ですわね」

「いえいえ、知り合いだったら山ほどいるんです！」ギディアンは大声を出した。「でも、私が言っているのはそういう意味じゃないんです――ああ！　こんなことを言ってる場合じゃないのは分かっているんです――でも、ジュリア！――あなたは自分の美しさに気づいていないんだ！」

「フォーサイスさん！」

「どうか、ギディアンって呼んでください！」

「そんな、できません！――私たち、知り合ってほんの少ししか経ってませんのよ」

「そんなことありません！」ギディアンは抗議する。「ボーンマスで知り合ったのは、ずっと昔です。それ以来、あなたのことは片時だって忘れたことはないんです。あなたも同じ気持ちだったと言ってください！　そして、僕をギディアンと呼んでください！」

「でも……でも、そんなことをすると、ジムソンさんのときみたいに、慎みが足りないって叱られるでしょう？」とジュリアは意地悪く尋ねる。

「そ、それは――そんなことを言う私が大馬鹿なんです――ええ、ええ、いいんです、私は何も気にしやしません――大馬鹿なのは分かっています、どうぞ、心ゆくまでお笑いください」

ジュリアは口元を少しほころばせた。それを見たギディアンは、また、歌を口にする。

「『君よ知るやオレンジの島』――」歌いながらギディアンは、熱のこもったまなざしをジュリアに送った。

「オペラみたいですわね」ぽつりとジュリアが言った。

「オペラのどこがいけないんですか」とギディアン。「僕はジムソンですよ。恋に落ちたら、セレナーデを歌うのが当たり前でしょう。ええ、僕は本気です――ああ、ジュリア――どうか僕の気持ちを分かってください。大変なトラブルに巻き込まれています。一文無しの貧乏です。あんな恥ずかしい姿まで曝《さら》しました。でも、ジュリア、僕は本当にあなたが欲しいのです！　ジュリア、さあ、僕の顔を見て！　言えるものなら、ノーと言ってごらん！」

ジュリアはギディアンを見た。ジュリアの瞳にどんな答えが見つかったのか、その詳細はともかくとして、ギディアンが幸福なメッセージを読み取っていたのは間違いない。それほど長いこと、ギディアンはジュリアの眼を覗き込んでいたのである。

「それに、しばらくの間は、ネッド伯父さんが援助してくれますよ」ギディアンはこう口にした。するとと、「おい、若いの。そいつはちょっと虫がよすぎないか！」と、ギディアンのすぐ後ろから、朗々とした声が響いた。

突然の声に、恋人たちはそれこそ大慌てで飛びのいた。（はじめに座ったときから動いてないはずなのに）いつの間にかお互いぴったりくっついているのに気がついて、ジュリアはすっかり動転してしまった。二人が上気した顔で振り向くと、エドワード・ヒュー・ブルームフィールド氏と目が合った。汽艇で川を下っての帰り道、見覚えのあるカヌーが迷子になって漂っているのを発見したブルームフィールド氏は、何が起こったのかとっさに見当をつけると、スケッチに夢中になっているジュリアを驚かそうと、こっそり近づいてきたのだった。ところがいざやってきてみると、思いがけなく一石二鳥の結果となった。こうして、一対の被告人は、顔を真っ赤にして満足に息もできない状態で立ち尽くしているわけだが、二人の姿を見ていると、〝縁結びの神〟としての本能が頭をもたげてきて、ブルームフィールド氏の気持ちも和らぐのだった。

「どうだ、お前の考えは、虫がよすぎないか？」とブルームフィールド氏は繰り返した。「ネッド伯父さんに甘えられると安心し切っているようだな、ギディアン。わしはお前に、わしらから離れているように言わなかったかな？」

「だからメイデンヘッドには近づきませんでしたよ」とギディアン。「こんなところで会うなんて、誰が想像しますか？」

「なるほど、それも一理ある」ブルームフィールド氏は肯いた。「それはこういうことだ。わしらの居場所は、お前にも内緒にしておいた方がよかろうと考えたのだ。フィンズベリーの悪党どものことだ、お前からわしらの居所を巧みに聞き出さないとも限らないからな。もちろん、あんな忌々しい色の旗を掲げたのも、連中の追跡をかわすためだ。しかしな、ギディアン。お前との約束はそれだけではなかったはずだぞ。仕事をしっかりやると誓ったはずだ。なのに、パドウィクまでやってきて、遊び呆けているとは――」

「お願い、ブルームフィールドさん、フォーサイスさんを叱らないでください」とジュリアが割って入った。「かわいそうに、フォーサイスさんは大変困った立場にあるのです」

「何？　ギディアン、いったいどうしたんだ？」伯父は問い質《ただ》す。「決闘でもやらかしたか？　それとも借金か?」

ブルームフィールド氏によると、紳士に降りかかる災難は以上の二つに尽きるらしい。もちろん、これは、氏自身の半生から得た知恵にほかならない。かつて、形だけのことだからと言われて、友人の借用証書にサインしたところ、大枚一千ポンドを払う羽目になったことがあったのだ。復讐を恐れた当の友人は、以来ブルームフィールド氏の影に怯えて逃げまどうばかり。四つ角ひとつ曲がるにも、そこにブルームフィールド氏愛用のオーク杖がひそんでいないかとビクビクする毎日ということである。また、決闘についていうならば、この〈急進的田舎地主〉は常に決闘の危機にあったのである。これもまた昔の話で、急進的クラブの代表だったときのこと、保守派の集会所を襲撃したことが発端になって、ややこしい事態に発展したことがあった。このときの保守派の候補者ホールトム氏は、事件の後、長患《ながわずら》いの床についてしまったのだが、ある日ブルームフィールド氏に関して裁判所で証言したいと言い出した。「どこの法廷でだって証言してみせる——私をこんな身体にした獣《けだもの》は、あの男なんだ!」ホールトム氏はそう言ったと伝えられている。さらに、いよいよ容態が篤《あつ》くなると、氏はいまわの際の言葉として同趣旨のことを述べたのである。だが、ホールトム氏は一命を取り留め、めでたくビール醸造業に復帰したのであるが、その日のブルームフィールド氏の喜びようといったら尋常ではなかった。

「伯父さん、僕の置かれている状況は、そんなものじゃないんです」とギディアンは言い返していた。「まったく、いくつもいくつも状況が複雑に絡み合った結果、神の摂理が誤作動を起こしたとしか思えませんよ。つまりですね、殺人者の一味が、僕の才能に目をつけて、自分たちの犯罪の痕跡を私に消させようと企んだのです。いいですか、これは立派な犯罪ですよ」こうまくし立てたギディアンは、本日二度目、ブロードウッド・グランドピアノの冒険譚を語り出したのであった――。

「それは是非とも『タイムズ』に投書をせねばならん！」話が終わるとブルームフィールド氏は声を張りあげた。

「そんなことをして、僕の弁護士資格を剝奪したいのですか？」ギディアンは詰め寄った。

「資格を剝奪されるだと？　まさか、そんなことあるものか」と伯父は答える。「わしらは、まっとうで、正直で、自由な国に暮らしているのだからな。わしの呼びかけに応えて、世間はきっと動いてくれる。ありがたいことに、トーリー党の腐敗政権は終わっているからな」

「でも、だめですよ、伯父さん。そんなやり方じゃ」

「おいおい、お前、頭がどうかしておるぞ！」ブルームフィールド氏は叫ぶ。「ひとりで片をつけようっていうのか？」

「それ以外の道はありませんよ」

「常識はずれのたわごとは、もうたくさんだ！　よいか、ギディアン、命令だ。この犯罪にこれ以上関わってはならんぞ」

「いいでしょう。じゃあ伯父さんに全部お任せします。死体はお好きなように始末なさってくださいね」

「何を言うか！」急進的政治クラブの代表はいきり立った。「わしは死体なんかとは関係ない！」

「それなら、僕が最善を尽くすのを黙って見ててください――なに、大丈夫、こう見えてこの種の難問に立ち向かう才能はあるのですから」

「ではどうだろう、死体をあの〝疫病院〟、つまりは保守党クラブに運ぶっていうのは？」ブルームフィールド氏の新提案である。「有権者の目を考えると、かなりのダメージを与えられると思うのだが。それに、地元の新聞に派手に書き立ててもらうことだってできるかも知れんぞ」

「政治目的にお使いになりたいのなら、どうぞご自由に――」とギディアン。「死体は差し上げますから持っていってください」

「いや、そうじゃない、ギディアン。違うんだ。死体を運ぶとしたら、お前しかおらん。わしが手を出すのはよくないんだ。だいたい、わしゃへイゼルタイン嬢が、いつまでもこの辺にうろうろしているのだって好ましくない。誰かに見られたら大変だ――」そう言うと、政治クラブ代表のブルームフィールド氏は、心配そうに川の上流と下流に視線をやった。

「公人としての立場も考えなくてはならん。党に迷惑をかけでもしたら大変だ。だがまあいい、もう夕食の時間じゃないか」

「何ですって！」ギディアンは慌てて懐中時計をまさぐった。「ああ、こんな時間だ！　もうとっくにピアノが着いているはずなのに！」

ブルームフィールド氏はボートに戻りかけていたが、この言葉に立ち止まった。

「駅に到着したところまでは、ちゃんとこの目で確認してるんです。駅で運送屋を雇って――その運送屋、ほかにも回るところがあるけれど、遅くても四時までには着くって請け合ったんですよ――間違いない、ピアノは開けられて、死体も見つかっているんだ！」

「おい、ギディアン、すぐ逃げるんだ！」ブルームフィールド氏が叫んだ。「それが唯一男らしいやり方ってもんだ」

「でも、もしそうでなかったらどうするんです？」ギディアンが訴えた。「ピアノは来たけれど、肝心の本人がいないってんじゃ困るでしょう？　臆病なばっかりに絞首刑になるんですか？　そんなのごめんです。やっぱりパドウィク中を探してみるべきですよ。でも、僕はここを離れるわけにはいきませんから……。そうですよ、伯父さん！　伯父さんが警察まで行って様子を見てきてくださればいいんですよ！」

「おいおい、ギディアン、そいつはよくない考えだぞ」ブルームフィールド氏は、拷問台の上の罪人みたいな声を出した。「わ、わしは、お前のことを、本当に心から愛しているし、気にもかけておる。それから、英国人に生まれたことを神様に感謝してもいる。だがな、その、け、警察だけはいかん。ギディアン、警察はだめだ」

「じゃあ、僕を見捨てるわけですね」とギディアン。「要するにそういうことですね」

「そうじゃない、そうじゃない」ブルームフィールド氏は反論する。「わしは、用心した方がいいと言っているだけだ。われわれ英国人はな、ギディアン、いつでも常識の指し示す通りに行動せねばならん」

「あの……ちょっとよろしいでしょうか――」ジュリアがここで口を挟んだ。「わたくし、フォーサイスさんはこのハウスボートを離れて、あちらの柳の茂みに隠れたらいいと思います。もしピアノが到着したら、茂みから出てきて受け取ればいいわけですし、もし警察がやってきたら、私たちのハウスボートにそっと乗り移ればいいんです。もうジムソン氏がいる必要はないんですから。ギディアンさんはハウスボートでお休みになって構いませんし、必要なら、服は汽艇のボイラーで焼いてしまえばいいんです。それで全て大丈夫だと思います。ブルームフィールドさんは、こんなに立派な方ですし、社会的にも指導的な地位にいらっしゃるのですから、誰も、こんなことに関わっているなんて疑いませんわ」

「どうだギディアン。こちらのご婦人は、なかなか立派な常識の持ち主じゃないか」〈急進的田舎地主〉はいたく感心した。

「まあ、わたくし、そんなに馬鹿じゃありませんわ」ジュリアは自信たっぷりに言った。

「ところで、どっちもやってこなかったらどうするんだい？」とギディアンが訊いた。「そのときはどうしたらいいんだい？」

「そのときはですね」ジュリアは続ける。「暗くなってから、村まで行ったらいいと思います。そのときは、わたくしも一緒に参ります。誰からも怪しまれることはないでしょうし、万一、怪しまれても、わたくしが何かの誤解だって弁護します」

「その案には賛成できないぞ――ヘイゼルタインさんが行くのは許可できんな」とブルームフィールド氏。

「どうしてですの？」

ブルームフィールド氏は、その本当の理由を言えなかった。実のところ、氏は臆病にも、この事件に巻き込まれるのを怖がっていたのである。だが、心に疚《やま》しいところのある人間の常で、ブルームフィールド氏は高飛車な態度に出た。「ヘイゼルタインさん。私は、ご婦人の振る舞いについてあれこれ堅苦しいことは言いたくはないのだが――」

「えっ、そんな理由で、反対していらっしゃるんですか？」とジュリアがさえぎった。「それだったら、三人揃って参りましょう」

「しまった、やぶ蛇だった！」ブルームフィールド氏は、密かに舌打ちした。

第十二章　ブロードウッド・グランドピアノ、最後の登場

英国は普通、音楽と無縁の国であると考えられている。だが、手回し式のオルガン奏者にまで及ぶパトロンの手厚い保護であるとか、ビアボン（口でくわえて指で弦を弾く楽器）の広汎な普及についての議論などを引っ張り出すまでもなく、まさに言葉の真の意味において、国民的と呼べる楽器がひとつだけある。既にチョーサーの時代から音楽に親しんできた家畜番の少年たちは、草原でペニーホイッスルを鳴らしては、ヒバリを驚かしていたのである。また、熟練した煉瓦職人が手にすれば、

〝たちまちトランペットに早変わり、流れる曲は――〟（ワーズワース「批評家よ、ソネットを馬鹿にするなかれ」の一節）

（一般的には）『英国の近衛兵』か『真っ赤なサクランボ』であった。特に『真っ赤なサクランボ』はペニーホイッスルの定番の曲であって、もともと、ペニーホイッスルのために作曲されたのではないかとさえ思われる。それにしても、大の大人がペニーホイッスルの腕前を人前で披露するだけ

でどうにか食っていける、あるいは、失業中の一時期を何とかやり過ごせるという事実は、いかにも奇妙なことといわねばなるまい。しかも、こうした〝プロ〟の吹き手のレパートリーが、ほとんど例外なく『真っ赤なサクランボ』一曲だけというのも、何とも奇妙なことである。そしてこれ以外にも、ペニーホイッスルは数々の不思議に取り囲まれている。例えば、この笛がペニーホイッスルと呼ばれるのはどうしてだろう？　一ペニーでこの笛は買えやしないのだ。また、この笛が別名〝ブリキ笛〟と呼ばれるのはなぜだろう？　まさか本当にブリキで作られたりはしなかろうに。それからもうひとつ、ペニーホイッスルの初心者はいったいどこで、苦労に満ちた徒弟時代を過ごすのだろう？　人っ子ひとりいない地下埋葬所に赴いて、あるいは砂漠にでも出ていって練習するのだろうか？　ピアノの練習をする人、バイオリンの練習をする人、コルネットの練習をする人は、いつでもお目にかかることができる。だが、半人前のペニーホイッスル奏者だけは（サケの幼魚同様）決して人目に触れることがない。つまり、プロ級の腕前にならない限り、彼らは人前で演奏しないのだ。どうやら、吹き手がはじめて高音を試みる瞬間、神様はわれわれの耳を堅く塞いでしまわれるようである。

だがこの日、パドウィクにほど近い草道の上で、まことに瞠目すべき事態が起こっていた。運送屋の荷馬車の座席に、亜麻色の髪をしてひょろりと背が高く、おとなしそうな顔つきの若者が腰かけていた。手綱は膝の上、鞭は後ろの車の中、馬の歩くままに任せていた。この日新品のD管ホイッスルを手にした運送人は、仕事中には見られない高揚した精神状態で青空をうっとり眺めながら、『鋤《すき》引きの少年』の愉快なメロディーを心許《こころもと》なげに吹いていた。このとき誰か目のきく人間が、偶然ここを通りかかったならば、それこそ震えが走ったことだろう。「つ、ついに、見つけたぞ！」——思わずそう叫んだに違いない。「ペニーホイッスルの初心者だ！」

この亜麻色の髪の若者、名前をハーカーといった。ちょうど十九回目のアンコールに自ら応《こた》えていたところだったが、近くに人がいるのに気づくと、ひどく狼狽《うろた》えて演奏を止めた。

「ずいぶん上手だねえ！」道の端から男の声が呼びかけた。「こんな素敵な音色が聞けるなんて光栄だなあ。ただ、もう少し滑らかな調子だといいんだろうけど——」といかにも音楽通といったコメントを重々しく付け加えた。「さあ、もう一回吹いてみてくれよ」

ハーカーは恥ずかしさでいっぱいになりながら、声の主に視線をやった。四十歳くらい、逞しく陽に焼け、ひげをきれいに剃った男が、荷馬車のすぐ脇を大股に歩いていた。まるで下士官のような歩き方をしてステッキをくるくると振っている。着ている服はだいぶくたびれていたが、全体としては清潔そうで、自信にあふれていた。

「まだ、練習を始めたばかりなんです」顔を赤くしたハーカーは言った。「だから、人に聴かれたくないんです」

「でも、俺は気に入ったよ！」と男が切り返す。「初心者にしては一級の出来だ！　ね、俺がリードするから、一緒にどうだい？　横に座ってもいいだろう？」

そう言うが早いか、男は荷馬車に腰を下ろした。手には笛があった。男は、握りの部分をわけ知り顔にトントン叩いてから、笛をくわえた。ちょっとの間、女神ミューズと交信しているような様子をしていたかと思うと、突然、『別れたあの娘《こ》』を吹き始めた。上手というよりは、偉大という形容がふさわしい演奏だった。確かに、鳥の囀《さえず》りのような豊かな音色ではなかったし、『真っ赤なサクランボ』のときのような甘美な演奏ともいえなかったが、男は頓着なしだった。ペニーホイッスル特有の鋭い音色をこれでもかと響かせて、存分に酔いしれていた。その情熱とスピード、正確さ、バランスと滑らかさ、さらに（専門的にいうと）バグパイプの装飾音である〈ウォーブラーズ〉に相当する〈ジミー〉の軽快さ、そして、ダイナミックな演奏に花を添え、技術の不足を補ってあまりある魅惑的な流し目――これらの点で、この男に並ぶ者はないと思われた。ハーカーは黙って聴くだけだった。『別れたあの娘』の演奏はハーカーを絶望で打ちのめし、『兵隊の悦び』を聴くと、嫉妬を越えて、心底から賛嘆の気持ちが込み上げてきた。

「さあ、君の番だ」男は笛を差し出した。

「とんでもありません！　あなたに続いて吹くなんて！」とハーカーは答えた。「プロの演奏じゃないですか！」

「そんなことはない」と男が応じる。「君と同じ素人さ。これもひとつの吹き方だし、君のもひとつの吹き方だ。俺は君の演奏の方が好きだね。残念なことに、俺の場合、音楽をろくに分かりもしない子供時代に自己流の型を作ってしまったんだな。でも、君は違う。君ならきっと、俺くらいの年になったら、コルネットを吹くのと同じような音が出せるようになるさ。さあ、さっきの曲をもう一度聴かせてくれないかな。出だしはどんなだったっけ？」そう言うと、男は『鋤引きの少年』のメロディーを思い出そうとした。

途方もない希望がひとつ、ささやかながらハーカーの心に生まれかけていた。いったいそんなことがあるのだろうか？　自分の演奏には、本当に光るものがあるのだろうか？　実際、これまでにも、我ながらほれぼれするような音が出たことがあったじゃないか――ひょっとしたら自分は天才なのかも知れない！――ハーカーが自問している間、男は『鋤引きの少年』相手に悪戦苦闘していた。

「そうじゃないです――」ハーカーはついに口を出した。「いいですか、そうじゃなくって……よく聴いてください……こんな感じです――」

ハーカーは笛をくわえた。この瞬間、運命は決せられた。一度、二度、三度、ハーカーは模範演奏を繰り返した。その都度《つど》、男はハーカーを真似て吹いてみたが、ハーカーのようにはいかなかった。人に演奏を聴かれて赤面するような自分が、一流の演奏家に指導をするなんて！――しかも、一流の演奏家といったって、この通り、自分のような吹き方をすぐにマスターできるわけではないのである――このときハーカーに訪れた光輝の感情は（秋色に満たされた田舎の風景を眩しく照らし出すほどだったが）、とても言葉に表せるものではない。読者諸賢の中に同じプロの書き手がいらっしゃったらお尋ねしたいところであるが、虚栄心にとらわれて忘我の境地に至ったハーカーの有頂天さ加減を、いかにしたら言葉で表現し尽くせるであろうか？　吾輩、筆者としては、重要な事実を一点だけ指摘すれば、この状況の描写としては十分ではないかと愚考する。すなわち、これ以降演奏するのはハーカーのみ、男はただただ、ハーカーの音色に感心して耳を傾けていたのであった。

だが、熱心な聴き役を演じながらも、男は兵士特有の警戒心を決して失わず、ときどき前後に視線を送っていた。後ろを向いては、荷馬車の荷物の値踏みをし、茶色の紙包みや大籠の中身に当たりをつけていた。だが、真新しいピアノケースに入ったグランドピアノには一瞥をくれただけで《荷厄介》のレッテルを貼っていた。そして前を見るや、こぢんまりした田舎パブを草道のかたわらに目敏《めざと》く発見し、「よし、あいつを使ってみよう」と腹を決めた。男はハーカーに一杯やっていかないかともちかけた。

「いえ、私、お酒は飲みませんので……」とハーカーが言いよどむと、男はその言葉をさえぎった。

「おいおい、そうかい。じゃあ仕方ないな。自己紹介させてもらおうか。俺は、第X連隊所属、ブランド軍旗護衛軍曹だ。こう言えば、俺がどれほどの酒好きか分かるだろう？」

これがギリシャ悲劇でもあったなら、ここで合唱隊《コロス》が登場して、「分かるかも知れないし、分からないかも知れない」などと歌い出し、さらには、ぼろ服を着た軍曹がこんな田舎道を歩いているのは奇妙なことだと指摘したり、これはとうの昔に除隊になった元軍曹であり、最近まで四角い塀の中でまきはだ編みに従事していたに相違ないなどと主張していたことだろう。だが、実際には合唱隊《コロス》が現れるはずもなく、ブランド軍曹は、酒が飲めなくたって友情のグラスを合わせるくらいはいいじゃないかと熱心に誘惑を続けていたのである。

パブ《青ライオン》に着くと、ブランド軍旗護衛軍曹は、新しい友人であるハーカーに、酔いのまわらない酒の組み合わせをあれこれと紹介した。こいつは軍隊では〝必須の知恵〟なんだ、そう軍曹は説明した。立派な将校が、観兵式に酔っぱらって出るわけにはいかないからな——。とりわけ有効なのは、中くらいの度数のエールに、一杯二ペンスのロンドン産のジンの取り合わせということだった。このレシピ、明敏なる読者諸賢におかれても、是非、ご活用いただきたい。そして、駐屯地のみならず市井のパブにおいても、効果絶大のレシピであることを確認していただきたく思う。実際、ハーカーに現れた効果は目を見張るものだった。ひとりでは立つこともできず、人に担がれて荷馬車にたどり着くありさまで、荷馬車に乗せられると、今度は陽気に歌を歌い出し、馬鹿笑いをしながら音頭を取っていたかと思うと（これにはブランド軍曹も仕方なく、調子を合わせていた）、でたらめにペニーホイッスルをダラダラと吹いたりした。こうして、いつの間にか手綱を手中にした軍曹は、荷馬車を思いの方角に進めていた。この軍曹、英国の風景の中でも、あまり人目につかない、隠れた風景を好むと見えた。というのも、荷馬車は埃立つ大通りには一度も出ず、生け垣と溝の間の狭い空間、しかも大木が大きく枝を広げる下ばかりを通行したのである。もちろん、ブランド軍曹はハーカーにもちゃんと気をつかっていた。道々、軍曹は一度ならずパブの前で荷馬車を止めたのであったが、もう荷馬車を降りるのは軍曹ひとりだった。そして、ビールの入ったクォーター瓶を仕入れると、また田舎道をトボトボと行進し始めた。

　軍曹が歩いた複雑なコースを正しく記述しようと思ったら、ミドルセックスのこの地方の詳しい地図が必要になる。しかし、出版社はそんな出費は御免蒙《こうむ》りたいとの意向なので致し方ない。ここではただ、日没後やや経って、荷馬車は木立の茂ったとある道端で停止したと記録しておく。そこで軍曹は、身動きひとつせずにいるハーカーを、荷物の山からつまみ上げ、荷馬車横の地面へそっと下ろしたのであった。

「ここで朝まで寝てるんだな」と軍曹は心の中で言った。「それまでに起きられたら大したもんだ」

ハーカーの数あるポケットから総額十七シリング八ペンスをそっと抜き取り、再び荷馬車に乗り込むと、軍曹は用心しながら立ち去っていった。

「さてと、まずは、現在地を正確に知る必要があるな」とブランド軍曹は考えた。「まあいい、この角を曲がってやれ」

角を曲がると、川岸の道に出た。すぐ上流に、ハウスボートの明かりが見えた。気がつくと、ひとりの婦人と二人の紳士がこちらに向かって歩いてくる。既に、お互いの距離はかなり接近しており、三人に気づかれずにいるのは無理と思われた。やむを得ない――軍曹は、あたりが真っ暗なことを当てにして、このまま三人とすれ違おうと決心した。すると、太り気味の紳士が、道の真ん中をぐんぐんと進んできて、杖を振り上げて合図した。

「すいませんな、この近くで、運送屋の荷馬車を見ませんでしたか？」

暗かったので定かではなかったが、軍曹の目には、声をかけた太めの紳士を、痩せた紳士が制止しているように見えた。ところが、それが間に合わなかったので、痩せた紳士は大慌てで脇に飛びのいたようだった。普段のブランド軍曹だったら、この行動を不審に思ったに違いない。だがこのときは、自分の身を護るだけで精一杯だった。

「運送屋の荷馬車？」軍曹の声は動揺を隠せなかった。「いいや、見ませんでしたね」

「そうですか！」太った紳士はそう言うと、横に退《の》いてブランド軍曹を通した。婦人は、少し前屈《かが》みになりながら、去っていく荷馬車を鋭い目つきでじっと観察していた。痩せた紳士は二人の後ろに立ったままでいる。

「あいつら、こんな場所でいったい何をやってるんだ？」そう心の中で呟いて、ブランド軍曹が恐る恐る振り返ってみると、三人は道の真ん中に突っ立ったままでいる。まるで、村人たちが相談事でもしているようだった。連隊で評判の豪の者といえども、いつも評判通りとは限らない。何かのはずみで、普段は縁のない恐怖の感情にとらわれてしまうこともあるのである。「警察だ」——軍曹の喉の奥でくぐもった言葉が発せられた。それと同時に鞭が激しく振られ、荷馬車は川沿いの道をグレート・ハヴァハム方面に猛スピードで駆け出した。ハウスボートの明かりが、飛び去っていく荷馬車を一瞬照らし出したが、蹄の音と車輪の響きはどんどん小さくなり、あっという間に聞こえなくなった。河畔に立つ三人に再び静寂が訪れた。

「どうも、不思議だなあ！」と痩せた紳士が静寂を破った。「あの荷馬車に間違いないんだがなあ！」

「ピアノだって載ってました」と婦人が応じる。

「そうだ、荷馬車はあれで間違いない。ただ問題は、乗っている人間が違っていたってことだ」

「いや、あの男じゃないのか、ギディアン。きっとそうだろう」と太った紳士が言った。

「でも、それだったら、何であんなふうに逃げるんです？」

「馬が勝手に走り出したんだろう、きっとそうだ」

「そんな！　ちゃんと鞭の音も聞こえたじゃないですか？　殻竿《からさお》を打つみたいに鞭をくれたでしょう？」とギディアン。「どうも、理屈に合わないな！」

「ねえ、こうしませんか？」とジュリアが割って入った。「さっき荷馬車は、あそこの角から出てきましたでしょう。どうでしょう、私たちも……ええと、何て言ったかしら？……そう、荷馬車の足取りをたどってみませんか。この先に家でもあれば、目撃者がいるかも知れませんわ」

「そうだね、面白そうだ」とギディアンは応じた。

しかし、いざ行ってみると、〝面白い〟のは暗闇の中ぴったりと身体をくっつけていられるギディアンとヘイゼルタイン嬢だけであって、〝お楽しみ〟の輪に入れないネッド伯父さんには、はじめから価値のない遠足だった。であるから、片側が庭園の柵で、もう片側が垣根と溝になっているのが微《かす》かに見分けられるくらいの、暗い路地に足を踏み入れ、周囲に家一軒ないのを見て取ると、ネッド伯父は真っ先に足を止めた。

「ほれみろ、これではどうしようもなかろう」

だが、三人の足音が止むと、別の音が聞こえてきた。

「何かしら？」

「さあ、何だろう」

「ギディアン！」ネッド伯父は杖を剣代わりにして力《りき》んでいる。「ギディアン、わ、わ、わしは――」

「フォーサイスさん！」とジュリアが叫んだ。「行かない方がいいわ！　何がいるか分からないでしょう。ひょっとして、恐ろしいものがいたら――」

「そう、ひょっとしたら悪魔かも知れない」そう言いながらギディアンはジュリアの腕を振りほどいた。「だけど、それが何だか確かめないと――」

「ギディアン、軽率な真似はいかん！」

ギディアンは音のする方に近づいていった。確かにそれは不思議な音だった。音自体は、雄牛の鳴き声と、霧笛と、蚊の飛ぶ音を足して割ったような感じだったが、音の出てくる間隔がいやに奇妙で、それが恐怖心を何倍にも増幅するのだった。ギディアンがさらに近づくと、ちょうど溝の脇に、黒々とした、《神のごとき人間の姿》（ウィリアム・ブレイク『無垢の歌』の詩句）が横たわっていた。

「人間です！」ギディアンは叫んだ。「ただの男ですよ。いびきをかいて寝ているみたいです。おーい」少し間があって、ギディアンは報告を続けた。「何だか変ですよ。こいつ、起きませんよ」

ギディアンは、マッチを取り出して火をつけた。すると見覚えのある亜麻色の髪が浮かび上がった。

「あっ！　この男ですよ！　この男です！」ギディアンは叫んだ。「こいつ、ベリアルみたいにへべれけですよ（ジョン・ミルトン『失楽園』の一節。ベリアルは堕天使の一）。なるほど、これで辻褄が合った」ギディアンの声を聞いて現場にやってきた二人に向かって、ギディアンはどうやって運送屋が荷馬車を乗っ取られてしまったか、自前の推理を披露したが、それはさほど真実と離れていなかった。

「この、飲んだくれが！」ネッド伯父がどなりつけた。「井戸まで連れていって、冷水で目を覚ましてやるわ！」

「だめですよ、そんなことをしちゃ！」ギディアンが反論した。「僕たちが一緒のところを見られたらまずいじゃないですか——それより、伯父さん、分かりませんか？　僕はこいつに礼を言いたいくらいなんですよ。まったく、こんなうまい具合にことが運ぶなんてね。まだ分かりませんか、伯父さん？　こいつのおかげで、きれいさっぱりおさらばできたんですよ！」

「おさらばって、何とおさらばしたんだ？」

「何もかもですよ！」とギディアンは叫んだ。「いいですか。さっきの男は荷馬車と一緒に死体も盗んでいってくれたんです。あいつが死体をどう始末するか、そんなのは知ったことじゃありません。僕は自由になったんです。ジムソン氏ともお別れです。ああ！　さようならジムソン！　さあ、伯父さん、握手をしましょう！　ああ、ジュリア！　愛しいジュリア！　僕は君を、君を——」

「おいギディアン何をしとる！　これ、ギディアンたら！」

「何ですか、伯父さん、いいじゃないですか。もうじき結婚するんですから——覚えてますよね？　ハウスボートの上で確かにおっしゃいましたよ」

「わしがか？」とネッド伯父。「そんなことは何も言ってないぞ」

「お願いしてもノー、約束したと言ってもノー、ハートに訴えてもノー、何でもノーだ！」ギディアンはどなりまくった。「伯父さんのハートにまで届くのは、煉瓦の礫《つぶて》くらいでしょうよ！」

「ブルームフィールドさん」ジュリアが口を開いた。「ギディアンはきっといい子になりますわ。これからは法律の仕事に精を出すって約束してくれましたし、わたくしもフォーサイスさんがそうなるように側で応援いたします。フォーサイスさんのような若い男性にはそういう女性の存在が大切だってこと、お分かりいただけますでしょう。——そうはいっても、わたくしにはフォーサイスさんを支えるだけの財産はございませんけれど——」

「なあに、お嬢さん、この出来損ないが船の上であなたに申した通り、お金ならネッド伯父さんがたくさん持ってますよ」とブルームフィールド氏。「それに、あなたが詐欺まがいのひどい目に遭われたことも重々承知しています。さあ、あなたのネッド伯父にキスしてくださいな。具合よく誰も見てはおりません――」

キスの儀式が済むと、ブルームフィールド氏は甥の方を振り向いた。「この出来損ないめ。これで、この娘さんはお前のものだ。だがな、お前にはすぎたお嬢さんだということをよく肝に銘じておくのだぞ！――さて、それでは、船に戻るとするか。汽艇《ランチ》の蒸気を起こして、ロンドンに帰るとしよう」

「そうだ、そうしましょう！」とギディアンが大声で同意した。「で、明日になったら、ハウスボートもなければ、ジムソンもいない、荷馬車もなければ、ピアノもないってわけですね。溝の脇で目を覚ます運送屋も、全部夢だったのだと、自分に言い聞かせることでしょうね」

「だがな――」とネッド伯父。「もうひとり、全く別の朝を迎える者もおるだろう。荷馬車に乗っていったあの男、ちょっとばかり頭の回転がよすぎたと、きっと後悔することだろうな」

「ネッド伯父さん、それからジュリア！」ギディアンはもう喜びいっぱいである。「僕はモンゴル帝国の皇帝みたいに幸せですよ！　心は軽々と飛び跳ねて、足もまるで羽毛みたいです！　心配事は全て消え去って、愛するジュリアは僕のもの！　こんな僕に、喜び以外の何が感じられるでしょう？　崇高な歓喜以外、僕の心は受けつけませんよ！――ああ！　しかし！――あの不幸な男、哀れな荷馬車の男のことを思うと、星空の下、衷心から泣きたい気持ちになってきます。どうか、あの男に神のご加護がありますように！」

「アーメン」とネッド伯父が唱和した。

第十三章　モリスの試練（その二）

吾輩が気品ある文学の栄える時代に生を享《う》けた作家であったなら、ここで再びモリスの苦難に筆を進めなくてはならない自分自身を激しく嫌悪したことであろう。だが、文学もまた時代精神を映す鏡にほかならないとすれば、これも致し方ないことなのだ。それに、モリスの姿が、読者諸賢にとって有益な（つまりは反面教師的な）道徳的見本を提供してくれるという希望を抱くこともできるわけだし、また、モリスの記録に目を通すことで、この方面には不案内の立派な紳士が軽々しく犯罪に足を踏み入れるのを思いとどまってくださるならば（それが政治的犯罪だとしても）、この読み物も全くの徒花《あだばな》ではなかったということになろう――。

マイケルとの面会の翌朝、モリスは鉛のような重苦しい眠りから目を覚ました。ところが、手は何やらぶるぶると震え、目やにがこびりついた瞼《まぶた》は満足に開かず、喉は焼けるようにカラカラ、胃は明らかな麻痺状態を呈していた。「変なものでも食ったのかな？――」服を着替えるモリスの頭は、早くも、自分の置かれた状況を項目ごとに整理し始めていた。モリスが航海している〝嵐の海〟を明快に描写するには、胸中渦巻く不安の一つひとつをあらためて仔細に点検するしかないのであるが、読者諸賢の便宜を考える筆者は、それらを箇条書きにしてみることにする。とはいえ、苦境に置かれた哀れな人間の胸中は、それこそ竜巻に揉《も》まれるごとく天地もない状態なのであって、読者諸賢の理解を慮《おもんぱか》ると、さらに、逐一表題を付して提供するのが最善かと思う。もっとも表題をご覧になられた読者諸賢は、それらが駅の売店に並んでいる三文小説もどきであることに、ある種の哀れを催されるかも知れないが――。

不安その一――「死体はどこに？――ベント・ピットマンの謎」

ベント・ピットマンが〝闇の世界〟の一員だということ、これは今や異論のない事実だろう（「不正《ベント》な」という不吉な名前が既に、明確に物語っていることである）。まっとうな人間ならば他人の手形を現金化したりしないいし、人間らしい血が流れていれば、あの恐ろしい天水桶を受け取って黙っているはずがない。そして、血糊で手を汚したことのある人間でなければ、あれを秘密裡に処分できるはずないのである。こうした推論によって浮かび上がってくるピットマン像、それは、恐ろしい〝怪物〟であった。間違いない、ピットマンはとっくに死体を処理してしまったはずだ――きっと裏口に設《しつら》えた落とし戸から投げ捨てたに違いない――三文犯罪小説のワンシーンのあやふやな記憶を材料にして、モリスはそんなイメージを描いていた。そして今頃は、手形で手にした大金で、贅沢三昧に浸《ひた》っていることだろう。今までのところ、表立った動きはひとつもない。だが、派手な暮らしぶりのピットマンのこと（そうそう、こいつはせむしに違いない）、八百ポンドあったって一週間も持ちはすまい。財布の底がついたら――やつはどうするだろう?――鐘を打ち鳴らすような声が、モリスの腹の底から返事をした。「脅迫だ」――。

不安その二――「トンチン年金詐欺疑惑――マスターマン伯父は生きているか?」

モリスの希望は全てこの一点にかかっていたのだが、依然、謎のままである。モリスはティーナを脅してもみたし、賄賂を握らせようともした。しかし何の成果も得られなかった。モリスの確信に変わりはなかったが、状況証拠だけで老獪なマイケルを脅迫するのはとても無理と思われた。特に、昨夜の会見以来、この方法の有効性には大きな疑問符が付せられていた。だいたい、マイケルは脅迫の効くような相手だろうか? それに、自分だって、脅迫のできる男だろうか? モリスは大いに頭を悩ませた。「もちろん、マイケルを怖がってるってわけじゃないぞ」と、やせ我慢のセリフも飛び出した。「――ただ、確実な証拠をつかまないことにはどうにもならないんだ――しかし……畜生! それがどうにも見つからないんだ!――ああ! 人生が小説のように運んでくれたらなあ! 小説の登場人物だったら全く別の展開になるのに!――ある日オックスフォード・ロードを歩いていると、向こうから怪しげな男が前屈みの格好で近づいてくる――こいつが共謀者になるってわけだ――仕事のやり方を万事心得ている男だ――この男が、深夜、マイケル邸の窓を破って寝室に侵入する――すると、ベッドの中には蠟人形が横たわっている……。こうして、真実を知った男は、次に相棒を脅しにかかる……、あるいは殺してしまう……。だが、現実はこうはいかないんだ。死ぬまで歩き回ったって、こんな一流の犯罪者にはお目にかかれやしないさ……。だがその一方で、ピットマンのようなやつが、現実に存在しているんだからな……」とモリスは深刻な面もちで付け加えた。

不安その三――「ブラウンディーンの小屋にて――割の合わない共謀者」

いやいや、ちゃんとモリスには共謀者がいたではないか。もっともこの共謀者、目下のところ、ハンプシャーの湿気だらけの小屋で、空のポケットを抱え、全く人目につかずに活躍中だった。さて、この共謀者をどうしたものだろう？　何も送ってやらないのはまずいだろう――それはよく分かっている。たった五ペンスの郵便為替でも、送っておきさえすれば、忘れてないぞという合図になるし、次にビールや煙草が届くかも知れないという希望を持たせることもできる。「でも、そうしたら、俺の手元にはいくら残るんだ？」悲しそうに呟くと、モリスは手のひらに持ち金を広げてみた。半クラウン貨とフロリン貨が一枚ずつ、それに小銭が合計八ペンス。社会全体を敵に回しての奮闘中で、しかも、慣れぬ手つきで複雑な状況に対処せねばならない人間の所持金としては、冗談にもならない額だった。ジョンはジョンで何とかやってもらうしかないだろう。間違いなく、それが唯一無二の結論だった。「しかしだな」――再び鐘の音のような声が響いた。「ジョンはいつまで我慢できるだろうか？」

不安その四――「フィンズベリー商会ついに閉店か？――ロンドン悲惨物語」

この方面に関する新情報は、今のところ何も得られていない。というか、今もって、一族の大問題に直面する勇気が出ないといった方が正解だった。もちろん、手をこまねいていられないのは分かっている。それに、いくら優柔不断のモリスにしても、昨夜のマイケルの意味ありげな発言は、何とも気にかかって仕方がない。まあいずれにしても、事務所には行かねばなるまい。だが、事務所に行ったとして、いったい何をするっていうんだ？　俺の名前じゃ書類にサインもできないし、どう贔屓目《ひいきめ》に見ても、サインを偽造する才能は皆無なのだ。これでは、破滅を先送りしたくても何もできはしない。そして、そのときが来たら、詮索好きの世間の目は、モリスのほんのささいな行動にまで猜疑のまなざしを向けるだろう——遅かれ早かれ、言葉を失って汗びっしょりになっている哀れな破産者を、容赦ない質問が襲うだろう——「フィンズベリー氏はどこに行ったのですか？」「先日銀行を訪ねた目的は何だったのですか？」——そうさ、質問するのは簡単さ！　だが、返答の困難なことといったら！——こんな質問が出てきたら間違いなく監獄行きだ——ということは？——十中八九、絞首台行きだ。このときひげ剃りの途中だったモリスは、思わず剃刀を手放してしまった。〝高価なおじさん〟（マイケルの文句だ）は蒸発する、その伯父と過去七年間不仲続きだった甥は不可解きわまる行動の連続——これでは冤罪が起きて当然だ！「しかし、そんな馬鹿なことがあってたまるか……！」モリスは考える。「これで殺人だなんて、そんなでっちあげができるはずはないし、誰もそんなでたらめをやるわけもないさ。しかし……客観的に見て、俺が濡れ衣を着るとしたら、殺人罪以外何があるだろう？（まあ放火くらいだろうか……）——でも、真実、俺は潔白なんだ。俺はただ、自分の取り分を取り返そうとしただけなんだ……なのに……まったく、法律の世界っていうのは厄介なもんだ……！」

と、最後の結論を胸に刻み込んだモリスは、ひげ剃りを途中で放棄し、玄関ホールに出て郵便受けを覗《のぞ》いてみた。手紙が一通届いていた。筆跡に見覚えがある。とうとうジョンが動き出したのだ！

「こうなる前に手を打つべきだったんだ」忌々しそうに舌打ちすると、モリスは封を引きちぎった。

モリスえ

いったいどういうつもりなんだ？　おいらをこんな穴ぐらにほったらかしにして。つけで買い物してるけど、だれもそれじゃ売りたがらない。そうだろうさ、貧棒まるだしのくらしだからな。ベッドのシーツもないし、金もない、じょうだんにもならない。こんなんでがまんしろっていうのか。逃げたくたって、気車に乗る金もないんだ。おいモリス、もうわるふざけはやめてくれよ。おいらがどんなにひどい状体か分かるだろう？　切手だってつけで買ったんだ。本当さ。

弟ジョンより

「まったく、字もまともに書けないのか！」モリスは毒づくと、手紙をポケットに押し込み、家を出た。「いったいどうしろっていうんだ？……今から床屋の払いもあるっていうのに（仕方ないさ、手が震えてひげを剃れないんだからな）。そのうえ、ジョンにも送金しろっていうのか？　そんなことできるものか。ジョンのやつめ、俺が毎日ホカホカのマフィンを食べているとでも思ってるのか?……ただ、ひとつだけ安心なのは——」モリスは冷酷になって考える。「やつは逃げ出すわけにはいかないってことだ。今の場所に居続けるしかない。死人同様、手も足も出せまいよ」だが次の瞬間、再びモリスは怒りを爆発させていた。「何が不満なんだ、あの野郎め! ピットマンの存在すら知らない幸せ者のくせに! 不満を言いたかったら、俺と同じくらい苦労してからにしろってんだ!」

こうは言ったものの、これがモリスの本心というわけではなかった(というか、本心の全てではなかった)。モリスにも、葛藤があったのである。弟ジョンが、ブラウンディーンで悲惨な生活を強いられているという事実——手紙もなく、金も、シーツも、娯楽もなく、人との交流もない状態で暮らしているという事実から、どうしても目を逸らすことはできなかった。床屋でひげを剃り、コーヒーショップで慌ただしい朝食を済ませる頃には、モリスは少し妥協しようという気になっていた。

「ジョンよ、気の毒にな」モリスは心の中で呼びかけた。「あんなひどい家に閉じ込められてしまってさ——金は無理だけれど、できる範囲で何か送ってやろう。そうだ、『ピンク・アン』を送ってやろう。きっと喜ぶぞ! それに、何か送っておけば、当分おとなしくしているだろう——」

徒歩で事務所に向かう道すがら(徒歩で、というのが吝嗇家モリスならではの習慣である)、モリスはジョンを元気づけるための雑誌を購入し——このとき、良心の呵責の発作に見舞われたモリスは、とっさに『アシニーアム』、『リバイバリスト』、『週刊ペニー・ピクトリアル』の三誌を付け足したのだった――ジョンのもとに郵送した。こうして、ジョンには文学が付与され、モリスの良心には香油が塗布されて、一段落ついた形になった。

そのご褒美というわけでもないのだろうが、事務所に着くといい知らせが待っていた。注文が次々と舞い込んでいたのである。眠っていた在庫が動き出し、数字はどんどん上がっていった。支配人も興奮を隠せない。〝いい知らせ〟の意味すら忘れかけていたモリスは、思わず子供みたいに泣き出しそうになった。支配人を抱きしめて（ハリネズミみたいな眉をした、くすんだ顔の男だったけれど）、会計係の事務員には、臨時ボーナスの小切手を渡してやりたいくらいの気分だった。自分の椅子に腰を下ろし、溜まった手紙を開封するモリスの耳には、優美な旋律に乗せて軽やかなコーラスの歌声が響いていた。「この商売だって、まだまだ金になるもんだ、まだまだ金になるもんだ、まだまだ金になるもんだ――」

モリスがひとときの極楽気分に浸っていると、商会の債権者のひとり、ロジャーソン氏が入ってきた。債権者といっても、古くからの付き合いであって、うるさく言う手合いではない。

「フィンズベリーさん、ちょっとよろしいですか――」ロジャーソン氏は話しにくそうな表情だった。「あなたにお知らせしておくのが筋かと思いまして、それでうかがったのですが――その、実は、ちょっと資金が必要になりましてね――で、仕方ない、手形を誰かに引き取ってもらうしかないかなと――私もあちこちでせっつかれているものでして――その、つまりですね――」

「ロジャーソンさん、それは話が違うじゃないですか」モリスは青くなった。「少し時間をいただければ、私の方で何かお手伝いできると思いますよ――」

「いや、そこなんですがね――」とロジャーソン氏。「ちょっとうまい話がありましてね。実は、おたくの債権をある人に譲渡したのですよ」

「債権を譲渡された？」モリスはオウム返しに言った。「それは早まったことをされましたね。私たちの関係にもふさわしくないことじゃありませんか？」

「はあ、しかし、先方は額面通り引き取ると言うものですから――しかもその場で、支払い保証小切手を切ってくれたのです」

「額面通りですって！」モリスは仰天した。「それじゃ、約三割は得したってわけじゃないですか！　そんな馬鹿なことがあるものですか！　相手は誰です？」

「いや、それが、よくは存じ上げないのです。モスとかいう名前でしたが――」

――ロジャーソン氏が立ち去った後、モリスはひとり思案をめぐらせていた。「どこぞのユダヤ野郎に違いない……」それにしても、いったい何の目的で、ユダヤ野郎がフィンズベリー商会に対して（と、帳簿で額を確認して）三百五十八ポンド十九シリング十ペンスの債権を要求するというのだ？　しかも、額面で手形を引き取ってまで……。ロジャーソン氏がこの条件で債権を譲渡したという事実は、確かに彼の誠実さを物語っている。このことは、モリスも認めざるを得ない。だが、この事実は同時に、そうまでして債権を得ようとするモスの熱意を物語っていた。債権の申し立ては、間髪を入れずに来るだろう。あるいは今日、あるいは朝のうちに。だが、なぜだ？　〝モスの謎〟か……。〝ピットマンの謎〟のおまけとしてはお似合いかも知れないな。「しかし、どうしてよりによって、調子が上向いたときにやってくるんだ！」拳を机に叩きつけて、モリスは歯ぎしりした。ちょうどそのとき、モス氏の来訪が伝えられた。

モス氏は晴れやかな表情をしたユダヤ人だった。野蛮なまでに整った顔立ちをし、無礼なまでに礼儀正しかった。第三者の代理人として動いているようであったが、詳細は一切知らされていなかった。窮地にある依頼人を救うために行動しているということだった。モス氏は、先日付小切手でも構わないと言った。モリスがその気なら、二ヶ月後の日付の小切手だって受け取りそうだった。

「しかし、私はどうも理解できないのですが――」とモリスは言った。「どうして今日、額面でこの債権を引き受けられたのですか？」

モス氏は答えられなかった。指示通りに動くだけなのである。

「どうも、あなたのされていることは、異例ずくめですね――」とモリス。「この時期にこのような取引をするのも、われわれの慣習にはないことですよ。私がお断りしたらどうなさるお積りですか？」

「その場合は、ジョゼフ・フィンズベリー氏に、つまり、貴社の代表でいらっしゃるジョゼフ・フィンズベリー氏にお会いしたいと存じます」モス氏はそう言った。「必ずそうするようにと言いつかっております。何でも、あなたは権限をお持ちではないと――いえ失礼、これは私自身の表現ではありませんので――」

「ジョゼフはお会いすることができません。健康がすぐれませんので」とモリスは言った。

「では、この件は弁護士に任せたいと思います。ええと――」と言いかけて、モス氏は手帳を広げた。そして、不自然なくらい簡単に目的の情報に行き着いた。「――そうです、弁護士のマイケル・フィンズベリー氏に任せたいと存じます。ひょっとして、ご親戚でいらっしゃいますか？　もしそうでしたら、好都合ですね。万事友好的に運ぶことでしょう」

マイケルが介入してくるなど、とても我慢できる話ではない。モリスは即座に白旗を掲げた。結局のところ、二ヶ月先の支払いならばモリスには関係ないのである。その頃にはたぶんこの世にいないだろうし、よくっても、四角い塀の中のはずである。モリスは支配人に命じてモス氏に椅子と書類を持ってこさせた。「では私、これからフィンズベリー氏のサインの入った小切手をもらって参ります。ジョン街の屋敷の方で臥《ふ》せっておりますので」

往復の馬車賃は、モリスの悲惨な財政状況に大打撃を与えた。計算してみると、モス氏を追っ払った段階で、十二ペンス半しか残らないのである。だがそれ以上の問題は、これ以降、伯父にはブルームズベリーで生きていてもらう必要が出てきたということだった。「これで、ジョンはお役御免というわけだ」とモリスは考えた。「だが、このまま茶番劇を続けられるものだろうか？　ブラウンディーンだからどうにかなったものの、ブルームズベリーじゃあどうにもやりようがないだろう――ところが、マイケルのやつはそれをやったんだ――もっともあいつには共謀者がいたからな（この前のスコットランド人の婆さんがそうだ）――ああ、俺にも有能な片腕がいたらなあ！」

ことわざ風にいうと、《必要は技能の母》ということだろうか、このせっぱ詰まった状況でいちかばちかで振り下ろした偽造サインの出来栄えは、それこそ本人が仰天するくらい上等だった。出発から四十五分後、モリスは伯父のサインが入った小切手をモス氏に手渡した。

「これで結構でございます」モス氏はそう言いながら立ち上がった。「さて――この小切手は現金化されることはございません。しかし、どうぞ万事ご注意ください――こう申すように言われましたので――」

モリスを取り巻く部屋の風景がグラリと揺れた。「な、何ですって！」テーブルにしがみつきながら大声を出した。が、次の瞬間、自分が真っ青になって大声を張りあげているのを意識して、モリスは惨めな思いに苛《さいな》まれた。「どういう意味です？　小切手を現金化しないというのは？　それに、何に気をつけろと言うんです？　あなた方、いったい何を企んでいるのです？」

「私にも分からないのですよ、フィンズベリーさん」ユダヤ人の男はにこやかに微笑んだ。「私はこうお伝えするように指示されただけですから。言われた通りに話しているだけなのです」

「すいません。それでは、あなたの依頼人の名前を教えてもらえませんか？」

「それは、現段階では明かせないことになっております」

モリスは身を乗り出して訊いた。「まさか、銀行じゃないでしょうね？」すっかり掠《かす》れ声になっている。

「これ以上、何も申し上げるわけには参りません、フィンズベリーさん」とモス氏。「どうかごきげんよう」

――何がごきげんようだ！

ひとり残されたモリスは心の中で毒づいた。そして、帽子をわしづかみにすると、狂ったように事務所から出ていったが、三ブロックほど行ったところで急に立ち止まると、呻き声をあげた。「畜生め！　支配人から少し拝借しておくんだった！」モリスは地団駄を踏んだ。「今からじゃもう遅い。これでまた戻ったら変に思われるだけだ——ああ！　俺はとうとう一文無しだ！——失業者と同じ、掛け値なしの一文無しだ！」

家にたどり着くと、モリスはガランとした台所に腰を下ろし、頭を抱えて考え込んだ。アイザック・ニュートン卿といえども、境遇が生み出したこの哀れな犠牲者ほどに知恵を絞ったことがあったろうか？——だが、モリスの脳内には何の突破口も浮かんでこない。「確かに俺の頭の出来もよくはない。しかし——」モリスは椅子から立ち上がった。「いくら頭がよくたって、これだけ運が悪かったらどうしようもないだろう！　それこそ『タイムズ』に載っていいくらいの運の悪さだ。いや、革命が起こったっておかしくないぞ！……とにかく、問題は、今すぐ金が要るってことだ。モラルだ道徳だってのはどうでもいい——そんな場合じゃないんだ——俺には金が必要なんだ。そして唯一残った可能性は……そうさ、ベント・ピットマンだ。犯罪者だけに弱みはある。例の八百ポンドだって、まだ少しは残っているはずだ。残っていれば、山分けさせるまでだし、一銭も残っていなかったら、そのときはトンチン年金の話を持ちかければいい。ピットマンみたいな恐れ知らずがついていれば、成功しない方が不思議ってもんだ——」

よし、決まった。この線でいこう。だが、どうやってピットマンに連絡をつける？　新聞広告か？　だが、こいつを呼び出すにはどう書いたらいいんだ？　どんな理由をつける？　それから、場所は？　ここで会うのはまずかろう。ピットマンのようなやつに自宅の住所を教えるなんて、それこそ自殺行為だ。だが、あいつの家も避けた方がいい。きっと、ホロウェイあたりにおぞましい隠れ家を持っているのだろうが……裏口には落とし戸があったりしてな……明るい色の夏服を着て、ピカピカの靴で訪ねていくと、ミンチにされて買い物かごに収まって出てくることになる……きっと、そんな家だ。やれやれ、役に立つ相棒っていうのも、それはそれで厄介なものだ――そう考えて、モリスはひとつ身震いした。

「まったく、こんな野郎とお付き合いすることになるなんてな……」モリスは心中ため息をついた。と、そのとき、アイディアがひらめいた。「そうだ、ウォータールー駅だ！　人目につく場所だが、確か、昼の間、人気《ひとけ》のなくなる時間帯があったはずだ。それに、ウォータールー駅と書けば、やつはきっとピンとくる。自分の犯罪に関して、こちらが何か握っていると思うに違いない――。モリスは紙を取り出すと、広告の文面を走り書きした。

《ウィリアム・ベント・ピットマン殿――**ウォータールー駅**、本線出発ホームの突き当たりまで来られたし。日曜日、午後二時より四時まで待つ。貴殿の利益となる貴重な情報あり》

モリスは自作の文章を読み直した。「簡潔でいいじゃないか――」我ながら上々の出来だった。「『貴殿の利益となる貴重な情報』か――厳密には真実じゃないが、まあ、いいだろう。この方が効き目もあるし、独創的でもある。だいたい、嘘のない広告なんかあるものか――。さてと、これはこれとして、だが、食べ物を買う金がないのは困ったな。それに、広告代だって要るわけだし……それから……いや、だめだ！　だめだ！　ジョンに金をかけている場合じゃないぞ――とはいっても、もう二、三冊雑誌を送っておいた方がいいか？……だが……ああ！　結局のところ、問題は金なんだ！」

　万事休す、モリスはついに、シグネットリングのコレクションに近づいた。やっとの思いでキャビネットに手をかけたが、その瞬間、身体中の血がその手を押しとどめた。「無理だ！　できない！」モリスは叫んだ。「どんなことが起こっても、これに手をつけるわけにはいかない――それだったら盗みをはたらく方がましだ！」

　モリスは階段を駆け上がった。伯父の居間へと侵入し、ジョゼフの収集になる各地の珍品を手に取った。トルコのバブーシュ（オリエント風のスリッパ）、スミルナ地方の扇、冷水器。エフェソスの山賊から奪い取ったというマスケット銃も出てきた。さらに、ポケットいっぱいはあろうかという珍しい貝殻の不揃いなコレクションも現れた――。

第十四章　ウィリアム・ベント・ピットマン「利益となるお知らせ」を受け取る

日曜日の朝、ウィリアム・デント・ピットマンはいつもの時間に目が覚めた。だが、いやいや起き出す普段の朝とは違っていた。その理由は、昨日新たに加わった家族、つまりは、ひとりの下宿人にあった。仲介役はマイケル・フィンズベリーだった。一週間分の家賃を請け負ったうえで、さも嬉しそうに、下宿人がどんなに厄介な性格の持ち主であるか説明したのである。共同生活者としては、どうも好ましからざる人物だ――ピットマンはそう判断せざるを得なかったので、用心しながら接したところ、これが何と、天使みたいに愉快な男だった。とびきり楽しいお茶の時間を過ごし、夜は夜で、この紳士の饒舌にうっとりと耳を傾け、有益な情報をたっぷりと浴びながら、夜中の一時まで談話に興じたのである。そして翌朝、昨晩の愉快な会話を思い出しながら顔を洗うピットマンの心の中では、未来が明るい輝きを取り戻していた。

「フィンズベリー氏か、いい人と知り合えたものだ」ピットマンは独り言を言うと、こぢんまりした食堂へ入っていった。朝食の用意はすっかり整っていた。あいさつの言葉をかけるピットマンの口調は、長年の友人同士という感じであった。

「おはようございます」とピットマン。「昨夜はよくおやすみになれましたか」

「わしのように変化続きの人生を送っていますとな——」と下宿人が返事をする。「出不精の御仁が旅に出たときに口にする、『枕が変わると眠れない』という不満とは、全く無縁になってしまうものなのです」

「そうですか、そううかがって安心しました」とピットマンが穏やかに言う。「ごめんなさい、新聞をお読みのところを邪魔いたしました」

「日曜版というのは、まさに現代の象徴ですな」とフィンズベリー氏。「聞いた話ですが、アメリカでは、日曜版は今やあらゆる文学を凌駕しているそうじゃないですか。こいつを読みさえすれば、国民に必要な情報は全て手に入るというわけです。何百というコラムが世界中の動向をもらさず語っておって、集中豪雨もあれば不倫逐電もある、大火災もあれば、催事・娯楽情報もある。政治のページに婦人のページ、チェス、宗教、文学と何でも揃っておる。そして、才気ある論説委員の文章が世論を先導する。いやまったく、これほど巨大で多面的な社会的公器が国民の教育に果たす役割の大きさは測り知れませんな。しかしまあ、今のはちょっとした余談でして——実は、あなたにお尋ねしたいことがありましてね。新聞はよくお読みになられるかな？」

「あいにく、芸術家の興味を惹くような記事は少ないものですから——」

「そうですか、それでしたら……」ジョゼフは話を続ける。「いや、ここ二日ばかり、あちこちの新聞に変な広告が出てましてな、今日の新聞にも載っているのじゃが、きっと見落としておられるでしょう。なに、そこに出ている名前が、あなたの名前によく似ているものでして――ほら、ここですよ――それともわしが読んで差し上げようか？」

《ウィリアム・ベント・ピットマン殿――**ウォータールー駅**、本線出発ホームの突き当たりまで来られたし。日曜日、午後二時より四時まで待つ。貴殿の利益となる貴重な情報あり》

「そんなのが載っているんですか？」ピットマンは肝をつぶした。「ちょ、ちょっと見せてください！　ベント？　こりゃ、デントの間違いだ！『貴殿の利益となる貴重な情報』？……フィ、フィンズベリーさん、申し訳ありませんが、一言だけお耳を拝借させてください。あの、こういう言い方をしますと何か不審に思われるかも知れませんが、実はちょっとした家庭内の問題がありまして……ええと……この広告のことは、できましたら私たちの間だけのことにしていただきたいのです。その、つまり、妻がですね――いえ、秘密だからといって不名誉なことなど何もないのですよ！――単なる家庭内の問題でして……そう、家庭の中だけの話なのです。こう言えばご安心いただけると思いますが、われわれの共通の友人、あなたの甥でいらっしゃるマイケルさんに、このことは全てお話ししてありまして、マイケルさんも私の立場をよく理解してくれているのですが――」

「そんなにお話しにならんでも承知しましたよ、ピットマンさん」ジョゼフはオリエント式のお辞儀で応えた。

三十分後、ピットマンはマイケルの部屋を訪れた。マイケルはベッドに寝そべって本を読んでいる最中だった。くつろいで、機嫌もよさそうである。

「やあ、ピットマンか」マイケルは本から顔を上げた。「こんな時間にどうした？　教会に行ってる時刻じゃないのか」

「教会なんか行ってる場合じゃないんですよ、フィンズベリーさん！」とピットマン。「また変なことが持ち上がってるみたいなんです」ピットマンは広告を見せた。

「何だこりゃ？」マイケルは急に起き上がると、三十秒ほど、眉間に深いしわを寄せて広告をじっと見つめていたが、「ピットマン、こいつはあまり気にすることないぞ」と言い放った。

「でも、行った方がいいと思うのですが」

「しかし、ウォータールー駅はこりごりだろう」とマイケル。「それとも、変な懐古癖でもあるのかい？　どうも、ひげを剃っちまってからというもの、お前さんちょっとおかしいぞ。やっぱりあいつがないとシャキッとできないみたいだな」

「私なりに、この広告がどういうことか考えてみたのです。で、もしよかったら私の推理を聞いていただきたいのですが」

「勝手におっ始めるがいいさ」とマイケル。「だがなピットマン、今日は安息日だからな。お互い言葉づかいには気をつけようぜ」

「三つの可能性が考えられると思うのです」とピットマンは自説を話し出した。「第一の可能性は、例の大樽と何か関係があるということです。第二の可能性は、セミトポリス氏の彫像と何か関係があるということです。そして、三番目は、オーストラリアに行っている私の妻の兄からの連絡だという可能性です。第一のケースですが（この可能性は大いにあると思います）、この場合は、おっしゃる通り放っておいた方がいいと思います」

「そうさ、法廷行きになるだけだからな」

「で、二番目のケースですが――」とピットマンは話を続けた。「なくなった彫像を探し出すためでしたら、それこそあらゆる石を裏返して、可能性を探ってみるのが私の義務だと思うのですが――」

「おいおい、セミトポリスに関しちゃ、これ以上の幸運はなかったんだぜ。やつは物《ブツ》を送って丸損さ。お前だけが得したんだ。これ以上何を期待しようってんだ？」

「いえ、その……私の考えが間違っていたらおっしゃってください。私は、セミトポリスさんの寛大さを思うたびに、彫像を探し出さなくてはいけないと感じるのです――」とピットマンは言った。「今回のことは、本当に不運な出来事でした。そもそもこの取引自体が（あなたには隠すまでもありませんが）違法なものだったのです。しかし、だからこそ、今度こそは紳士らしく振る舞うべきだと思うのですが――」そう言うとピットマンは顔を赤くした。

「なるほどね、それについちゃ異論はないさ」とマイケル。「俺だって、常々紳士らしく振る舞いたいと願ってるよ。だが問題はな、こっちがそう思ってても大抵は一方通行になるってことさ。世間てのは――それから法律の世界ってのは、そういうもんだ」

「で、三番目の可能性なのですけど」ピットマンは話を先に進める。「もしこれがティムおじさんだとしたら、一財産が手に入ることになります」

「だが、これはティムおじさんじゃあないだろう」とマイケル。

「でも、書いてあるじゃないですか。『貴殿の利益となる貴重な情報あり』って。これはどういうことです？」ピットマンは鋭く指摘した。

「お前はホントに薄のろだな」とマイケル。「これはただの陳腐な決まり文句だろうが。書いてる本人もアホですって言ってるだけじゃないか。いいか、お前の推理はな、まるでカードでこしらえた家みたいなもんだ。だいたい、ティムおじさんがお前の名前を書き違えるか？——確かに、こいつはなかなか味のある間違え方だよ。野暮《やぼ》ったい現実世界よりはよっぽどしゃれてるよ。俺自身、いつか使ってみたい手だね——だがな、ティムおじさんがこんなことするか？」

「確かに、ティムおじさんらしくない間違いです」とピットマンは認めた。「けれど、バララットにいる間に、精神に異常を来《きた》した可能性だってありますよ」

「そんなことを言い出したらな——」とマイケル。「広告の主はヴィクトリア女王かも知れないだろうが。お前を公爵にしたいって、おかしな考えに取り憑かれたのかも知れないぞ。いいかピットマン、もしお前の推理に見込みがあるなら、俺ははっきりそう言うよ。だがな、自然の法則に逆らうような推理はだめだ。あくまで可能性の問題だからな。お前には悪いが、ヴィクトリア女王にもティムおじさんにも早々にお引き取り願うしかないだろう。そこで、二番目の説、何か彫像と関係があるというやつだが、これはあり得る。だが、そうだとしたら、誰がこの広告を出したんだ？リカルディじゃないだろう。リカルディだったらお前の住所を知ってるはずだからな。それから、荷物を押しつけられた人間でもない。こいつはお前の名前を知らないはずだ。では、運送屋か？

お前の言ってた運送屋がしらふに戻ったってわけだ。運送屋はお前の名前を駅で耳にしていたが、記憶が不正確だった。そして、あいにく、お前の住所は分からない。運送屋の可能性は高いな。だが、ここで問題だ。お前、本気で運送屋に会うつもりか？」

「いけませんか？」

「運送屋がお前に会いたがってるということはどういうことだ？――つまりこういうことだろう。運送屋のなくしたはずの帳簿が出てきたんだ。で、そいつを頼りに、彫像を届けた住所を訪ねていった。そして、その結果、殺人者に唆《そそのか》されて動いているというわけさ」

「だとしたら大変なことだと思いますけれど――」とピットマン。「でも、セミトポリス氏のことを考えると、やはり行くべきだと思うのですが……」

「ピットマン！」マイケルがさえぎった。「お前の思う通りにはさせないからな。いいか、お前の法律顧問を騙そうたって無駄なんだよ。ウェリントン公爵みたいにいこうったってそうはいかない。だいたいお前は、そういう方面には向いてないんだからな。お前の考えていることはもう分かったよ。夕飯を賭けたっていいさ。お前、やっぱりティムおじさんだって思ってるだろう？」

「フィンズベリーさん――」ピットマンは真っ赤になった。「あなたは広い世界で活躍していらして、しかも家族がいないからそんな風におっしゃるのです。グエンドレンは大きくなったんですよ。ますますかわいらしくなって……。今年は堅信礼だったんです。なのに……こう言えば親としての私の気持ちも少しは分かっていただけるかと思いますが……この娘《こ》はダンスの踊り方も知らないのです。男の子は二人とも寄宿学校に入っています。ええ、立派な学校で、不平なんかありませんよ。

それに、自分の生まれた国の制度を批判しようとも思いません――。ハロルドは音楽家になるのではないかと今から楽しみですし、弟のオットーは、どうやら牧師に向いているみたいなのです。でもまあ、欲を言えば切りがありませんし――」

「分かった、分かった」マイケルがさえぎった。「いいから、はっきり言いな。ティムおじさんだと思うんだろう？」

「ティムおじさんかも知れないということです」ピットマンは主張した。「もしこれがティムおじさんで、この機会を逃してしまったら、私は子供たちに会わせる顔がありません。妻のことにはあまり触れたくありませんが……」

「いや、何も言わなくていいよ」

「……しかし、妻の兄がバララットから帰ってきたとなると……」

「しかも頭が変になってだろう」とマイケルが気を利かせて後を受けた。

「……バララットから財産を携えて帰ってきたとなったら、妻はじっとしていられないと思います」とピットマンは結論を言った。

「なるほど――」とマイケル。「そういうことか。で、お前どうするんだ？」

「ウォータールー駅に行こうと思います」ピットマンは答えた。「変装してです」

「変装？　お前ひとりで変装して行くのか？」とマイケルが訊いた。「まあ、安全だっていう保証があれば、それで結構なんだがね――。とにかく、刑務所に着いたら連絡くれよ」

「そんな！　フィンズベリーさん！　私はあなたに期待しているんですよ――そ、その、あなただって、その気になってきたでしょう？——わ、私と一緒に変装してくれるって——」ピットマンは口ごもりながらこう言った。

「何だと？　日曜だってのに俺に変装させる気か？」マイケルは大声を出した。「お前は、俺の流儀をまだ理解していないのか？」

「フィンズベリーさん、正直申し上げて、あなたには感謝しきれないくらいお世話になっています。でも、ひとつだけお尋ねします——もし、私が金持ちの依頼人だったとしても、この話をお断りになりますか？」

「〝ダイヤモンドよ、お前は自分のやったことが分からないのか！〟（ニュートンが愛犬に言ったとされる有名なセリフのもじり）——」とマイケルはどなり返した。「お前は俺のことを、変装した依頼人に付き合って、年中あちこち走り回っているとでも思ってるのか？　金さえ積めばどんな仕事にでも手を出すと思っているのか？　誓って言うがな、そんなことは絶対にないぞ。ただ、本音を言うと、お前がどんなふうに広告の主と対決するか、純粋に見てみたい気持ちはある。その好奇心だけだ。俺は金なんかよりもそっちの方に惹《ひ》かれるんだ。きっと贅沢な見世物になるぜ——」そして、マイケルは急に笑い出した。「さあ、ピットマン、必要な小物は、お前のスタジオに揃えておけよ。すぐに行くからな！」

　多事多端な日曜日の、時刻は午後二時二十分頃である。ウォータールー駅のほの暗く広大な構内は、滅び去った宗教の寺院のように、人気《ひとけ》もなく、ひっそりと静まり返っていた。プラットホームでは列車が安らかにその身体を横たえ、どこからともなく足音が立つと、がらんとした構内に反響した。馬車馬が踏みならす蹄の音が驚くようなこだまとなって場内に伝わり、近くの野原からは機関車の汽笛が届いたりする。そして、本線出発ホームもまた、ひとときの眠りをむさぼっていた。出札口は閉められ、週日には売店の棚を華やかに飾っているハガード氏（サー・ヘンリー・ライダー・ハガード。一八五六—一九二五。イギリスの冒険小説家）の小説の背表紙も、今は薄汚れたシャッターの後ろにひっそりと隠されている。残っている数名の駅員は皆一様に夢遊病者のようで、いつもは構内をうろついている連中も、（男性用のロングコートを着てハンドバッグを抱えた、ウォータールー名物の中年女性に至るまで）こんな陰気な風景には耐えられないのだろう、どこかに場所を移してしまっている。南洋の小島などでは、遠くの波音が奥深い渓谷にまで届くというが、駅を取り巻く街路の賑《にぎ》わいも、低い唸りと振動とに姿を変え、広い構内を満たしていた。

　指定された時間通り、二人の男が人気のない出札口を通ってプラットホームに入ってきた。バララット帰りのジョン・ディクソン氏とアメリカ出身エズラ・トマス氏の友人知己がこの場にいたならば、それこそ大喜びで駆け寄ったことだろう。

「今日はどんな名前でいきましょうか？」こうした場面では着用を義務づけられた伊達メガネを直しながら、後から入ってきた男が尋ねた。

「考えるまでもないさ」マイケルが答える。「お前はベント・ピットマンだ。いやなら名無しだな。俺は、そうだな、アップルビーあたりがお似合いか？　何だか昔風のいい名前じゃないか、アップルビーだなんて、デヴォンシャー産のリンゴ酒の香りがするぞ——ああそうだ、リンゴ酒っていえば、おい、ちょっと舌を湿らしていった方がいいんじゃないか？　結構タフなご対面になるはずだからな」

「私は全部済んでからにします」とピットマンは答えた。「何事につけ、先に仕事を片づける性質《たち》ですから。それにしても、フィンズベリーさん、何だかずいぶんひっそりしてるじゃないですか。人もほとんどいないし。それに、この変な反響は何ですか？」

「びっくり箱を前にしたような気分だろう？」とマイケルが訊いた。「空のはずの列車の中に警官隊が待機してたりしてな。合図で一斉に飛び出してくるって寸法だ。で、その中心にすっくと立つのが、銀の呼び子を口にくわえたサー・チャールズ・ウォレン（イギリスの軍人。一八四〇―一九二七。一八八七―一八八八の二年間スコットランド・ヤードの警視総監を務める）というわけさ。――しっかりしろピットマン！　お前の気のせい――罪悪感のせいだよ」

　不安な気持ちを抱えながら、二人はいつの間にか出発ホームの端まで歩いてきていた。だがこのとき、西の端の柱にもたれて、細身の男が立っているのに気がついた。何やら物思いに沈んだ様子で、二人が近づくのにも気づかず、午後の日に照らし出された駅舎のはるか向こうを見つめている。マイケルは足を止めた。

「おい！」マイケルはピットマンに声をかけた。「あいつが広告の張本人か？　だとしたら、ちょっとやばいな」――と言ったもののすぐに考えを改め、「いや、そうでもないぞ――」と今度は嬉しそうな声を出し、「ピットマン、お前ちょっとあっちを向いてろ。それから、その伊達メガネを貸せ」と命令した。

「私にかけていろって言ったじゃないですか？」ピットマンが不満をもらすと、マイケルは、「あいつは俺の知り合いなんだよ」と答えた。

「知り合い？　何てやつなんです？」ピットマンの声がうわずった。

「それは、俺とあいつの関係上、明かせないことになっているのさ」弁護士らしい答えが返ってきた。「だが、これだけは言っておくよ。もしあいつが広告を出した張本人だとしたら――あのせっぱ詰まった犯罪者顔《づら》からして、その可能性は大だがな――お前はもう安心だぜ。俺がいる限り、やつは自由には動けないのさ」

こうしているうちにマイケルの変装は完了し、ピットマンの気持ちも落ち着くと、二人はモリスに近づいていった。

「失礼、ウィリアム・ベント・ピットマンをお探しの方ですか」ピットマンが声をかけた。「――私がピットマンですが」

モリスは視線を上げた。だが、目の前に立っていたのは、白のスパッツを履いて趣味の悪いローネックのシャツを着た、どうにも形容のしようがない平凡な男であった。その少し後ろに立っている背の高いもうひとりの男、こちらは、ロングコートと頬ひげ、そして伊達メガネと鳥打ち帽を除いたら、まあまともな格好だった。だが、ロンドンの地下世界から極悪人を召喚したつもりでいたモリスは、どんな形相の人間が現れるかと想像を逞《たくま》しくしていただけに、その第一印象は、はじめて海を見たエジプト王女カローバ同様〝失望〟であった（イギリス・ロマン派詩人ランダーの代表作『ジービア』のエピソードを踏まえている）。だが、次の瞬間、モリスは第一印象を修正していた。――しかし、こんな身なりの二人組は確かに見たことがない――やはり、別世界の人間なんだ。

「あなたと二人っきりでお話がしたいのですが」こうモリスは切り出した。

「アップルビーさんでしたら、お気になさらなくて結構ですよ」とピットマン。「全てご存じでいらっしゃいますから」

「全てご存じ？――何の用であなたを呼び出したか分かっているのですか？」とモリスは問い糺《ただ》した。「大樽ですよ」

ピットマンはこの一言に青くなった。だが、その顔には男らしい怒りが現れていた。

「そうか、お前か！」ピットマンが叫んだ。「この極悪人め！」

「この人の前で洗いざらい話してしまっていいんですね？」ピットマンの激しい言葉を無視してモリスは訊いた。

「この人は、ずっと一緒に見ていたんだ」とピットマン。「樽を開けたのだってこの人さ。お前の悪事に関しちゃ、神様並みに、全部ご承知なんだ」

「なるほど、それでは――」とモリス。「お金はどうしました？」

「金って、何の金だ？」

「とぼけてもだめですよ」とモリス。「全部調べはついているんです。あなたは不敬にも牧師に変装してこの駅にやってきた。そして樽を手に入れた。樽を開けて、死体を捨てると、手形を現金にした。銀行でも調べたし、足取りだってひとつ残らず調べたんだ！　おい、下手なしらを切るんじゃないよ！」

「おいおい、モリス君、ちょっと落ち着きたまえ」とアップルビー氏がさえぎった。

「マイケル！」モリスは仰天した。「君は、こんなところにまで……」

「そうさ、こんなところにもいるのさ」とマイケルは得意げに答えた。「あっちこっちにいるんだよ。僕の方でも君の足取りをひとつ残らず調べさせてもらったよ。ベテラン探偵に君の行動を見張らせて、きっかり四十五分ごとに報告してもらったんだ。金に糸目はつけなかったからね」

モリスの顔が暗灰色に変化した。「そうかい、勝手にやるがいいさ。これで、かえって話が早くなるってもんだ。いいか、この男が僕の手形を現金に換えたんだ。こいつは泥棒だ。さあ、金を返してもらおう！」

「おい、モリス君。僕が嘘をついているとでも言うのかい？」とマイケル。

「知ったことか。僕は金を返してもらいたいだけだ」

「だけど、死体に手を触れたのは僕だけなんだぜ」

「君が？　マイケル、君がか？」モリスは目をむいた。「じゃあ、どうして死亡宣告をしなかったんだ？」

「はあ？　どういうことだ？　意味が分からないな」

「何だって？　僕の頭が変なのか？　それとも君が狂ってるのか？」

「狂ってるとしたら、たぶんピットマンだ――」とマイケル。

三人の男はお互い顔を見合わせた。三人とも目が血走っている。

「おい、どうなってるんだ！」とモリスが言った。「いったいどういうことなんだ？　君の話はさっぱり理解できないぞ！」

「いや、君の言う通りさ。僕もさっぱり分からない」とマイケル。

「だいたい君は、何で頬ひげなんてしているんだ?」モリスはものすごい形相で従兄弟の顔を指さした。「それとも僕の頭が変なのか?　なぜ頬ひげなんか付けてるんだ?」

「これは、どうでもいいことさ」とマイケル。

ここでまた沈黙が流れた。モリスは、何だか自分が、セント・ポール大聖堂のてっぺんからベイカー・ストリート駅まで一気に投げ降ろされたような気分だった。

「さあ、もう一度ちゃんと考えてみようじゃないか」とマイケルが口を開いた。「まさか全部、夢ってわけでもあるまい。もしそうだとしたら、そろそろティーナに起こしてもらって、朝ごはんを食べたいところだけどな。いいか、ここにいる僕の友人ピットマンが、君に届くはずの樽（そうだよな?）を受け取った。そしてこの樽には死体が入っていた。もっとも、どんな理由から、またどんなやり方で、君が殺したかは……」

「僕がやったんじゃない!」とモリスは抗議する。「そう思われるのを僕はずっと恐れていたんだ。どうだい、マイケル!　僕はそんなことをする男じゃないだろう!　確かに欠点はたくさんある。だが、人様に手をかけるなんて、それこそ髪の毛一本にだって触りはしないさ。それに、そんなのはただの丸損じゃないか――。おじさんは……実は……列車事故で死んでしまったんだ」

これを聞いたとたん、マイケルはげらげらと笑い出した。その激しいこと、二人は、マイケルの大脳から理性が消え失せたと確信したほどだった。何度も何度も、笑いを抑えようと努めるものの、そのたびに哄笑の発作は大波のように押し寄せた。はじめから意味不明で頭が変になりそうな対面ではあったが、突如わき起こったマイケルの哄笑、これはとびぬけて不気味なひとこまだった。同じ恐怖の虜となったモリスとピットマンは、不安な視線を交わすのだった。

しばらくして、ようやくしゃべれるようになったマイケルは、「モリス君――」と意味ある言葉を吐いた。「や、やっと分かったよ。一言で言うとこういうことさ。ポイントはひとつだけ。**つまりあれはジョゼフおじさんだったんだ**――ね、そういうことさ」

この言葉に、モリスの緊張はふっと解けた。だが、ピットマンからは最後の希望の光が消えてしまった。何だって？〝ジョゼフおじさん〟だって？　一時間前にノーフォーク街の自宅に残してきたあの人かい？　新聞の切り抜きをノートにスクラップしているあの爺さん？――あれ？――それが死んでる？――じゃあ、あの爺さんは誰だよ？――ええ、デント・ピットマンよ？――おいおい、ここは本当にウォータールー駅だろうな？　まさかコニーハッチ（一八四九年開設の精神病院。長く〝精神病院〟の代名詞だった）じゃないだろうな……？

「そうだろう、君が気づかなかったのも無理ないさ」とモリスが大声を出した。「事故でひどく損傷していたからね。そのことに思い至らなかった僕の方こそうかつだったよ。そうか、それで全てはっきりした。つまり、こういうことだろう、マイケル。僕たちは二人とも無事救われたってことさ。君はめでたくトンチン年金を手に入れる。（もうこのことでは、ゴタゴタ言わないよ。）そして、僕はまた皮革業に精を出す。実をいうと、ここに来てようやく軌道に乗り始めたんだ。さあ、伯父の死亡を正式に発表してくれよ。僕のことは気にかけなくていい。ほんとにいいんだ。発表してくれ給え。それで万事解決だ」

「ところが、それができないのさ」

「どうして？」

「死体が手元にないからだよ。実は、なくしてしまってね」

「ちょ、ちょ、ちょっと、待ってくれ——」モリスは大慌てである。「なくしたって、いったいどうして？　そんなことがあるわけないだろう！　なくしたのは僕の方なんだぞ！」

「いや、僕もなくしちまったんだよ」マイケルは涼しい顔である。「だって、おじさんだとは気がつかなかったわけだからね——それに、死体の出所《でどころ》にも不審な点があったものだから——その、何て言うんだ？——つまり、〝宝の山〟をまるまる手放してしまったってわけだ」

「死体を手放したってのか？　何でそんなことをしたんだ？　ええ？」モリスはもう半狂乱である。「おい、それは何とか取り戻せるんだろうな？　どこにあるのか分かってるんだろうな？」

「こうなったからには、そう願いたいところなんだけど——」とマイケル。「僕にとっても少なからぬ金額がかかっているわけだから、まあ信じてもらえると思うのだけど——実際のところ、死体の行方は分からないんだ」

「ああ、神様！」天と地の両方に向かってモリスは吠えた。「ああ、神様！　これで商売もお終いだ！」

　これを見たマイケルは、また笑いの発作に襲われた。

「なぜ笑う！　頭がおかしいんじゃないか？」モリスが食ってかかる。「君の方がよっぽどひどいヘマをやってるし、余計に損してるんだぞ。普通だったら、怒りで震えが止まらなくなってるはずじゃないか——。まあいい——だがな、ひとつだけ言わせてもらうぞ。八百ポンドだけはきっちり返してもらうからな——こうなったら、八百ポンドだけ取り返して、スワン川（オーストラリアの川）にでも行くまでさ——誰が何と言おうとあの八百ポンドだけは俺のものだ。それをお前の連れはネコババしやがった。さあ八百ポンドだ、今ここで、返してもらおう。待ったなしだ。それができないならスコットランド・ヤードに行くまでだ。お前たちの不名誉な物語を残らず暴露してやるからな」

「なあ、モリス君」マイケルはモリスの肩に手を置いた。「少し冷静になって話を聞いてくれよ。それは僕たちじゃないんだ。ほかの誰かなんだ。僕らは死体の所持品を探ったりはしていない——」

「ほかの誰か？」

「そう、ほかの誰かだ。僕らはジョゼフおじさんを第三者に押しつけてしまったんだ」

「何？　おじさんをどうしたって？　押しつけた？　いったいどういうことだ？」

「つまり、ピアノに見せかけて第三者に押しつけてしまったんだ」マイケルの簡潔な返事は完璧だった。「——深い、豊かな音色のピアノだった」

モリスは片手で額を拭った。じっとりと汗をかいていた。「発熱《フィーバー》だ……」とモリスが言った。

「いやいや、フィーバー社のピアノなんかじゃない。ブロードウッドのグランドピアノさ」とマイケル。「正真正銘ブロードウッドだ。ピットマンが証人になってくれる。なあ、ピットマン」

「え？　ええ、ええ、そうですとも——あれは、間違いなくブロードウッドでしたよ。実際に鍵盤も叩いてみましたし——ただ、三つあるはずのEのマークがひとつ欠けていましたけど——」

「ピアノの話なんかどうだっていい！」モリスは身体を震わせて叫んでいた。「ああ、もう頭が変になりそうだ！　何がなんだか分からんが、問題は、その男、第三の男だな。そいつは誰だ？　どこに行ったらそいつに会えるんだ？」

「そう、そこが問題なんだ」とマイケル。「やつが例の品物を受け取ったのが、ええと、確か、この間の水曜日、そう午後四時頃だったな――してみると今頃は、〝ヤワンの島々かカディスの港へ向かう〟船の上ってとこか（ジョン・ミルトンの悲劇『闘技士サムソン』の一節）――」

「お願いだ、マイケル」モリスは憐れみを請うような声を出した。「見ての通り僕はもう弱り切っている。お願いだから親戚のよしみで、もう少し優しく扱ってくれないか。すまんがもう一度ゆっくり説明してくれ。正確にな。いつピアノを渡したって？」

　マイケルはもう一度説明した。

「それじゃ、もとの木阿弥《もくあみ》だ」大きく息を吸い込んでモリスが言った。

「と言うと？」

「その日付自体が、ナンセンスだってことさ」とモリス。「手形は火曜日に現金に換えられているんだ。これじゃ、話全体がでたらめだ」

　このときである。この場を通りかかったひとりの若者が、三人の姿を見ると驚いた顔をして近寄ってきた。そしてマイケルの肩に手を置くと、「もしや、ディクソンさんじゃありませんか？」と声をかけた。

　この瞬間ほど、最後の審判のラッパの音がマイケルとピットマンの耳に恐ろしく響き渡ったことはなかったに違いない。またモリスにしても、新たに発せられた意味不明の固有名詞は、長いことさまよい続けている悪夢の第二幕の幕開きと聞こえたのである。マイケルは、若者の手を振りほどくと、新調したてでフサフサの頰ひげを付けたまま一目散に駆け出し、それに続いて、ローネックシャツを着込んだひげなし顔の妙な小男が、小鳥の鳴き声みたいな奇声を発して走り去っていった。こうなっては仕方ない、狙った獲物が逃げてしまったのを見て取った若者は、モリスにやにわに飛びかかると、むんずとばかりに取り抑えた。「どうだ!」若者の顔にはこんなセリフが書いてあった。

「とりあえず、一味のひとりは捕まえたぞ――」ギディアン・フォーサイスは息巻いていた。

「ちょっと、いったいどういうことですか?」くぐもった声でモリスが訊いた。

「今すぐ、分からせてやるよ――」険しい顔でギディアンが言う。

「まずは事情を聞かせてくださいよ、敵同士でないってことが分かりますから」確信に満ちた強い口調でモリスが言った。

「どうやら、見たことのない顔だな――」無抵抗の捕虜の顔を覗き込みながらギディアンは言った。

「だが構うもんか。あんたの仲間はよく知ってるんだ。あんた、あいつらの仲間だろう?」

「だから、言ってることがさっぱり分からないんですって!」

「あんたも例のピアノに一枚かんでいるんだろう?」

「何、ピアノ?」モリスは叫ぶと、けいれんを起こしたように震える手でギディアンの腕をつかんだ。「じゃあ、お前が第三の男だな? ええ? おい、どこにやったんだ? 死体をどこにやったんだ? 手形を現金に換えたのもお前だな?」

——死体をどこにやったかって？　ずいぶん変なことを訊くじゃないか——。ギディアンは心の中でそう思いながら、質問をした。「あんた、あの死体が欲しいのかい？」

「欲しいとも！」とモリス。「俺の全財産があの死体にかかってるんだ。あれをなくして困ってたんだよ！　さあ、どこにある？　頼む、死体のある場所に連れてってくれ！」

「そうかい、あの死体が欲しいかい？　それじゃ、あの男、つまりディクソンも死体を欲しがっているのかい？」とギディアンは訊いた。

「ディクソン？　誰のことだ？　ああ、分かった。マイケル・フィンズベリーだな？　そ、そうさ、もちろんだ。マイケルも死体をなくして困ってたのさ。死体さえ取り戻せば、トンチン年金はマイケルのものだ。明日には大富豪さ」

「マイケル・フィンズベリー？　弁護士のマイケル・フィンズベリーか？」

「そうさ、弁護士のマイケル・フィンズベリーさ」とモリス。「さあ、マイケルなんかいいから、死体はどこなんだ！」

「そうか、それで俺のところに訴訟事件摘要書《ブリーフ》を寄こしたのか——おい、マイケル・フィンズベリーの住所はどこだ？」とギディアンは尋ねた。

「キングズ・ロード二三三番地だ。おい、訴訟事件摘要書《ブリーフ》って何だ？　おい、こら、どこへ行くんだ？　死体はどこにあるんだ！」ギディアンの腕にしがみつきながら、なおもモリスは叫んでいる。

「おあいにくさま、なくしてしまったよ」そう答えるとギディアンは駅構内を後にした。

第十五章　大《グレート》ヴァンスの帰還

　ウォータールー駅から戻ったモリスは、それこそ言葉ではとても言い表せない精神状態だった。モリスという男は、実のところ、ごく慎ましい人間なのである。自分の力量を鼻にかけるなんてことは一度だってなかったし、本を書いたり、ナプキンリングを上手に回したり、クリスマスパーティーで手品を披露したりするなどは、自分の柄《がら》ではないと分かっていた――つまりは何事につけ、〝天才〟などという言葉とは無縁のはずであった。自分の能力はごく人並みと、モリスはよく分かっていたし、それで満足してもいた。実際、それで大過なく人生を送れるはずだと（ついさっきまでは）思っていたのである。しかしこの日、その哲学は完全に崩れ去った。人生の方が一枚上手だったのである。もし、人生から逃げ出せるなら、あるいは人生からの避難場所がどこかにあるなら、つまりは、芝居の途中で劇場を後にする観客みたいに、好きなときに人生の席を立っていいのなら、モリスはこの瞬間、全ての幸福と楽しみを捨てて世の中におさらばを告げ、言葉に尽くせぬ満足感を感じつつ、生きることをやめただろう。だが、こんなモリスにも、ひとつだけ光明があった。帰るべき家だけは残っていたのである。病気の犬がソファーの下に潜り込むように、家の中に逃げ込んで、ドアを堅く閉ざせば、ひとりっきりになれるのだ――。

モリスが家の近くまでたどり着いたとき、もう日は暮れかかっていた。玄関先に立つ人影が、モリスの目に飛び込んできた。呼び鈴のひもを引っ張ったり、入口の羽目板を激しく叩いたりしている。服はおぞましいほど垢だらけで、帽子もかぶっていない。何だかホップ摘みのような風体である。だが、モリスはこの人間に見覚えがあった。ジョンだった。

そう分かった瞬間、逃げようという衝動に駆られたが、それと同時に、空虚な絶望感が襲ってきた。

――今さらどうだっていうんだ？

モリスはそう心の中で呟くと、家の鍵を取り出して石段を登り出した。

ジョンが振り向いた。疲労でやつれ果てた顔、そこには垢と怒りが滲《にじ》み出ていた。モリスの姿を認めると、ぜいぜいと大きく息をした。目だけが、らんらんと輝いている。

「ドアを開けろ！」脇に退《の》きながらジョンは言った。

「そうするつもりだよ」とモリスは答えたが、内心では「まるで殺人者の顔だ！」と叫んでいた。

兄弟は広間に足を踏み入れ、表のドアを閉めた。突然、ジョンがモリスに飛びかかり、犬がネズミをいたぶるみたいに、両手で肩をつかんで激しく揺さぶった。「薄汚い人でなしめ！」ジョンは叫んだ。「この頭をかち割ってくれる！――」そう言うとなおもモリスを激しく揺すった。おかげでモリスの歯はガタガタいったし、頭を壁に打ちつけもした。

「ジョニー、ぼ、暴力はなしにしようぜ」とモリス。「暴力を振るったってもうだめなんだ」

「ええい、黙れ！」とジョン。「あんたのおしゃべりはもうたくさんだ！」

ジョンは大股で食堂に入っていき、安楽椅子に腰を下ろすと、ぼろぼろに破れている歩行靴を脱ぎ捨てて、苦悶の表情でしばらく足をさすっていた。

「これじゃ、一生びっこだ！」とジョンが言った。「――ところで、晩飯は何があるんだ？」

「何もないさ、ジョニー」

「何もない？　何もないってどういうことだい？　もうこれ以上嘘をつくな！」

「本当に何もないんだ」とモリス。「食べ物もない。食べ物を買う金もない。俺だって朝からサンドイッチと紅茶一杯だけだ」

「なにい、サンドイッチだけだって？」ジョンはニヤリと笑ってみせた。「今度はあんたが不満を並べようってのかい。だがな、気をつけた方がいいぜ。おいら、欲しいものはどんなことがあっても手に入れてきたんだ。いいか、食事をするって言ったら食事をするんだ、しかも上等な食事だ！あんたのシグネットリングを売って金を作るんだ！」

「今日はだめだよ」とモリス。「今日は日曜だ」

「食事をするって言ったら、食事をするんだ！」

「だから、どうしても無理だって言ってるじゃないか」

「この、おたんこなす！」ジョンが叫んだ。「俺たちはでっかいお屋敷に住んでるんだ！　パーカーおじさんの通ってたホテルなら顔が利くだろうが！　さっさと行け！　もし三十分以内に戻らなかったら、それから、もし晩飯がまずかったら、まずその顔を息ができなくなるまで殴りつけて、それから警察に行って全部ばらすからな！　おい、分かったか。分かったら、とっとと行け！」

　モリスにしても、死ぬほど腹が減っていたので、このアイディアは悪くないなと思い、大急ぎで飛び出した。モリスがあっという間に戻ってくると、ジョンはまだ安楽椅子で足をさすっていた。

「ジョニー、飲み物は何にするんだい？」宥《なだ》めるような口調でモリスは訊いた。

「シャンペンだ」とジョン。「端っこのケースにあるやつだ。それを飲んだら、次はマイケルのお気に入りのヴィンテージもののワインだ。気をつけてくれよ！　ワインのボトルを揺すらないようにな！　それから、こっちだ。火をつけろ。ガス灯もだ。それから鎧戸も閉めろ。暗くなったらだいぶ寒くなってきた。それが済んだらテーブルの準備をするんだ。それからな、おい、着替えの服を持ってくるんだ！」

　食事が届く頃には、それなりに人が住めそうな部屋になっていた。食事も悪くなかった。濃厚な肉スープ、舌平目、トマトソースのマトンチョップ、レアに仕上げたローストビーフ、付け合わせの焼きポテト、キャビネットプディング、それにチェスターチーズと柔らかいオランダみつば。いかにも英国的な食事であったが、量だけはたっぷりあった。

「神様に感謝だなあ！」ジョンは興奮に鼻の穴を大きく膨《ふく》らませ、嬉しさのあまり柄《がら》にもないセリフを口にした。「さて、背中に暖炉の火が当たるように、こっちに座らせてもらおうか――この二日間、夜はひどい霜が降りたんだ。寒さがまだ抜けやしない。こんなときはオランダみつばが一番だなあ――いいかい、おいらはここに座って食事を始めるから、モリス・フィンズベリー、あんたはこっちに立って執事になりな」

「おい、ジョニー、俺だって腹ペコだぜ」モリスは哀れな声を出した。

「おいらの残りを食べるんだな」とジョン。「いいかい。こうやって、少しずつ借りを返してもらうからな。あんたはおいらに、一ポンド十シリングの借りがあるんだぞ。下手な真似をして、〝英国の獅子〟を怒らせない方が身のためだぞ！」

こう言い放った〝大《グレート》ヴァンス〟の表情と口調には、何とも形容しがたい凄《すご》みがあって、モリスの反抗心もすっかり萎えてしまうのだった。「さあ！」とご馳走を目の前に、ジョンが促した。「はじめはシャンペンだ。さっさと用意しておくれ！　それと肉スープだ！　はて？　おいら、肉スープは苦手なはずだったがな？——おい、ところで、おいらがどうやって帰ってきたか知ってるか？」怒りを露わにしながらジョンは訊いた。

「いや、分からないな、ジョニー。見当もつかないよ」卑屈になってモリスは答える。

「自分の足で歩いてきたんだ！」ジョンは叫んだ。「ブラウンディーンからずっと、はるばる歩いてきたんだ！　それだけじゃないぞ。途中、乞食もしたんだぞ！　あんたも乞食やってみるかい？　思ってるほど簡単じゃないんだ。おいら、難破に遭ったブライズの船乗りだって名乗ったんだ。ブライズがどこにあるかなんて知らないさ（知ってるかい？）。まあ、とにかく、そう名乗るのが自然な気がしたんだな。小学生のガキ相手に乞食をやったさ。そしたらガキはひもを寄こして、ほんとの船乗りなら巻結びを作ってみろって言いやがる。おいらはちゃんと作ったさ。だけどガキは、そうじゃない、それは縦結びだ、お前、さては誰某《だれそれ》だな、警察に突き出すぞって脅すんだ。その後は、水兵相手に乞食をした。この水兵は結び目を作れなんて言わなかったけど、代わりに薄っぺらい本をくれたんだ。英国海軍のことがえらくほめてある本だったよ！——その次が、キャンディー売りの未亡人さ。この人はパンを一切れくれた。ほかの乞食連中に話したら、パンなんかもらうのは簡単だって言われたよ。家の窓ガラスを割ればいい。そうしたら牢屋に入ってパンが食えるってさ。なるほどすごい作戦だ。——おい、ローストビーフを寄こせ！」

「どうしてブラウンディーンにずっといなかったんだい？」モリスは思い切って訊いてみた。

「馬鹿言わないでくれ！」とジョン。「何のためにいるんだい？『ピンク・アン』や、くだらない宗教雑誌のためにかい？　とんでもない！——実は、もうブラウンディーンにいられなくなったんだ。理由はこうさ。おいらはつけで買い物をして、まわりには〝大《グレート》ヴァンス〟だって言って歩いていた。仕方ないさ、あんなところで一文無しじゃそうするしかないんだ。変わった野郎がいてさ、エールだなんだとおごってくれた。俺たち、しこたま酔っぱらって、ミュージック・ホールの話や、おいらが歌で稼いだ金の話で盛り上がったんだ。そしたらほかの連中と一緒になって、おいらに歌えって言うんだ。『麗しき彼女の美に、我はかけたり魔法の花輪——』そうしたらこいつは偽物だ、ヴァンスだなんてとんでもないって言い出した。おいらはヴァンスだって死ぬ気で言い張ったよ。そうさ、歌ったのは確かにまずかった。だけど田舎者が相手ならごまかせると思ったんだ——これでもう、外では飯が食えなくなったんだ」ジョンは大きなため息をついた。「で、とどめが大工だ——」

「家主のことか？」

「そうさ」とジョン。「小屋にやってきては嗅ぎ回ってさ。天水桶はどこにやった、ベッドのシーツはどこにあるんだってうるさく言うんだ。おいら、お前なんか地獄に落ちろって言ったのさ。そうしか言えないんだから仕方ないさ。そうしたら、さては質屋に持っていったなって疑い出して、いいかこれは犯罪だぞって脅かすんだ。だが、おいらも負けちゃいないさ。覚えてるかい、大工は耳が遠いんだ。そこでおいらは長々とまくし立てたのさ。えらくていねいに、しかも低い声でさ。だけど大工はちっとも聞こえない。『何と言ってるのか聞こえねえぞ!』って大工は言ったんだ。で、おいらが、顔だけは仕立屋みたいに、にこにこして、『そうだろうともさ、あんたが聞こえないようにしゃべってんだからな』って言ったら、『ああ、何だってこの耳は聞こえねえんだ!』って大工はどなり出したけど、おいらは、一生懸命説明する身振りをしながら『あんたの耳が聞こえてたら、おいらはお終いだよ』って言ってやったのさ。ここまではうまくいってたんだ。そしたら大工は『くやしいが俺は耳が遠い。けど、巡査ならあんたの話を聞いてくれるだろうな』って言ったかと思ったら、駆け足で出ていった。で、おいらも反対方向に駆け足で逃げ出したんだ。アルコールランプも、『ピンク・アン』も、宗教雑誌も、ほかの雑誌も、全部大工たちのものになっちまった。あの雑誌、まるでジョゼフおじさんの長話に出てくる地名みたいな名前だったなあ(あんなの送って寄こすなんて、あんた酔っぱらってたんだろう)――詩がどうとか、天文学がどうとか、たわごとばっかり載ってたぞ。まるで、きちがい病院の連中が読む雑誌じゃないか――そうそう『アトリウム』とかいったっけ。まったく、何て雑誌だか!」

「それを言うなら、『アシニーアム』だろう」

「正しい名前なんかどうだっていいや――」とジョン。「定期購読するわけじゃあるまいし！　さあ、だいぶ元気になったぞ。暖炉の側の安楽椅子に座ってゆっくりしようじゃないか。チーズとオランダみつばを持ってきておくれ、それからワインのボトルもだ……ちがう、ちがう！　シャンペングラスだ！　そっちの方がたくさん入るからな。おいモリス、食事を始めていいぞ。魚も残っているし、マトンチョップもある。シャンペンも残りがあるぞ。ああ、いい味だ！」すっかり元気になって、ジョンはため息をついた。「さすがにマイケル推薦のワインだなあ。こいつは上等だ。ああ、マイケルはいいやつだなあ。頭もいいし、本もたくさん読んでる。『アトリウム』も読むし、何でも読む。なのに、いやなやつじゃない。『アトリウム』の話をするやつは、いやなやつばっかりなんだけど、マイケルだけは違うんだ。そうそう、マイケルって言えば、あれはどうなったんだい。おいら最初《はな》っから結果は分かってたんだけどな。どうした？　やり損なったんだろう？」

「マイケルの野郎がやり損なったんだ」モリスは暗い表情になった。

「マイケルとおいらたちと、どういう関係があるんだい？」

「あいつが死体をなくしちまったんだ！　そういう関係だよ！」モリスは声を張りあげる。「マイケルが死体をなくしたんだ！　これじゃ死亡を証明できないんだ！」

「おいおい、落ち着いておくれよ」とジョン。「あんたは、死亡を公表するのをいやがってたんじゃないのか？」

「もうそんな話じゃないんだ」とモリス。「トンチン年金なんかもうどうだっていいんだ。問題は商売の方なんだよ、ジョニー。俺たちに残ってるのは、もう商売だけなんだ」

「そんな話し方じゃ分からないよ――」とジョンが口を挟む。「最初から最後まで、分かるように話してくれよ」

モリスは言われた通り、最初から話をした。

「だから、おいらは言ったんだ！」モリスの話が終わるやいなやジョンは言い放った。「それでもこれだけは言っておくよ。おいら、おいらの財産を騙し取られるのだけはごめんだからな」

「そいつはどういう意味だか聞かせてもらいたいね」

「どういう意味も何もあるもんかい――」ジョンは決意を漲《みなぎ》らせた。「おいらの財産は、全部、ロンドンで一番の弁護士に任せることにしたのさ。だから、あんたが牢屋に入ろうがどうしようが、おいらとはもう関係なしだ」

「何言ってるんだ、ジョニー。俺たちは同じ穴の狢《むじな》だぞ」とモリスは言いきかせる。

「同じ穴の狢？」とジョン。「そいつはお断りだ！　おいらがニセの手形をこしらえたかい？　おいらがジョゼフおじさんのことで嘘をついたかい？　三文新聞にまぬけな広告を出したかい？　他人の彫像をぶち壊したりしたかい？　モリス、あんたのずうずうしさには頭が下がるよ。でもおいら、これ以上あんたに振り回されるのはごめんだなあ。もうマイケルに全部任せることにしたんだから。それにおいら、マイケルのことが気に入っているんだ。おいらも、目を覚まさないとな」

このとき、玄関で呼び鈴が鳴って、二人の会話は中断された。ビクビクしながらモリスが出てみると、使いの者がモリス宛の手紙を差し出した。マイケルからだった。封を切ると次のような文面が現れた。

《モリス・フィンズベリー殿――チャンスリー・レーンの当事務所まで、明朝十時に来られたし。貴殿の利益となる貴重な情報あり。

マイケル・フィンズベリー》

ジョンに対してまるっきり従順になってしまったモリスは、ちらっと目を通しただけで、せがまれる前にジョンに手紙を渡していた。

「やっぱり文章ってのは、こうでなくっちゃなあ」ジョンは感心した声をあげた。「こんな文章が書けるのはマイケルだけだな」

モリスはもう著作権の主張すらしなかった。

第十六章　最後の精算

翌日の朝十時、フィンズベリー兄弟はマイケルの事務所の大部屋へと通された。ジョンは、昨日の疲労困憊ぶりからは多少回復したものの、片足はスリッパしか履けない状態であり、モリスの方も、どこが痛むというわけではなかったが、八日前にブラウンディーンを発《た》ったときと比べると十歳は老け込んで見えた。顔には心労を物語る深いしわが何本も刻まれ、小鬢の白髪も目立って増えていた。

部屋では三人の男が椅子に座り二人を迎えた。中央にマイケル、右手にギディアン・フォーサイス、左手には眼鏡をかけた白髪の老人が陣取っていた。

「あれまあ、ジョゼフおじさんだ！」部屋に入るやジョンが大声を出した。

モリスは青ざめた顔のまま、目だけをらんらんと輝かせてジョゼフに近づいていくと、「おい、自分のやったことが分かってるんだろうな！」とどなりつけた。「トンズラしやがって！」

「おはよう、モリス・フィンズベリー君」ジョゼフの口調も辛辣だった。「これはまた、だいぶお奴《やつ》れのようじゃの」

「もうあらためて説明するまでもないだろうが――」とマイケルが割って入る。「まずきちんと事実を確認するとしよう。見ての通り、君のおじさんは、列車事故でけがひとつしなかったんだ。君のような心暖かい人間にとっては何よりのニュースだと思うがね」

「だが、そうだとしたら――」とモリス。「あの死体は何なんだ？　あれだけ苦心して計画を立てて、骨を折って始末したっていうのに、あれは赤の他人だったってのか？」

「いや、赤の他人とまでは言わないさ」宥めるようにマイケルは言った。「ひょっとしたらどこかのクラブでお目にかかっていたかも知れないからな」

モリスは椅子にへたり込んだ。「ちゃんと届いてさえいれば、間違いなく確認できたのに――」と愚痴っぽい調子になった。「どうしてちゃんと配達されなかったんだ？　何だって、ピットマンなんて野郎のところに行っちまったんだ？　それに、ピットマンだって中を開ける権利はなかったはずだ――」

「それを言うなら、君だってヘラクレスの彫像をどう処分したんだい？」マイケルが尋ねる。

「肉切り包丁で八つ裂きにしちまったんだ」とジョン。「今は、裏庭で野積みになってるよ」

「ひとつだけ言わせてくれ！」モリスがぴしゃりと言った。「ともかく、伯父が生きているのは事実なんだ。このインチキ後見人がな。だが、とにかく、伯父は俺のものさ。そして、トンチン年金もだ。俺はトンチン年金の所有権を主張するぞ。今ここで主張する。マスターマンおじさんは死んでいるんだからな」

「君のそのたわごとも、いい加減にやめさせないといけないみたいだな」とマイケル。「確かに君の指摘はよいところを突いている。ある意味では、彼はこの世にいないんでね。それも、遙か以前からさ。しかし、トンチン年金となると話は別だ。僕の父親にもまだまだ勝ち目はあるんだよ。実は、ジョゼフおじさんに今朝会ってもらったんだ。ちゃんと生きていたって、ジョゼフおじさんが証言してくれる。ただし、問題なのは、身体じゃなくって頭の方なんだけど——」

「わしの顔を見ても分からんのじゃ」とジョゼフが言った。ジョゼフの名誉のために正確を期すと、その口調には明らかに悲痛な響きがあった。

「ほら見ろ、モリス、またアウトだ！」とジョンが叫んだ。「いったい何遍しくじったら気がすむんだ？」

「つまり、それで頑として妥協しなかったというわけだ——」とモリス。

「まあそのために君とジョゼフおじさんは、長いことおかしな関係を続けて、滑稽な姿を世間に晒《さら》してしまったわけなんだが——」とマイケルは自分の論理を進めていく。「それももう終わりにするのがいいと思う。そこで、僕の方で、君の権利放棄のための書類を用意させてもらったんだ。とりあえず君にはサインしてもらえばいいのさ」

「何だって！」とモリス。「つまりこういうことか？　七千八百ポンドも帰ってこない、商売も手放す、そのうえ、不確定財産権も取り上げられる。で、代わりに得るものは何もないってか？　それはそれは。どうもご親切なことで！」

「そういうふうに感謝するのが君の立場に一番ふさわしいんだよ、モリス君」

「お前にいくら訴えかけても無駄なようだな。薄ら笑いなんか浮かべやがって、この悪魔め！——お前には聞いてもらわなくていいさ。なぜだか知らないけど、こちらにもうひとり、俺の話を聞いてくださる方がいらっしゃる。いやや、失礼ながら、あなたでしたら私の話をお分かりいただけると思いますよ——というのも、今話していたお金ですけどね、私がほんの子供だった時分に——そう、私は早くに両親を亡くしましてね——ちょうどまだ商業学校に通っている頃でしたが、ひどいことに両親の遺産を騙《だま》し取られてしまったんですよ——それ以来、私は何とかして自分の財産を取り戻そうと努力してきたんです。まあ、世間はいろいろ言いますよ。実際、愚かな真似をしてしまったこともありました。しかし、肝心なのは私がどんな痛ましい立場にいるかということでして、そこだけは正確にご理解いただきたいと思うのですが——」

「おい、モリス君」マイケルが口を挟んだ。「すまないけどね、もう一言だけ言わせてくれよ。こいつを聞いたら君の考えも変わると思うんだけどね——まあこいつも〝痛ましい〟事実なんだが——もっとも〝痛ましい〟のは君の文学趣味にかなっているかもね——」

「何なんだ、さっさと言ってくれ！」

「ある人物の名前だよ。君のサインの証人になってくれる人物さ。——モリス君、モスって男、知らないかい？」

長い沈黙——。

「な、何だって？　マイケル、あ、あれは、全部君のしわざだったのか？」モリスが頓狂な声をあげた。

「さあ、サインするかい？」とマイケル。

「君は自分のやっていることが分かっているのか？　犯罪を宥恕《ゆうじょ》するなんて、それこそ犯罪だぞ！」

「そいつはどうも、ご立派なご意見だこと。じゃあ、犯罪はやめにしておこうか、モリス君」とマイケルが切り返す。「まったくもって、君の清廉潔白な精神には驚かされるよ。思ったほど犯罪好きってわけじゃないんだな――」

「マイケル、ちょっと待っておくれよ」ここでジョンが割って入る。「ご大層な話で結構だけどさ、そしたら、おいらはどうなっちまうんだい？　モリスはもうだめさ。そいつはおいらも分かった。だけど、おいらは？　おいらはそんなことないだろう？　おいらだってモリスと同じみなし子で、やっぱり金を取られたんだ。それに同じ学校にも通ってた」

「ジョニー、君のことは全部僕に任せないか？」

「うん、そうする。おいらあんたの家来になるよ」ジョンは即座に答えた。「あんたは、かわいそうなみなし子を騙すなんてしないもんな。おいら分かってるさ。さあ、モリス、サインするんだな。いやだなんて言ったら痛い目を見るぞ」

一転、モリスはマイケルの提案に応じると申し出た。すぐさま事務員が呼ばれ、権利放棄の手続きが取られた。こうしてジョゼフは再び自由の身となったのである。

「さてと――」マイケルが口を開いた。「もうひとつ提案がある。モリス、それからジョン、どうだろう、君たち二人に、この皮革製品販売業を任せたいと思うんだが、兄弟で協力してやってくれないか？　僕の方で、商会を現在の最低価格で見積らせてもらったんだけどね。そう、ポグラム&ジャーヴィス社が以前に提示した価格だよ。そいつを基準にして精算すると、これが君たちの残高ってことになる。この小切手を見てくれ給え。さあ、モリス、商業学校卒の時点に戻って、はじめから出直しってわけだ。でも、君の話だと、商売は上向きになってきているということだし、この調子でいけば君が所帯を持つのも遠い話ではないだろう。というわけで、これはまあ、一足早い結婚祝いってわけさ。ミスター・モスからのね」

恥ずかしさで顔を真っ赤にして、モリスは小切手に飛びついた。

「おいら、信じられないよ」とジョンが言った。「こんないい思いをしていいんかなあ？」

「なあに、単なる精算さ」とマイケル。「ジョゼフおじさんの債務は僕が肩代わりする。で、ジョゼフおじさんが勝ったとしても、トンチン年金は僕のものだし、親父が勝ったとしても、やっぱり年金は僕のものさ。結局、多少の出費はあっても、損しないようになっているのさ」

「やあモリス、強情はったけど、まんまとやられたなあ！」とジョンが総括した。

「さて、フォーサイスさん」マイケルは、それまで沈黙を続けていたもうひとりの客に話しかけた。「これがあなたにご迷惑をかけた張本人たちです。ただ、残念なことにピットマンは来ていません。仕事の邪魔はやめておこうと、私の方で判断したのです。でも、お望みでしたら、ピットマンが教えている美術学校までご案内いたしますよ。勤務時間も分かっておりますしね。ですが、まずはこの連中です。どうでしょう？　あまり見栄えのする顔ぶれじゃありませんが、どうなさいますか？」

「いいえ、何もしないで結構です、フィンズベリーさん」とギディアンは答えた。「今までのやりとりで、こちらの方が（と言ってモリスを指さした）、どうも、騒動の根本原因のように思われます。しかし、見たところ、もう十分に罰を受けているようじゃないですか。それに、率直に言いまして、騒動になって得する人間なんているのでしょうか？（もちろん私は違いますが。）――それから、頂戴した訴訟事件摘要書《ブリーフ》ですが――本当に何とお礼を言ったらいいか――」

この言葉にマイケルは少し顔を赤らめた。「なに、ほんの罪滅ぼしに仕事をお願いしただけですよ――ところで、フォーサイスさん、もうひとつだけ言わせてくださいな。今申し上げた哀れなピットマンを誤解しないでやっていただきたいのです。実際、害のないいい人間なんです。そこでですね、今夜、私たち三人で食事でもいかがでしょう。ピットマンがどういう人間か実際にお会いになって確認してください。ヴェリーズ・レストランでよろしいでしょうか？――」

「ええ、喜んで」とギディアンが答えた。「今夜は特に約束もありませんし――しかし、まだひとつだけ気にかかることがあります。あなたのご判断を是非ともうかがいたいのですが、荷馬車に乗っていた例の男は放っておいていいんでしょうか？　この男のことを思うと、どうも寝覚めが悪いのです――」

「まあ、同情するだけにしておきましょうや」とマイケルは答えた。

『箱ちがい』、大文豪の知られざる〝お気楽メタ・ミステリー〟

ロバート・ルイス・スティーヴンスンは一八五〇年エディンバラに生まれ、一八九四年、四十四歳の若さでサモア島に没している。幼い頃から病弱で、肺患に苦しみ続けた一生だったけれど、転地療養の必要も重なって、意外にも、それは移動につぐ移動の人生だった。

青年期以降、スティーヴンスンはほとんど異郷で暮らしている。フランスやドイツの各地を転々とする一方で、ベルギーからフランスへカヌー旅行を試みたり、ロバの背にまたがってセヴェンヌ山脈を歩いたり。そうかと思うと、フランス滞在中に知り合ったアメリカ人女性ファニーを追って移民船で大西洋を横断し、おまけにアメリカ大陸横断まで企てる。ファニーとの結婚後はボーンマスにしばらく落ち着いたものの、父親の死を契機にニューヨーク州サナラックへ転地療養、そして、今や伝説となった南洋への旅に出る。マルケサス諸島、ソシエテ諸島、ハワイ、ギルバート諸島、サモア諸島などを経巡った後、サモア島のアピア近郊に居を構え、島民から「トゥシタ―ラ（物語る人）」と慕われる晩年を送ることになる。

実人生でのこうした〝移動性〟と呼応するかのように、スティーヴンスンはその短い生涯に、実に多種多様な作品を残している。『宝島』Treasure Island（一八八三）や『ジーキル博士とハイド氏』The Strange Case of Dr Jekyll and Mr Hyde（一八八六）といった冒険小説、怪奇小説はおなじみだけれど、そのほかに、戯曲、紀行文、詩、エッセイ、歴史実録、文学評論、「南海小説」、歴史小説、「スコットランド風ロマンス」などがあって、彼の健康を考えると、まさに驚くべき豊穣さである。

けれども、これだけ多彩な活躍をされてしまうと、後世の読者としても、いきおい、贔屓《ひいき》の作品は人によってまちまちになってくる。今や古典となった『宝島』や『ジーキル博士とハイド氏』は措くとして、無名時代に書かれた紀行文を誉めそやす者もいれば（そのひとりに吉田健一がいる）、未完に終わったスコットランド小説『ハーミストンのウィア』Weir of Hermiston（一八九六）を最高傑作とする読者もいる。ヘンリー・ジェイムズが「十三ページで書かれた傑作」と「ねじけジャネット」“Thrawn Janet”（一八八一）を絶賛したかと思えば、二十世紀屈指の読み手であるボルヘスが、発表当時はあまり評判の芳しくなかった『難破船掠奪者』The Wrecker（一八九二）を推していたりする。

そんな中、出版以来一世紀にわたり、一部でやはり根強い支持を獲得し続けている作品がある。それが、ほかでもない、ここに訳出した『箱ちがい』The Wrong Box（一八八九）なのであるが、この『箱ちがい』、スティーヴンスンの作品の中でも、いろいろな意味でかなり異質な小説である。第一に、『箱ちがい』はスティーヴンスン唯一の（といっていいだろう）「ユーモア小説」なのである。トンチン年金の勝者の座を賭けたモリスとマイケルの駆け引きにはじまって、キーパーソンである老ジョゼフの死亡誤認と死骸失踪事件をメインプロットとした滑稽小説（あるいは滑稽「探偵」小説）というわけだ。登場人物が揃いも揃って〝愚か者〟なら、大仰に勿体ぶってみせる語り手もまた滑稽。ところが、この「滑稽」さが問題だった。

というのも、冒険と怪奇の大作家スティーヴンスンが「ドタバタナンセンス小説」に手を染めるとはいったいどうしたことかと、『箱ちがい』の出現に、スティーヴンスンの愛読者たちは目を丸くしたのだった。ロマンスの香り高い名作を何篇も残したあのスティーヴンスンが、人間存在の深淵に潜む悲劇性にじっと眼をこらすスティーヴンスンが、あろうことか探偵小説もどきのカリカチュアを描くとは！　しかも、死体をもてあそんで、たらい回しにするとは何ごとか。悪ふざけにもほどがある！――というわけで、手厳しい批評が続出した。

とはいえ、偉大なるカリカチュア作家ディケンズに馴れ親しんだイギリスの読者のこと、そして、『箱ちがい』出版と同じ年に、傑作ユーモア小説『ボートの三人男』（ジェローム・K・ジェローム）を歓呼の声で迎え入れた「読者諸賢」のこと、その多くが『箱ちがい』に強烈な魅力を感じ取ったのも、間違いないところなのである。

有名な伝記作家リットン・ストレイチーの甥で、批評家のジョン・ストレイチーは、当時、いみじくもこんなふうにいっている。

「スティーヴンスン氏の崇拝者は、大きく二派に分けられる。すなわち、『箱ちがい』を愛する一派と、『箱ちがい』を認めまいとする一派である」

――なるほど、『箱ちがい』はスティーヴンスン読みの試金石というわけか……。そう思うと（少なくとも訳者は）何とも愉快な気持ちになってしまうけれど、恐るべきはストレイチーの炯眼であって、それから一世紀、この構図は少しも変わることがなく、いまだに『箱ちがい』は評価の定まらない〝問題作〟であり続けている。

とはいうものの、刊行当時のいくつかの時評を別にすると、百年間、『箱ちがい』否認派から有効な攻撃がなされた形跡はない。一方、それとは対照的に、擁護派陣営にはG・K・チェスタトン、ラドヤード・キプリング、グレアム・グリーンと〝大将クラス〟がズラリと顔を揃えることになる。それどころか、本国における〝『箱ちがい』カルト〟の綿々たる伝統（裏伝統？）はかなりのものらしく、（これも擁護派陣営が情報ソースとなれば、多少割り引いて聞く必要があるかも知れないが）談話の席で洩らした『箱ちがい』の片言隻語がきっかけで生涯の友情が芽生えるなどは日常茶飯事、筋金入りのファンたちは、第十五章でジョン・フィンズベリーがたいらげるのと全く同じ料理を囲んで、定期的に親睦を深めているらしい。

＊

さて、『箱ちがい』を〝変わり種〟だと呼ぶのにはもうひとつ理由がある。この作品はスティーヴンスンと継子ロイド・オズボーンの共著なのである。（スティーヴンスンに限らず、文学作品の共作は珍しい。もっとも、探偵小説畑ではエラリー・クイーンをはじめ、合作はけっこう多いのだが……。）

「継子」とあるように、スティーヴンスンとの共作によって文学史に名を残すことになったロイド・オズボーンは、スティーヴンスンの妻ファニーが、先夫との間にもうけた子供である。ロイド少年の気晴らしのためにスティーヴンスンが冒険物語を話してきかせたことがきっかけになって、名作『宝島』が生まれたというエピソードは有名だけれど、それからおよそ六年、文学的には最上の環境で成長したロイド少年は、ついに自ら筆を取るようになったというわけだ。

合作での二人の役割分担を簡単に紹介しておくと、プロットと登場人物を考案して、物語に仕上げたのはロイドであって、スティーヴンスンが合作に加わったのは物語が一通り出来上がった後であった。スティーヴンスンの役割は、全体にわたってロイドの文章を磨き上げることだったが、必要に応じて内容にも手を入れたらしい。もっとも、どの箇所をどのように直したかとなると、詳しくは分からない。だが、現存する手稿のほとんどがスティーヴンスンの筆跡のもので、ロイドのタイプ原稿は少ししか残っていないところを見ると、スティーヴンスンはかなり手を加えたと考えられる。事実、スティーヴンスンの文体を知る読者は、いたるところで彼独特の言い回しに出くわすことになる。文章だけで判断すると、『箱ちがい』はいかにもスティーヴンスンらしい作品なのだ。

『箱ちがい』執筆時に、ロイドは弱冠十九歳だった。ロイドの執筆活動を不安と喜びで見守るスティーヴンスンの様子が、当時の書簡（一八八七年十一月）から伝わってくる。「……ロイドはおぼえたばかりのタイプライターを使って、物語をひとつ書き上げてしまいました。これがどうしてどうして、大した出来なのです。愚かな浮かれ騒ぎばかりで、馬鹿みたいな物語ですが、親のひいき目には、ところどころ本物のユーモアが輝いているように見えるのです」

このとき一家は、スティーヴンスンの病気療養のために、ニューヨーク州アディロンダック山中のサラナック湖畔に滞在中だった。それまでの数年間を過ごしたイギリス南部のボーンマスとはうって変わって、冬の気温は氷点下まで下がり、雪に埋もれる土地だった。雪と寒さに閉ざされた部屋の中、スティーヴンスンは長篇『バラントレーの若殿』The Master of Ballantrae（一八八九）の執筆に没頭する。そして隣室からは、ロイドの叩くタイプライターの音が、一日中とぎれることなく聞こえてくる……。翌春の書簡には、こんなくだりが見出せる。

ロイドが書いた小説は、それこそ底抜けに愉快で、珍妙で、馬鹿馬鹿しい代物なのです。私はすっかりとりこになってしまいました。目下、手直しの最中ですが、結局ロイドの文章がかなり残ることになると思います。わが子ながらなかなか才能豊かで、ユーモアのセンスも見事なものです。タイトルは『はったりごっこ』Game of Bluff にする予定でいます。正真正銘のドタバタ喜劇で、『千一夜物語』の中の一篇を長く引き延ばしたような小説になるでしょう。添削しながらも、笑いすぎて息ができなくなるほどです。

子供が買ってきたテレビゲームに親の方が夢中になってしまう話はよく聞くが、どうも父親スティーヴンスンもそのパターンらしい。「馬鹿馬鹿しい」小説と繰り返しているものの、どう見ても、スティーヴンスン自身、「ドタバタ喜劇」の執筆を大いに楽しんでいる。それに、『千一夜物語』をこよなく愛したスティーヴンスンのこと（『新アラビア夜話』New Arabian Nights［一八八二］

という短篇集も出している）、「せむし男の物語」（第二四・二五夜）そっくりの〝たらい回しにされる死体〟のモチーフの存在、そしてその荒唐無稽さに、何よりも惹かれたのではないだろうか——。とにかく滑稽小説をもってスティーヴンスンらしからぬと決めつけてしまうのは、とんだ誤りのようだ。この方面の才能を十分に発揮するにはいたらなかったが、スティーヴンスンは間違いなく、皮肉と諧謔の作家でもあったのだ。そして、〝ユーモア小説〟というスティーヴンスンの新境地を拓いたという点で、共作の文学史的意味は大きい。このことは、声を大にしていっておこう。（スティーヴンスン親子は、『箱ちがい』のほかに、長篇小説『難破船掠奪者』と中篇小説『引き潮』The Ebb-Tide（一八九四）の二冊の共著を残すことになる。けれども、ユーモア小説は『箱ちがい』一作にとどまった。残念。）

＊

ところで、なぜそうなっているかはよく分からないが、『箱ちがい』は、これまでのところ、ユーモア小説というよりは探偵小説として知られている。つまりは、「自殺クラブ」「ラージャのダイヤモンド」「死骸盗人」と探偵小説めいた短篇を何本か書いているスティーヴンスンの、唯一の長篇探偵小説ということらしい。もちろん、こうして「ミステリーの本棚」シリーズの一冊として翻訳刊行されるのも、そうした背景があってのことなのだけど、お読みいただいた読者諸氏はご承知のように、『箱ちがい』は探偵小説としても、いささか（どころか、相当に）〝変わり種〟の作品である。

探偵も登場しない、犯人も存在しない、トリックも仕組まれていない——はたして、こんな作品を探偵小説とかミステリーとか呼んでいいものだろうか？　どう見たって探偵小説もどきにすぎないのではないか？——そんな意地悪な（だが、まっとうな）意見が、どこからか聞こえてきそうな気さえする。

しかし、財産をめぐる争いはちゃんと出てくるし、死体遺棄の不穏な計画も謀られる。最後にはウォータールー駅での〝対決〟もあるし、マイケルによる〝大団円〟も用意されている。犯罪が欲しければ、小切手の偽サインがあったはず……。そう数え出すと、今度は、探偵小説と呼んでいいような気持ちになってくる。それに、その昔『サンデー・タイムズ』紙が選定した探偵小説ベスト一〇〇（一九五八年）には、「自殺クラブ」と「ラージャのダイヤモンド」を収めた『新アラビア夜話』がノミネートされていて、そこにはちゃんと「スティーヴンスンによる他の本格的作品」と『箱ちがい』をほのめかした一節も見出せる。なんだ、『箱ちがい』は探偵小説としてきちんと認知されているではないか！——と、困ったことに、これまたまっとうな〝『箱ちがい』＝探偵小説〟説が成立してしまう。

——しかし、あれこれ理屈をこねたあげくに恐縮だけど、訳者はこうした〝線引き〟にはあまり興味を感じない。むしろ、次のような一節が気にかかる。

ところが、ガス灯が眩しいレストランの入口をくぐると、ギディアンの心は急に落ち着き出した。馴染みのウェイターを認識すると、さらに気持ちは強くなった。注文もちゃんと伝わっているようだった。出てきた食事もいつも通り。ギディアンは大いに堪能した。「こいつはどうやら――」ギディアンは考えた。「希望を持ってもよさそうだ。とんだ早とちりだったみたいだな。そう、ロバート・スキル級の早とちりだ……」ロバート・スキルとは（あらためてご紹介するまでもないかと思うが）、『誰が時計を戻したか？』の主人公の名前である。作者ギディアンにとってはまさに想像力の傑作と呼べるキャラクターであったが、一方、うるさ型の読者の目には〝スキル（老練）〟の名が泣き出すような代物としか映らなかった。探偵小説の世界では、作者よりも読者の方が一枚も二枚も上手なのはごく当たり前の事実であって、それがこの業界のつらいところなのだ。（一八〇頁）

死体の行方やトンチン年金の顚末といった本筋とは全く関係なしに、『箱ちがい』には、このような〝探偵小説ネタ〟が、しばしば顔を見せる。しかも面白いことに、ほとんどの箇所で、探偵小説それ自体が揶揄の対象になっている。この引用もそうだ。語り手は、「三文小説家」ギディアンを通して、「探偵小説」というジャンル自体に皮肉な眼差しをやっている。だいたい、ロバート・スキルばりの行動にうってでようなどと決意するギディアンは、まるで「騎士道ロマンス」を読みすぎたドン・キホーテと一緒だし、それに、当の『誰が時計を戻したか？』はあっという間に世間から忘れ去られる運命とされている（ご丁寧なことに、せっかく図書館に所蔵されても、分類が誤っていて誰の目にも触れないとのこと）。そして、そっと洩らす〝業界〟の裏話にも「探偵小説」への皮肉がしっかりと見て取れる。

皮肉ばかりでなく、「探偵小説」のパロディも、ときにあからさまに、ときにそれとなく顔を出す。第十三章で、モリスの不安を箇条書きにしようといいながら、

不安その一——「死体はどこに？——ベント・ピットマンの謎」
不安その二——「トンチン年金詐欺疑惑——マスターマン伯父は生きているか？」
不安その三——「ブラウンディーンの小屋にて——割の合わない共謀者」
不安その四——「フィンズベリー商会ついに閉店か？——ロンドン悲惨物語」

と、「駅の売店に並んでいる三文小説もどき」のタイトルをつけていくくだりなどは好例だ。この後さらに、モリス自身が「人生が小説のように運んでくれたら！」とこれまたドン・キホーテ的セリフを口にして、〝殺し屋〟との偶然の遭遇から事態が急展開することを夢想したりする。

だいたい、探偵小説の形式を借りておきながら、およそ探偵小説らしからぬ物語を展開するところからして、もう探偵小説のパロディなわけだけれど、それに加えて、探偵小説に対する半畳と皮肉がこれだけ混ざってくると、『箱ちがい』の〝ジャンル的自意識〟は相当なものであるといわざるをえない。というか、この〝ジャンル的自意識〟こそが、（探偵小説としての）『箱ちがい』の最大の特徴なのだろう。

つまり、こういうことだ。探偵小説の創始者エドガー・アラン・ポーから半世紀、ウィルキー・コリンズの『月長石』から二十年、そして、シャーロック・ホームズの登場からはわずか二年——

『箱ちがい』は、何とも早く登場した（メタフィクションならぬ）《メタ探偵小説》なのである。（ひょっとすると、世界最初の《メタ探偵小説》かも知れない。）

そして、訳者が《メタ探偵小説》『箱ちがい』の〝早さ〟にこだわるのはほかでもない、その後の歴史をたどってみると、「探偵小説」という文学ジャンルは、「探偵小説」をパロディする探偵小説、あるいは、「探偵小説」の約束事それ自体を主題とした探偵小説――つまりは《メタ探偵小説》――を続々と産出することになるからである。それどころか、「探偵小説」は、《メタ探偵小説》のおかげで、一ジャンルとしての豊かさを獲得・維持してきたようにすら見える。

ホームズ物のパロディだけでいったい何作の探偵小説が書かれただろうか？　探偵小説の黄金時代の代表作である『アクロイド殺し』は、同時に《メタ探偵小説》の代表作でもあるのではないか？　探偵らしくない探偵など、それこそ掃いて捨てるほど（失礼！）いるではないか。「探偵小説らしからぬ探偵小説」――そういうと、本格ミステリーの対極にある〝邪道〟のように聞こえるかもしれない。しかし、歴史が示すように、「探偵小説」の持つ強固な形式性と規範性は、逆に、〝逸脱〟への欲望を刺激し続けていた。その意味では、《メタ探偵小説》の存在は「探偵小説」にとって必然なのである。

事実、〝反形式〟と〝パロディ化〟の欲望は、「探偵小説」の枠を越えて、文学一般にまで伝染している。

例えば、反‐探偵小説という言葉を耳にすることがある。探偵が犯人でもあるような小説、本格ミステリーらしく謎解きが進みながらいざ大団円というところで解決が宙づりになってしまう小説、探偵行為イコール読書行為であることを読者に常に意識させる小説——そんな小説が反‐探偵小説と総称される。具体的な名前としては、ナボコフ、エーコ、カルヴィーノ、ロブ＝グリエ、ピンチョンなどのいわゆる「ポストモダニズム」の作家たちがあげられる。こうした小説が多く書かれる背景には、既存の小説形式に対する批判意識や、小説というジャンル自体が機能不全に陥っているという危機意識があるわけだが、そうやって小説という文学形式を根本的に問い直したときに、ここでもやっぱり「探偵小説」の〝形式性〟と〝規範性〟がターゲットになってしまうところが面白いのである。どうやら、「探偵小説」は、常にメタレヴェルの視線にさらされる宿命を負っているようだ。

このように「探偵小説」は、いたるところで〝形式〟と〝反形式〟、〝本格〟と〝パロディ〟のせめぎ合いの場を提供し続けている。そして、はるか過去を振り返ると、その先駆者の位置に『箱ちがい』が立っているというわけである。

しかし、スティーヴンスン親子に二十世紀的な張りつめた方法意識を見てしまうのは、明らかにいきすぎだろう。むしろ彼らは、『箱ちがい』用の滑稽なネタを探し歩く途中で、「探偵小説」それ自体がパロディにうってつけの材料だと気づき、巧みに作品内に活かしたのだ。実際、『箱ちがい』における《メタ探偵小説》的要素は、ユーモア小説としての全体の中にほどよくブレンドされて、諧謔の一翼を担っているにすぎない。カリカチュアや「ドタバタ喜劇」があってはじめて、探偵小説への〝くすぐり〟も効いてくる。これ見よがしの反‐探偵小説にいささか食傷気味の訳者としては、「メタ」だ「反」だと肩肘張ることのない《メタ探偵小説》『箱ちがい』の気楽さに、ほっとするところもあるのである。

＊

ところで、これも探偵小説の楽しみ方のひとつなのだろう、作品に描かれる〝小道具〟や〝風俗〟を面白がって読む人がいる。名探偵の服装や持ち物にこだわってみたり、作品に描かれる町並みや建物といった、その時代らしい点景を細部まで検証したりということで、いわゆるシャーロッキアンあたりがはしりなのかも知れない。実際、〝風俗〟や〝世相〟を追うだけでも、ホームズ物は面白い。そして、ホームズには及ばないかもしれないけれど、『箱ちがい』にも、後期ヴィクトリア朝の社会を映す、いろいろな楽しい風俗描写が詰まっている。例えば、「巨匠ジムソン」の乗り込むハウスボートは、当時のレジャーの最先端をいくアイテムだったわけだし、ミュージック・ホールの看板スター「大《グレート》ヴァンス」を知らない人はいなかった。ゲイエティ劇場、ブロードウッド・グランドピアノ、ヴェリーズ・レストラン（ディケンズが常連だった）、みんなヴィクトリア朝ならではの〝小道具〟たちだ。

そんな、時代を映す風俗のひとつに鉄道がある。十九世紀は何といっても鉄道の世紀だから、というわけでもないのだろうが、『箱ちがい』には、不思議とよく鉄道が出てくる。サウス＝ウエスタン鉄道の列車事故にはじまって、運命の「箱ちがい」が仕掛けられる荷物用車輌、そして何度となく登場するウォータールー駅——重要場面の半分以上が、車輌内か駅構内を舞台にしているのではなかろうか。もちろん、プロットがプロットだから、これだけ鉄道が出てくるのは仕方ない。しかし、訳者が気にかかるのは、『箱ちがい』に描かれた鉄道の中でも、プロットとはまったく関係がない、駅の売店（＝キオスク）なのだ。

『箱ちがい』では、二度、キオスクが登場する。ウォータールー駅のキオスクにギディアンの『誰が時計を戻したか？』とヘンリー・ハガードの小説が並んでいることが、ちらっと言及されるだけなのだけど、実はこれが面白い。

《キオスクの棚で埃をかぶったまま売れ残っている三文小説》——風俗描写としても的確だし、いい着眼点だと思う。だが、それ以上に、この描写の担っている《メタ探偵小説》的機能が興味深い。というのも、キオスクの存在を抜きにして、この時代の探偵小説は語れないのである。

イギリスで最初にキオスクがオープンしたのは、一八四八年、ロンドンのユーストン駅だった。この時期、読者層と鉄道網の両方が爆発的に拡大したことで、活字が車中に続々と持ち込まれるようになった。そこで求められたのが、旅に適した、質量ともに〝軽い〟読み物だった。車中のジョゼフとジョンがそれぞれに『ブリティッシュ・メカニック』と『ピンク・アン』に読みふけるのはそんな世相を反映したひとこまだが（第二章）、現実に、ユーストン駅でも、ラウトリッジ社の「鉄道ライブラリー」や、「トラベラーズ・ライブラリー」といった小型サイズの廉価本が棚を飾っていた。そんな中、探偵小説を含むいわゆる〝ペニー・ドレッドフル〟の登場は、まさにグッド・タイミングだった。それなりに夢中にさせてくれるから安手の暇つぶしにはもってこい、しかも、終点に着いたらきれいさっぱり忘れてしまって構わない物語、その代表が探偵小説だったわけだ。

こうして、鉄道旅行と探偵小説の蜜月期がやってきた。廉価であるに越したことはないと、鉄道旅客を当て込んだ安価な雑誌が次々に創刊されては、キオスクの棚を占拠し、そのページを探偵小説が華やかに飾っていく。この関係は『ストランド・マガジン』に連載されるホームズ・シリーズで頂点を迎えることになる。

けれども、『箱ちがい』の冒頭がはっきり示すように、スティーヴンスンはこうした趨勢を手放しで肯定してはいなかった。

——見たところ、活字文化は未曾有の活況を呈している。しかし、その内実はどうか？　名ばかりの「愛書家」たちは「にこにこしながら作品の表面を読み飛ばしていく」ばかりであって、「一冊の本を著すために作家が味わう艱難辛苦に」思い及ぶなどは無理もいいところ。つまりは、「作家が苦心の末に組み立てた巨大な足場も、一時間ばかりの列車の旅の時間潰《つぶ》しになった後は、きれいさっぱり取り払われる運命というわけだ！」

大衆社会が生み出した新しい「読者」と「作者」の関係——探偵小説がそうした社会的変化を背景にして生まれたということ、そしてそのマイナス面の影響をもっとも強く受けるのも探偵小説自身だということ——。《メタ探偵小説》のレッテルに恥じず、『箱ちがい』は、探偵小説の〝下部構造〟をしっかりと見据えた作品になっている。そして「流行作家」のスティーヴンスン自身も、そうした「新時代」の作家のひとりであることを忘れないでおこう。「一時間ばかりの列車の旅の時間潰しになった後」きれいさっぱり忘れ去られる運命にあるのは、あるいは、ウォータールー駅のキオスクで寂しく埃をかぶる運命にあるのは、ほかならぬ『箱ちがい』なのかも知れない……。

……とはいったものの、幸いなことに、『箱ちがい』が「きれいさっぱり忘れ去られる」ことはなかった。そのかわり（というわけでもなかろうが）、『箱ちがい』は出版以来百年ものあいだ（あろうことか）〝行方不明〟になってしまう。〝行方不明〟だなんて、まるで、例の「大樽に入った死体」じゃないかといわれそうだけど、最後にこの何とも皮肉なエピソードについて、少し詳しく記しておこう。ことの次第は次の通りである――。

＊

先に触れたように、ロイド・オズボーンによって着手された『箱ちがい』は、一八八八年に入ってから合作になった。そして、早くも五月には、スティーヴンスンの添削を経た合計十一章が、スクリブナー社のバーリンゲームに届いている。合作だから当然のことだけれど、ロイドのタイプ原稿と、スティーヴンスンの手書き原稿とが入り交じった状態だった。十月に書かれたバーリンゲーム宛書簡には、自分の手書き原稿をタイプ清書して、ロイドのタイプ原稿と一緒に送り返して欲しいというスティーヴンスンの言葉が見える。

明けて一八八九年一月、スティーヴンスンはタイプ清書された原稿を、ハワイのホノルルで落手する（スティーヴンスン一家は前年の五月から太平洋にクルージングに出ていて、ちょうどホノルル滞在中だった）。ところが、すでにこの段階で、大量のタイプミスが発生していた。スティーヴンスン独特の読みづらい筆跡のせいで、多くの単語が誤って読まれてしまったのだ。だが、手元にもとの原稿もないし、平行して書いていた『バラントレーの若殿』に集中する必要もあって、スティーヴンスンは、タイプミスのほとんどを見逃したまま最終原稿を送ることになる（第十二章から後の五章分も一緒に送られた）。自分の書いた原稿が何ヶ所も変わっているのに気づかないなんてちょっと信じられない話だが、とにかくこれが最初の大きなミスだった。訂正されずじまいの「読みちがい」は実に百数十ヶ所にのぼる。

そして、同年三月、『箱ちがい』の校正刷りがスティーヴンスンのもとに届く。ところがここで、また行き違いが起きてしまう。このときスティーヴンスンは、加筆を必要とする部分を選り分けたうえで、校正の終わった部分だけ先にスクリブナー社に戻し、加筆分はやや遅れて送付した。だが、なんの間違いか、スクリブナー社は全ての校正刷りが戻るのを待たないで、はじめの校正分だけ訂正して、初版『箱ちがい』を出版してしまったのだ。あやまちに気づいたバーリンゲームはすぐさまスティーヴンスンに書簡を送るが、スティーヴンスンは再びスクーナーに乗って海の上。この書簡を手にして事態を知るのは、はるか後の同年十二月、サモアに到着したときとなる。不備な版が流布してしまったことに対して、スティーヴンスンは迅速に対処したのだろうか？　残念ながらその形跡はどこにも見あたらない。ロイドとの次の共作『難破船掠奪者』にすでに着手していて、過去の作品である『箱ちがい』を顧みる余裕はなかったようだ……。

こうして、百年に及ぶ〝幻の定本『箱ちがい』〟の歴史が始まった。

スティーヴンスンの死の直前に計画されたエディンバラ版作品集。没後、一九二〇年代にかけて数度刊行された著作集。定本『箱ちがい』を刊行するチャンスは何度もあったけれど、そのたび、初版を踏襲した『箱ちがい』が出版された。くだって一九七〇年、グレアム・グリーンが、スクリブナー社に対して定本『箱ちがい』の出版を求める文章を『タイムズ文芸付録』に発表したが、その訴えも実現されないままとなる……。

幻の定本『箱ちがい』は、ほんとうに幻となってしまったのだろうか――。

ところが、初版からかっきり百年後の一九八九年、スティーヴンスン書簡集の編集も手掛けたアーネスト・ミーヒュー氏の尽力によって、ついに定本『箱ちがい』が出版された。行方知れずとされていた『箱ちがい』の手書き原稿は、イェール大学バイネキー稀覯本・手稿図書館に所蔵されており、ミーヒュー氏の綿密な調査を経て、校訂版はようやく陽の目を見ることになったのである。

初版では十六章構成だった本文は十七章に増え（初版の第十四章「ウィリアム・ベント・ピットマン『利益となるお知らせ』を受け取る」の後半部分が、「ウォータールー駅の戦い」として独立する）、同章に加筆がなされている（ただし、物語の大筋は変わっていない）。同時に、手書き原稿を清書する際に発生したタイプミスも訂正され、詳細な異同表がつけられた。

――それにしても、自ら〝ミステリー〟の主役になってしまうとは、何とも《メタ探偵小説》らしい後日談ではないか！　まさに面目躍如といったところだ。しかし、ちょっとばかり長すぎた行方不明だった。こればかりは「まあ、同情するだけにしときましょうや」ではすまされないだろう。

＊

しかし、お断りしておくと、本翻訳はアーネスト・ミーヒュー編のナンサッチ版（Robert

Louis Stevenson and Lloyd Osbourne, The Wrong Box [Nonsuch Press, 1989]）ではなく、旧来のスクリブナー版を底本としたオックスフォード版（Robert Louis Stevenson and Lloyd Osbourne, The Wrong Box [Oxford University Press, 1995]）に基本的に依拠している。ミーヒュー氏の校訂版が千八百五十部の限定版であり、現在流布している全ての版がスクリブナー版を底本としているという事情による。だが、ミーヒュー編のナンサッチ版も随時参照し、清書および初校段階でのスクリブナー社側のタイプミスについては、スティーヴンスンの手書き原稿通りに、オックスフォード版を訂正して訳出した。

明らかに著者の思い違い、記憶違いと思われる箇所については訳者の判断で訂正して訳出した。やむを得ずそのまま訳した場合は、訳注で指摘しておいた。また、現代の読者の読みやすさを考えて、適宜、段落を加えたことをお断りしておく。訳注の作成にあたっては、ミーヒュー氏の注釈に多くを負っている。同様に、この拙文における〝幻の定本『箱ちがい』〟の記述も、同氏の文章に負うところが多い。

なお『箱ちがい』には以下の仏訳版と独訳版がある。適宜参照させていただいた。

Un mort encombrant　(Le Livre de Poche Jeunesse)

Die falsche Kiste　(Insel Verlag)

また、『箱ちがい』は一九六六年、イギリスで映画化されており、現在ビデオで楽しむことができる（ただし日本では販売されていない）。ジョゼフ・フィンズベリー役にラルフ・リチャードスン、モリスとジョンの兄弟にはピーター・クックとダドリー・ムーアのコンビを、そしてマイケル役にマイケル・ケインを配している。それから、小説では名前しか出てこないマスターマン役としてジョン・ミルズが怪演をみせている。原作とはかなり異なったプロットになっているが、ナンセンスの度合いは映画の方が一枚上手、というのが訳者の印象である。いずれにしても、『箱ちがい』マニア（英語では“The Wrong Boxer”と呼ぶそうだ）には必携のアイテムだろう。興味のある方はインターネットショップなどでお求めいただきたい。

謝辞

独特の凝った文体を駆使するスティーヴンスンの、しかも本邦初訳の長篇ということで、訳出にはさまざまな困難が伴いました。

同僚のSarah Crocker氏とCharles Varcoe氏には、まっさきにお礼を申し上げなくてはなりません。お二人のご教示がなければこの仕事の完成はなかったと思われます。ありがとうございました。

また、伊達恵理氏、伊達直之氏、富田直久氏、豊田哲也氏、村長祥子氏をはじめとして、実に多くの方から助言とご教示をいただきました。全ての方のお名前をあげることはできませんが、深く感謝申し上げます。

そして、企画段階からずっとこの仕事を見守って下さった編集の藤原義也氏にも心から感謝申し上げます。

二〇〇〇年七月

訳者

ミステリーの本棚

箱《はこ》ちがい

二〇〇〇年九月五日初版第一刷発行

著者――ロバート・ルイス・スティーヴンスン＆ロイド・オズボーン

訳者――千葉康樹

発行者――佐藤今朝夫

発行所――株式会社国書刊行会

東京都板橋区志村一―一三―一五　電話〇三―五九七〇―七四二一

http://www.kokusho.co.jp

印刷所――明和印刷株式会社

製本所――大口製本印刷株式会社

装丁――妹尾浩也

編集――藤原編集室

ISBN――4-336-04243-8

●――落丁・乱丁本はおとりかえします

訳者紹介

千葉康樹（ちばやすき）

一九六三年生まれ。東京都立大学大学院人文科学研究科博士課程単位取得退学。現在、東邦大学講師。訳書に「幻想文学大事典」（国書刊行会、共訳）がある。

ミステリーの本棚

四人の申し分なき重罪人　G・K・チェスタトン　西崎憲訳
「穏和な殺人者」「正直な偽医者」「我を忘れた泥棒」「高貴な裏切者」の4篇を収録した連作中篇集。奇妙な論理とパラドックスが支配する，チェスタトンの不思議な世界。

トレント乗り出す　E・C・ベントリー　好野理恵訳
ミステリー通が選ぶ短篇ベスト〈黄金の12〉に選ばれた「ほんもののタバード」ほか，本格黄金時代の幕開けを飾った巨匠の輝かしい才能を示す古典的名短篇集，初の完訳。

箱ちがい　R・L・スティーヴンスン＆L・オズボーン　千葉康樹訳
鉄道事故現場で死体が見つかった老人には，組合員中，最後に生き残った一人だけが受給できる莫大な年金がかかっていた。『宝島』の文豪が遺したブラック・コメディ。

銀の仮面　ヒュー・ウォルポール　倉阪鬼一郎訳
中年女性の日常に侵入する悪魔的な美青年を描いて，乱歩が〈奇妙な味〉の傑作と絶賛した「銀の仮面」ほか，不安と恐怖の名匠ヒュー・ウォルポールの本邦初の傑作集。

怪盗ゴダールの冒険　F・I・アンダースン　駒瀬裕子訳
〈百発百中のゴダール〉は素晴らしい泥棒だ。如何なる難関も打破するその偉大な頭脳に不可能の文字はない。〈怪盗ニック〉の先駆ともいうべき怪盗紳士ゴダールの冒険談。

悪党どものお楽しみ　パーシヴァル・ワイルド　巴妙子訳
元プロの賭博師ビル・パームリーが，その豊富な知識と経験をいかしていかさま師たちの巧妙なトリックを暴いていく連作短篇集。〈クイーンの定員〉中，随一の異色作。